Knaur.

Knaur.

Im Knaur Taschenbuch Verlag ist bereits folgendes Buch des Autors erschienen:
Tote Zeugen lügen nicht

Über den Autor:
Bjørn Bottolvs, geb. 1946, war Polizist, bevor er sich dem Schreiben zuwandte. 1999 debütierte er mit dem Roman *Kometen* als Krimiautor. Seitdem hat er sechs Kriminalromane um den Polizisten Jo Kaasa aus Oslo vorgelegt. Außerdem hat er Kinder- und Jugendbücher verfasst.

Bjørn Bottolvs

Wo die Nacht am schwärzesten ist

Kriminalroman

Aus dem Norwegischen von
Andreas Brunstermann

Knaur Taschenbuch Verlag

Die norwegische Originalausgabe erschien 2006 unter dem Titel
»Når natta er som svartest« bei Kolon Forlag, Oslo.

Besuchen Sie uns im Internet:
www.knaur.de

FSC
www.fsc.org
MIX
Papier aus verantwortungsvollen Quellen
FSC® C083411

Deutsche Erstausgabe Januar 2012
Knaur Taschenbuch

Redaktion: Ilse Wagner
Umschlaggestaltung: ZERO Werbeagentur, München
Umschlagabbildung: © Allen Donikowski / Gettyimages
Satz: Adobe InDesign im Verlag
Druck und Bindung: CPI – Clausen & Bosse, Leck
Printed in Germany
ISBN 978-3-426-50837-4

2 4 5 3 1

Wo die Nacht am schwärzesten ist

I

Sie fuhren mit dem Streifenwagen direkt vor den weißen Saab, der mit leuchtenden Scheinwerfern halb im aufgeschütteten Schnee am Straßenrand steckte. Jo Kaasa stieg aus, trat in den Schnee und hörte, dass der Motor immer noch im Leerlauf lief; er blieb stehen und betrachtete die sich hin und her bewegenden Scheibenwischer. Dann richtete er seinen Blick auf etwas hinter der Frontscheibe, etwas Graues, und sein erster Gedanke war, es könne sich um irgendein Tier handeln. Er nahm das Funkgerät, um der Einsatzzentrale zu melden, dass sie die Adresse in der Sorgenfrigata erreicht hatten, zögerte jedoch, als er aus dem leicht geöffneten Autofenster eine dunkle und etwas heisere Stimme vernahm.

Stein Bråten war bereits am Wagen, riss die Tür an der Fahrerseite auf, und ein Mann kippte langsam aus dem Auto heraus. Bråten setzte sich in die Hocke und drückte zwei Finger auf die Halsschlagader des Mannes. Dann sah er zu Kaasa auf und schüttelte den Kopf.

Kaasa trat an die geöffnete Wagentür und biss sich auf die Unterlippe. Im Scheinwerferlicht vor dem Wagen war dichter Schneefall zu erkennen. Kaasa steckte das Funkgerät zurück in die Halterung. Er machte ein paar Schritte

und stellte fest, dass eines der Rücklichter nicht funktionierte. Dann entdeckte er den Schlauch, der in den Auspuff gestopft war, machte einen Satz auf den Wagen zu und beförderte den Schlauch mit einem Tritt heraus.
Bråten holte Luft, räusperte sich und blinzelte angestrengt in das Schneegestöber. Er strich sich über den fast kahlen Kopf und sagte irgendetwas, doch es war so leise, dass es sich im Tuckern des Automotors verlor.
Kaasa trat über den Mann hinweg und dachte, dass dessen halblanges Haar ungefähr die gleiche Farbe wie der Schnee hatte. Er schaute zu, wie der fallende Schnee auf dem Gesicht schmolz, in den weit geöffneten, stahlgrauen Augen schmolz, und er stellte sich vor, dass der Schnee zu Tränen geworden war. Als ob der tote Mann dort lag und leise vor sich hin weinte. Kaasa kniff zweimal die Augen zusammen und beugte sich in das Wageninnere. Die Abgase waren noch zu riechen, und er musste husten. Er stellte den Motor ab. Während die Schneeflocken draußen langsam herabsanken, brach die Stimme des Sängers aus dem Radio plötzlich ab. In einem der hinteren Fenster entdeckte Kaasa einen Spalt, gerade groß genug für den grünen Schlauch, der zusammengerollt auf dem Beifahrersitz endete.
»Verdammt, er blutet im Gesicht!«, rief Bråten. »Ich wollte nur seinen Kopf herumdrehen, und da kam's mir schon entgegengeschwappt.«
Ganz in der Nähe wurde eine Haustür geöffnet, und eine große Frau in einem roten Morgenmantel stand da und blinzelte angestrengt zu ihnen herüber. Kaasa stapfte zu ihr und fragte, ob sie es war, die angerufen hatte. Sie nick-

te und fuhr sich mit der Hand rasch durch das zerzauste Haar.

»Ist er tot?«, fragte sie und blickte über seine Schulter.

»Ja.«

»Doch wohl nicht ermordet?«

»Nein, das hat er wohl selbst erledigt.«

Sie zog ihren Morgenrock fester zusammen.

»Selbst erledigt?«

»Anscheinend hat er sich das Leben genommen.«

Kaasa wollte nicht ins Detail gehen. Er zog sein Notizbuch aus der Jackentasche und bat sie um ihre Personalien.

Als er das Buch wieder zuklappte, rechnete er aus, dass Anna Strøm genau in dem Jahr neunzig Jahre alt wurde, wenn er in Pension ging.

»Haben Sie registriert, wann der Wagen hier abgestellt wurde?«

Die Frau trat in ihren geräumigen Filzpantoffeln von einem Fuß auf den anderen.

»Nein, da hab ich wohl schon geschlafen«, erwiderte sie und deutete mit dem Kopf auf ein schräg stehendes Fenster im ersten Stock. »Doch dann bin ich von einem Gebrumme wieder aufgewacht und wusste nicht gleich, was es war. Als ich dann den Wagen mit laufendem Motor gesehen habe, dachte ich, es sei vielleicht ein Liebespaar.«

Sie lächelte zaghaft und sah Kaasa mit freundlichen blauen Augen an.

»Na, Sie wissen sicher, was ich meine. Doch als der Wagen nach einer Stunde immer noch dort stand, habe ich mir erlaubt, Sie anzurufen.«

Kaasa sah auf die Uhr; er wusste, dass der Zeitpunkt in der Einsatzzentrale vermerkt worden war.

Sie beugte sich zu ihm.

»Das Komische ist nur, dass ich fast keine Abgase bemerkt habe. Das ist ja sonst so unangenehm, wenn die Autos hier draußen mit laufendem Motor stehen bleiben«, sagte sie und schüttelte sich. »Meine Güte, dass jemand so was machen kann, und dann noch direkt hier vor meinem Schlafzimmer.«

Kaasa legte ihr eine Hand auf die Schulter und spürte die Wärme durch den Baumwollstoff. Er bedankte sich für ihren Anruf und wünschte ihr für den Rest der Nacht ungestörten Schlaf.

»Ungestört«, wiederholte sie. »Nach dieser Sache werde ich heute wohl kaum noch schlafen können.«

Er verstand, was sie meinte.

Bråten sprach über Funk mit der Einsatzzentrale. Noch immer schmolz der Schnee auf dem Gesicht des toten Mannes.

Kaasa beugte sich wieder über ihn und schnupperte ins Wageninnere; der Geruch nach Abgasen war fast verschwunden.

Er hatte das Gefühl, dass irgendetwas nicht so ganz stimmte, wusste aber nicht, was es war. Ein Post-it-Zettel klebte an dem Schlauch.

Er riss ihn ab und las, was da in großen Blockbuchstaben geschrieben stand: ICH WERDE MICH NIEMALS ZURÜCKSEHNEN.

Zwei Stunden vor Schichtende fuhren sie in den Tuengveien. Sie hatten herausgefunden, dass der Verstorbene Ib Berg hieß, allein lebte und keine näheren Angehörigen hatte.

Ein Pick-up älteren Baujahrs stand mit geöffneter Tür vor der Einfahrt im Tuengveien. Der Mann, der von Bergs Haus kam, war über eins neunzig groß und kräftig. Er schaute zu ihnen herüber, bevor er sich über den Beifahrersitz beugte und eine Zeitung zusammenfaltete. Kaasa stieg aus dem Wagen und sah, dass zwei ausgebrannte Fackeln einen Krater im Schnee gebildet hatten. Er beugte sich hinunter und befühlte eine der Fackeln – sie war noch nicht ganz kalt geworden.

»Legen Sie da die Zeitung hin?«, fragte er und deutete mit dem Kopf auf Bergs Tür.

Der Mann setzte seine rote Baseballkappe auf und blickte auf Kaasa herunter.

»Ja, er hat mich gebeten, das bei Neuschnee so zu machen«, erwiderte er und schob mit der Zunge seinen Kautabak zurecht, bevor er fortfuhr: »Und ein bisschen Service sollte ja wohl möglich sein.«

Kaasa richtete seinen Blick auf den Briefkasten, bevor er wieder zu dem Mann aufsah.

»Dann kennen Sie ihn also?«

»Aber nein, er kam nur einmal kurz vor Weihnachten raus und fragte, ob ich das so machen könnte.«

»Haben Sie danach noch mal mit ihm gesprochen?«

»Nein.«

»Haben Sie ihn gesehen?«

»Nein, und das ist ja auch nicht so ungewöhnlich. Um

diese Zeit ist hier kaum jemand draußen.« Er blickte auf sein Handgelenk. »Im Allgemeinen sehe ich nur Polizei und Taxifahrer, wenn ich hier Zeitungen ausliefere.«

Kaasa deutete auf den ersten Schneekrater.

»Sieht so aus, als ob er hier Gesellschaft hatte.«

»Ich hab solche Fackeln hier schon vorher mal gesehen, vielleicht ist er ja ein Party-Typ«, sagte der Mann und lächelte. »Aber wieso sind Sie eigentlich hier?«

Kaasa blickte zum Streifenwagen; Bråten hatte sich mit geschlossenen Augen zurückgelehnt.

»Berg ist vor ein paar Stunden tot in seinem Auto aufgefunden worden.«

»Ach verflucht! Ein Unfall?«

»Nein«, gab Kaasa zurück und holte sein Notizbuch hervor. »Der Ordnung halber, wie heißen Sie bitte?«

»Jack Lillebøen.«

Kaasa sah zu ihm auf und dachte, dass der Beginn seines Namens – »klein« – nicht unbedingt zu den sicherlich an die hundert Kilo Muskeln passte. Und er war auch größer, als Kaasa zunächst angenommen hatte. Vielleicht zwei Meter? Kaasa ging zum Briefkasten und stellte fest, dass nur eine Zeitung, die gestrige Abendausgabe der Aftenposten, darin lag – keine Post. Er hielt die Zeitung in die Höhe.

»Liefern Sie die hier auch?«

Lillebøen schüttelte den Kopf, und der Schnee löste sich von seine Baseballkappe und fiel auf seine breiten Schultern herab.

2

Jo Kaasa wachte sitzend in seinem Bett auf und hatte die Hände vors Gesicht geschlagen. Er merkte, dass es ihm schwerfiel, tief in die Lungen zu atmen.

Er legte sich wieder hin und spürte, wie sich das Herz in seinem Körper mühsam abrackerte. Er schloss die Augen und sah das verzerrte Frauengesicht vor sich, die schmalen schwarzen Augen.

Im Traum hatte sie ein Messer in Brusthöhe vor sich gehalten, ein schmales Küchenmesser mit einer leichten, gebogenen Klinge, und er hatte nach ihrer Hand getreten, sie jedoch immer wieder verfehlt. Dann war er aufgewacht; er wachte jedes Mal auf, kurz bevor der Tritt sein Ziel erreichte. Dann fiel ihm ein, dass der Traum mit etwas ganz anderem begonnen hatte. Ein älterer Mann mit grauem langem Haar hatte dicht neben ihm gelegen und leise geweint. Langsam wurde ihm klar, dass der weinende Mann Ib Berg gewesen war.

Er fuhr zusammen, als das Telefon auf dem Nachttisch klingelte. Pål Haugen, Leiter der Abteilung für Gewaltverbrechen in der Polizeistation Majorstua, sprach mit einer Stimme, die ein paar Töne höher als gewöhnlich klang. Er bat Kaasa, in sein Büro heraufzukommen, bevor er seinen nächtlichen Streifendienst antrat; es handele sich um die Umstände des Selbstmords in der Nacht zuvor.

»Gibt es neue Erkenntnisse?«, fragte Kaasa.

»Eigentlich nicht, aber … Nein, wir besprechen das, wenn Sie hier sind.«

Kaasa meldete Bravo-drei-eins einsatzbereit und verfügbar.

Nach dem Traum hatte er nicht mehr schlafen können und war nun nicht sonderlich erpicht auf eine weitere Nachtschicht. Es war schon lange her, dass er von dieser Frau geträumt hatte; das letzte Mal nach einer Nachtschicht während der herbstlichen Ferienzeit. Sein Sohn Simen war zu ihm ins Schlafzimmer gekommen und hatte gefragt, warum er schrie. Es waren immer dieselben Bilder; die schmalen schwarzen Augen und das Messer.

Der Traum kam niemals in der Nacht, und immerhin verspürte er deswegen eine gewisse Erleichterung, denn das war nicht etwas, worüber er gerne mit Ingvill sprechen mochte.

Kaasas Kollegin Riitta schaltete die Scheibenwischer ein. Bis jetzt hatte er nur ein paar Schichten mit ihr zusammengearbeitet. Wie ein frischer Wind aus dem Norden war sie zur Polizeistation Majorstua gekommen. Er vermutete, dass die Mindestanforderung an die Körpergröße der Polizeistudenten nicht mehr so rigide gehandhabt wurde. Ohne den Versuch zu machen, ihre Körpergröße zu schätzen, nahm er doch an, dass sie nicht bei der Polizei gelandet wäre, wenn es diese Anforderung noch immer gegeben hätte. Nach dem Eindruck, den er bis jetzt von ihr bekommen hatte, dachte er, dass die Polizei wohl eher davon profitierte, wenn diese Vorschriften nicht so ernst genommen wurden.

»Sieht so aus, als ob wir jetzt reichlich Wildschnee bekommen«, sagte sie und strich mit der Hand durch ihr dunkles, kurzgeschnittenes Haar.

»Wildschnee?«

»Hast du noch nichts von Wildschnee gehört? Dieses Wort ist wohl als Gegensatz zu Kunstschnee entstanden. Übrigens ein Ausdruck, der zum ersten Mal im Zusammenhang mit einem Skirennen hier in einer Stadt im Süden aufgetaucht ist, als man ein paar tausend Kubikmeter Schnee dort hinkarren musste. Zu Hause würde man Wildschnee wohl am ehesten als *gàlav* bezeichnen, was eigentlich so viel bedeutet wie Schnee, in den die Skier tief einsinken.«

»Aha, und Kunstschnee?«

»Nein, für Kunstschnee gibt es in Finnmark kein entsprechendes Wort. So was brauchen wir glücklicherweise da oben nicht, zumindest noch nicht«, sagte sie und grinste. »Nein, das am ehesten passende Wort für Kunstschnee ist im Samischen vielleicht *tjalssa* – ein feuchter, kompakter Schnee. Und nach meiner bisherigen Erfahrung ist Oslo noch vor allen anderen Orten ›die Stadt des *tjalssa*‹.«

Kaasa rieb sich die Augen und gähnte.

»Unser Abteilungsleiter für Gewaltverbrechen hat mich heute angerufen«, sagte er. »Es ging um eine Sache, die Bråten und ich letzte Nacht behandelt haben, ein Selbstmord in einem Auto ganz unten in der Sorgenfrigata. Alles war wie im Lehrbuch; der Motor lief, der Schlauch war im Auspuff befestigt und führte durch einen Fensterspalt ins Wageninnere. Doch es gab ein paar Dinge, die Haugen nicht zu stimmen schienen. Erstens hatte der Betreffende Blut im Mund. Wir haben in unserem Bericht erst mal keine weitere Vermutung angestellt, sondern gingen davon aus, dass der Typ so verzweifelt war und sich zuerst den Schlauch in den Mund gesteckt hat, um so viel Kohlenmonoxid wie möglich einzuatmen, und dass er deswegen zu bluten anfing. Am Schlauch schien es ebenfalls Blutspuren zu geben, was diese Theorie verstärkte, aber natürlich werden noch weitere Untersuchungen gemacht. Und da alles auf Selbstmord hindeutete, haben wir auch keinen Rechtsmediziner herbeigerufen, der unter anderem die Körpertemperatur hätte messen können; der Todeszeitpunkt ist also unsicher.«

Kaasa sah vor seinem geistigen Auge die Blutstropfen im Neuschnee und atmete tief ein.

»Und zweitens fragt sich Haugen, wie wahrscheinlich es eigentlich ist, von seinem eigenen Haus im Tuengveien in die Sorgenfrigata zu fahren, wenn man sich umbringen will.«

»Und dann auch noch ausgerechnet die Sorgenfrigata«, warf Riitta ein. »Nein, über so was sollte man nicht scherzen. Vielleicht hat er es ja wegen seiner Angehörigen gemacht. Er wollte womöglich nicht, dass ihn jemand von der Familie findet?«

»Ja, Haugen hat das auch erst vermutet. Aber wegen der eventuellen Benachrichtigungen wurde das heute überprüft, und bis jetzt sieht es so aus, als ob er gar keine Verwandten hatte. Natürlich kann das auch etwas mit Nachbarn oder Freunden zu tun haben, die Zugang zu seiner Wohnung hatten. Aber es gibt noch etwas: Nachdem die Leiche weggebracht und der Wagen abgeschleppt worden waren, sind Bråten und ich zu seiner Adresse gefahren, und da standen an der Haustür zwei Fackeln im Schnee. Die waren zwar ausgebrannt, aber es war ganz eindeutig, dass sie noch am selben Abend gebrannt hatten. Das würde bedeuten, dass unser Mann eine Gesellschaft oder so was bei sich zu Hause hatte und wahrscheinlich direkt danach losgefahren ist, um sich das Leben zu nehmen. Da kann man sich schon fragen, wie wahrscheinlich das ist. Ist da vielleicht irgendwas während der Party passiert, was das Ganze in Gang gesetzt hat?«

»Haugen glaubt also nicht, dass es Selbstmord war?«

»Doch, ich verstehe es zumindest so, denn trotz allem hat er erst mal einen kühlen Kopf bewahrt und wollte bis morgen abwarten, bevor er einen Ermittler losschickt, um mit den Nachbarn zu reden. Da werden wir dann wohl weitere Informationen über diese Party bekommen, vielleicht ist ja einer von den Nachbarn dort gewesen.«

Kaasa musste plötzlich daran denken, dass das Seitenfenster ein wenig heruntergekurbelt war, dort, wo er die Töne aus dem Radio gehört hatte.

Die Öffnung im hinteren Fenster, wo der Schlauch hineingeschoben war, *musste* ja da sein, doch wozu war das Fenster der Fahrertür leicht geöffnet gewesen? Weswegen hatte Ib Berg es nicht auf die schnellste Weise hinter sich bringen wollen? Das hatte er vergessen, in seinem Bericht zu erwähnen.

Riitta fing leise an, ein melancholisches samisches Lied zu singen.

Sie wurde von einer Meldung aus der Einsatzzentrale unterbrochen; eine Einheit aus dem Osloer Westen sollte sofort in die Tidemans Gate fahren. Der Anrufer, der den Notruf gewählt hatte, fühlte sich von zwei Männern bedroht, die draußen vor dem Auto standen, in dem er saß.

Kaasa ergriff das Funkgerät und gab durch, dass Bravo-drei-eins den Auftrag übernähme.

»Gut, dass wir ordentlich Gummi haben«, sagte Riitta und gab Gas.

Sie stellte Blaulicht und Sirene ein.

»Vor ein paar Jahren war ich mit meinen Freundinnen auf einem Fest in Karasjok, und als wir nach Hause wollten, war es unmöglich, ein Taxi zu bekommen, da es am selben Abend dort auch eine große Hochzeit gab. Schließlich riefen wir einen jungen Typen aus unserem Ort an und fragten höflich, ob er uns abholen könne, aber er war nicht gerade scharf darauf. Er meinte, dass wir zu viele für sein Auto wären und er außerdem zu schlechte Reifen für die seifenglatten Straßen hätte. Doch schließlich konnten wir ihn überreden. Als Dank für diesen Transport schickten wir ihm ein paar Tage später eine Flasche Schnaps, und da wir so viele kreative Köpfe waren, schickten wir ihm mit der Flasche auch eine Karte. Und darauf schrieben wir: ›Danke dass du uns alle genommen hast, auch wenn dein Gummi schlecht war.‹«

Riitta brach in schallendes Gelächter aus.

Kaasa saß da und nickte. Er musste sich eingestehen, dass er Gefallen an ihrem Humor fand. Meist fuhr er mit Stein

Bråten oder Gunnar Sletten auf Streife, doch Sletten hatte im Zusammenhang mit seinem Studium ein paar Tage Urlaub.

Riitta schaltete Blaulicht und Sirene aus.

Zwei leichtbekleidete Männer standen da und schauten in einen grauen Volvo, der ganz unten in der Tidemans Gate parkte. Beide richteten sich auf, als sie den Streifenwagen kommen sahen. Kaasa fasste seinen Gummiknüppel, strich mit den Fingerspitzen über die Handschellen und sprang aus dem Wagen.

Einer der beiden, ein stattlicher Kerl in weißem T-Shirt, räusperte sich.

»Sie sind ein bisschen zu schnell gekommen.«

»Zu schnell?«

»Ja, zur Abwechslung sind Sie mal zu schnell gekommen«, sagte er und deutete mit dem Kopf auf den Volvo. »Ich hab gesehen, dass der Gauner hier telefoniert hat. Jetzt ist mir klar, dass er Sie angerufen hat.«

Der zweite Mann schlug den Kragen seines rotkarierten Hemdes hoch und tippte mit dem Finger gegen die Frontscheibe.

»Dieser Scheißtyp hier soll bloß nicht versuchen, noch mal mein Auto zu klauen.«

»Dann ist das also Ihr Wagen?«, fragte Kaasa.

»Genau.«

»Aber warum haben *Sie* dann nicht die Polizei gerufen?«, wollte Riitta wissen.

»Tja, was meinen Sie wohl?«, erwiderte er und breitete die Arme aus.

Mit zusammengekniffenen Augen sah er die beiden Polizeibeamten an. Dann fuhr er fort: »Ich war schon auf dem Weg nach oben, um den Autoschlüssel zu holen. Können Sie nicht noch mal ein, zwei Runden drehen und dann in fünf oder zehn Minuten zurückkommen?«

Hinter der beschlagenen Scheibe erkannte Kaasa undeutlich ein bleiches, verschrecktes Gesicht. Er bat die beiden Männer, vom Wagen wegzutreten, und klopfte gegen die Scheibe.

»In Ordnung, Sie können jetzt rauskommen.«

Kaasa erkannte ihn wieder, kam aber nicht gleich auf seinen Namen.

Als Dreizehn- oder Vierzehnjährigen hatte Kaasa ihn öfter nach Hause zu seiner Mutter gefahren, nachdem er wegen Diebstahls oder irgendeiner Gaunerei geschnappt worden war.

»Nun kommen Sie schon.«

Der Mann im Wagen öffnete die Tür und sprang heraus. Kaasa griff nach seinem Arm, verfehlte ihn aber und sah zu, wie er losrannte. Riitta wollte ihm schon hinterherjagen, doch er riss plötzlich die Hecktür des Streifenwagens auf und schlüpfte hinein.

Der Mann im rotkarierten Hemd schüttelte den Kopf und wischte den Schnee von der Frontscheibe des Volvo.

»Jaja, ein Schulterklopfer vom guten ›Onkel‹ und dann ein Gratistransport heim zu Mama. In was für einer Gesellschaft leben wir eigentlich?«

Kaasa erwiderte, dass sie den Vorfall anzeigen sollten, und bat Riitta, die Personalien des Autobesitzers aufzunehmen und die Schäden an Türschloss und Zündung zu überprüfen.

Dann trat er zur Seite und setzte sich in den Streifenwagen. »Wie war noch mal dein Name?«

Der Mann auf dem Rücksitz schielte argwöhnisch zum Volvo hinüber.

»Er hat gesagt, er würde mich umbringen.«

»Sie waren wohl etwas wütend«, erwiderte Kaasa. »Wie heißt du?«

»Per Holmen.«

»Ja, jetzt erinnere ich mich. Übrigens lange her, dass ich dich zuletzt gesehen habe. Wohnst du immer noch bei deiner Mutter in der Vibes Gate?«

»Sie ist gestorben, jetzt wohne ich bei meiner Großmutter.«

»Wird sie nicht langsam sehr alt?«

»Paar und achtzig, fast neunzig. Ich glaub, sie wird nächstes Jahr oder so neunzig.«

Kaasa seufzte und dachte, dass einige Mütter und Großmütter wohl niemals aufgaben.

»Verdammt, der Dreckskerl hat in mein Auto gepisst.« Die Stimme des Mannes im rotkarierten Hemd klang durch das halb heruntergekurbelte Fenster des Streifenwagens.

Kaasa bemerkte, dass der magere Körper von Per Holmen zu zittern anfing.

»Meine Kollegin ist gleich fertig, dann fahren wir dich in den Arrest. Da bist du auf alle Fälle sicher.«

3

Riitta führte in der Pause ihren Hund aus. Als sie wieder losfuhren, hatte es aufgehört zu schneien.

»Auf dem Funk ist nicht viel los, da fahren wir doch mal in den Tuengveien«, sagte Kaasa und lenkte den Wagen aus dem Kreisverkehr an der Polizeiwache.

Als sie Heggeli passierten, wurde das gelbe, rotierende Licht eines Schneepflugs von den winterweißen Gärten reflektiert.

»Apropos Ängstlichkeit«, sagte Riitta, »wenn ich so nervös wäre, hätte ich bestimmt etwas anderes probiert, als Autos zu klauen. Hattest du schon mal so 'ne richtige Scheißangst?«

»Schon oft, aber in der Regel laufen solche Situationen so schnell ab, dass man gar keine Gelegenheit hat, Angst zu bekommen, und die Reaktion folgt dann später. Das Schlimmste, was ich je erlebt habe, war eine Frau, die in der geschlossenen Abteilung im Lovisenberg-Krankenhaus durchgedreht ist. Ich hatte zuvor schon einmal Stress mit ihr, nachdem sie von dort abgehauen war, und am Ende waren wir fünf oder sechs Leute, die sich mit ihr herumstreiten mussten. Eine schiere Zeitbombe mit beinahe hundert Kilo auf dem Leib, aber schließlich konnten wir sie überwältigen. Doch die Episode, an die ich eben dachte, geschah wie gesagt innerhalb der Abteilung. Sie drehte durch, nachdem sie ein Küchenmesser hineingeschmuggelt hatte. Sie wusste, dass man die Polizei alarmieren würde, und vor Gericht sagte sie, dass sie einen Polizisten umbringen wollte. Vielleicht nicht so verwunderlich, dass sich ihr Anwalt auf seinem Stuhl verzweifelt wand. Wenn es ihr gelungen wäre, einen Polizisten zu töten – so hatte sie kalkuliert –, dann wäre sie ins Gefängnis gekommen und hätte sich nicht länger in einer psychiatrischen Einrichtung aufhalten müssen, wo man sie mit Medikamenten vollpumpte und sie sich entmündigt fühlte.« Kaasa zeigte auf die Narbe, die er am Kehlkopf hatte.

»Ihr Plan ging zwar nicht ganz auf, aber immerhin bekam sie zwei Jahre Gefängnis plus Sicherheitsverwahrung. Ich hab mit ihr gesprochen, als sie vor einiger Zeit mit Blumen auf der Polizeiwache auftauchte. Sie sagte, dass sie jetzt endlich gesund sei, und bedankte sich, dass wir gesunden Menschenverstand gezeigt und ihre Hoffnungslosigkeit erkannt hätten. Aber auf diese Art von Auseinandersetzung müssen wir wohl immer gefasst sein, und die meisten Strafverteidiger denken anscheinend, dass wir genau für so etwas bezahlt werden.«

Sie hielten vor der Einfahrt im Tuengveien und sahen im Licht der Straßenlaternen, dass der Schnee weiß und unberührt dalag. Nachdem Kaasa in der letzten Nacht hier gewesen war, hatte es fast die ganze Zeit heftig geschneit.

»Wir können jetzt nicht so viel machen«, sagte Kaasa.

»Haugen schickt morgen jemanden vorbei, um mit den Nachbarn zu reden. Tja, gut möglich, dass da während der Party etwas passiert ist.«

Eine ältere Dame mit Hund kam schlurfend auf sie zugelaufen. Als Kaasa aus dem Wagen stieg, wedelte der schwarzweiße Setter mit dem Schwanz. Die Frau schob ihre beige Strickmütze aus der Stirn.

»Sie sind ja früh unterwegs«, sagte Kaasa.

Sie zog den Ärmel ihrer grünen Allwetterjacke ein Stückchen hoch und schaute auf die Uhr.

»Gjermund hat zurzeit ein paar Magenprobleme.«

Kaasa bemerkte, dies sei ein komischer Name für einen Hund, und lächelte.

»Ich hab ihn nach Gjermund Eggen benannt. Sie sind doch wohl so erwachsen, dass Sie sich an Gjermund Eggen erinnern? Der Skiläufer?«

»Ja, ich erinnere mich an ihn. Wohnen Sie hier in der Nähe?«

»Ja, gleich da vorn«, sagte sie und schaute zu Ib Bergs Haus hinüber. »Also das verstehe ich nicht, hier sind ja gar keine Spuren. Berg ist sicher schon … schon lange nicht mehr draußen gewesen. Ist ihm etwas passiert? Sind Sie deswegen hier?«

Kaasa zögerte und überlegte, wie er sich ausdrücken sollte.

Riitta kam aus dem Wagen. Die Frau schaute angestrengt zu ihr, bevor sie sich wieder an Kaasa wandte.

»Und wer geht jetzt mit Lurven Gassi?«, fuhr sie fort. »Es ist doch wohl ziemlich deutlich, dass niemand hier war, um Lurven auszuführen.«

»Hatte er einen Hund?«, fragte Riitta, setzte sich in die Hocke und fing an, Gjermund hinter den Ohren zu kraulen.

»Er *hat* einen Hund. Berg hat immer einen Hund gehabt. Lurven und Gjermund sind gute Freunde.«

Die beiden Polizeibeamten schauten sich kurz an. Dann sagte Kaasa, dass Ib Berg tot sei – dass er schon vor über einem Tag gestorben sei.

»Was Sie nicht sagen! Tot! Aber …« Sie breitete die Arme aus. »Aber Berg war doch so fit. Ich habe nie gehört, dass ihm was gefehlt hat. Woran ist er denn gestorben?«

Kaasa zögerte einen Moment und sah, dass ihre grauen Augen feucht wurden.

»Kannten Sie ihn gut?«

»Ach, na ja, kennen und kennen. Wir haben immer ein paar Worte gewechselt, wenn wir uns mit den Hunden begegnet sind.«

Riitta fragte, ob das häufig geschehen sei.

»Zwei-, dreimal die Woche, würde ich sagen. Ich war auch zweimal bei ihm zu Hause. Aber wer kümmert sich denn jetzt um Lurven?«

»Soweit ich weiß, niemand«, erwiderte Kaasa und sah seine Kollegin an. »Wir müssen da jetzt reingehen.«

»Er ist also nicht hier zu Hause gestorben?«

Kaasa zog sein Notizbuch aus der Jackentasche und bat die Frau um ihre Personalien. Während er ihre Angaben notierte, fragte er, ob sie etwas von einer Party wusste, die Berg wahrscheinlich am Abend zuvor gegeben hatte.

»Party? Nein, hier ist bestimmt keine Party gewesen.«

»Aber es wurden zwei Fackeln abgebrannt.«

»Ich verstehe«, sagte sie. Kaasa glaubte, einen bekümmerten Zug in ihrem Lächeln zu erkennen. »Aber die Fackeln haben nichts mit einer Party zu tun. Berg hat hier ab und an mal Fackeln abgebrannt, damit die Nachbarn glauben sollten, er hätte Gesellschaft.« Sie schüttelte sich. »Ach, jetzt komme ich mir etwas gemein vor, wenn ich Ihnen das erzähle, aber er hat es mir einmal anvertraut. Und … ach, der Ärmste war sicher auch nicht ganz nüchtern, als er damit rausrückte. Ich bin bestimmt die Einzige, der er es erzählt hat. Er hat mir auf alle Fälle gesagt, es müsse unter uns bleiben.«

»Aber wieso denn?«, fragte Riitta.

»Tja, das wüsste ich auch gerne. Berg war ja schon ein komischer Vogel, aber dass er jetzt tot ist, also wirklich.« Sie schüttelte den Kopf und fuhr dann fort: »Alle hier im Viertel haben mitunter mal eine Party, und da ist es ja üblich, dass man diese Fackeln aufstellt. Berg wollte wohl nicht jemand sein, der ›außen vor‹ ist, verstehen Sie? Ja, das war wohl der Grund. So konnte er zeigen, dass er ein Mensch mit sozialen Kontakten war. Auf alle Fälle hat er es mir so gesagt. Doch ein andermal …«

»Ja?«

»Da hat er es ganz anders erklärt. Da sagte er etwas über Sicherheit und dass ihm diese Fackeln in gewisser Weise ermöglichten, sich sorglos zu fühlen.«

Kaasa fragte, ob Berg jemals über seine Familie gesprochen habe.

»Nein, niemals.«

»Und Freunde?«

»Ab und zu kam mal jemand und hat ihn besucht, aber ich

hatte nicht den Eindruck, dass es dann mehrere waren. Ansonsten hatte er noch Kontakt mit den Leuten da drüben.«
Sie deutete mit dem Kopf auf das kleine, gelbgestrichene Haus nebenan.
»Die sind bestimmt verreist. Da ist schon seit Tagen kein Schnee mehr geräumt worden.«
Kaasa ging zu Bergs Briefkasten, öffnete die Klappe und holte die Abendzeitung sowie eine Werbebroschüre heraus. Dann legte er sie wieder zurück und nickte seiner Kollegin zu.
»Wir müssen da jetzt rein.«
»Ja, der arme Lurven.« Die Frau seufzte. »Und Fiffi, sein Wellensittich ... Aber zu dieser Jahreszeit, wo alle Fenster und Türen geschlossen sind, fliegt der bestimmt die meiste Zeit völlig ungehindert im Haus herum.«
Kaasa dankte für ihre Auskünfte, dann stapften sie auf das Haus zu. Als sie auf der Treppe standen und sich den Schnee abklopften, sagte Kaasa, dass sie besser den diensthabenden Beamten in der Wache verständigen sollten. Einen Moment lang hielt er inne und betrachtete ratlos die blaugestrichene Haustür.
»Aber so was dauert zu dieser Tageszeit. Und außerdem ... die Sache ist als Selbstmord eingestuft, da wird man uns wahrscheinlich sagen, dass wir dort nichts zu suchen haben, bevor nicht jemand vom Amtsgericht eingeschaltet wird.«
»Ich glaube nur nicht, dass ein Hund so lange darauf warten kann«, warf Riitta ein.
Kaasa musste ihr recht geben. Er dachte an den Ausschnitt aus der *Budstikka,* den Sletten im Bereitschaftsraum auf-

gehängt hatte. Riitta war darauf zusammen mit ihrem Hund abgebildet. Er war bei einem Wettbewerb des Osloer Polizeidistrikts als bester Drogenhund ausgezeichnet worden. Riitta hatte verkündet, dass ihr ein Job bei der Hundestaffel angeboten worden war, sobald eine Stelle frei würde.

Kaasa blieb einen Moment stehen und sah zu der Frau an der Einfahrt hinüber; sie war in die Hocke gegangen und untersuchte eine Pfote ihres Hundes. Kaasa wandte sich ab und betrachtete das kleine Fenster neben der Haustür.

»Wir brechen das Fenster auf. Ich schätze mal, dass ich dann von innen an das Schloss herankommen kann.«

»Und wenn du es nicht schaffst, dann krieche ich hinein«, sagte Riitta. »Auf der Polizeihochschule haben sie mich schließlich nicht umsonst ›die Raubkatze‹ genannt.«

»Wenn es Ärger gibt, übernehme ich selbstverständlich die Verantwortung«, fügte Kaasa hinzu.

»In Ordnung«, gab Riitta zurück und ergriff die Türklinke. Sachte glitt die Tür auf.

»Verflucht, die Tür ist gar nicht abgeschlossen«, rief Kaasa. Er schaltete seine Taschenlampe ein und betrat das Haus. Der Lichtstrahl erhellte einen geflochtenen Hundekorb mit grünem Kissen, der unter einem Flurspiegel stand. Kaasa tastete sich zum Lichtschalter vor; im rötlichen Licht der Deckenlampe sah er, dass ein Zettel am Spiegel befestigt war. Er blickte zur Flurtür, die angelehnt war, und nahm den Zettel vom Spiegel. Er war mit Kugelschreiber beschrieben: *Liebe Lise. Ich besuche einen alten Freund. Bleibe ein paar Tage weg. Lurven freut sich. Überanstrenge dich nicht. Freundliche Grüße, Ib.*

»Für die Putzfrau?«, fragte Riitta verwundert.

Kaasa nickte und steckte den Zettel in die Tasche. Er holte tief Luft und trat, die Taschenlampe in Kopfhöhe, langsam auf die halboffene Tür zu. Er schob sie mit dem Knie auf, tastete sich zum Lichtschalter vor, fand ihn jedoch nicht. Er blieb stehen und ließ seinen Blick dem Lichtstrahl der Taschenlampe folgen.

Gleich rechts von ihm führte eine Treppe in die erste Etage. Er bemerkte, dass es frisch geputzt roch, und erschrak, als plötzlich Hunderte von Prismen an einem schweren Kronleuchter aufblitzten, der über einem dunklen, ovalen Esstisch hing. Er sah zu Riitta hinüber, die im gegenüberliegenden Türrahmen stand und den Lichtschalter betätigt hatte. Dann legte sie den Zeigefinger an die Lippen und machte: »Schsch.«

Kaasa ließ die Taschenlampe sinken, blieb stehen und lauschte. Nur das regelmäßige Ticken der Standuhr in der Zimmerecke war zu hören. Kaasa hörte das übliche Rauschen in seinem rechten Ohr, was durch einen Schusswechsel vor nunmehr fast zwanzig Jahren hervorgerufen worden war.

Langsam bewegten sie sich über den dunkel lackierten Fußboden und suchten nach weiteren Zetteln oder Abschiedsbriefen.

Vielleicht war ja der Satz »Ich werde mich niemals zurücksehnen« an sich schon genug, dachte Kaasa; weitere Worte waren wohl unnötig. Doch an wen waren diese Worte gerichtet? Vielleicht war es nur eine nüchterne Information an diejenigen, die ihn fanden. War es dadurch leichter für ihn geworden, oder hatte er die Worte an sich selbst geschrieben, um sich davon zu überzeugen, dass es sich tatsächlich so verhielt?

Ein rasselndes Geräusch unterbrach die Stille. Sie hielten ein paar Sekunden inne, bis sie kleine gelbe, tanzende Lichter über das Bücherregal gegenüber dem Wohnzimmerfenster huschen sahen. Der Schneepflug fuhr weiter die Straße hinunter, und es herrschte wieder Stille.

»Lurven, bist du hier?«, rief Riitta.

Sie sagte es so leise, dass es kaum als Rufen zu bezeichnen war, trotzdem klang es ziemlich laut.

Das Wohnzimmer war mit schweren dunklen Möbeln vollgestellt, und Kaasa dachte, dass diejenigen, die das alles hinausschleppen müssten, ein schönes Stück Arbeit vor sich hatten. Auf einem kleinen runden Tisch unter einem der Fenster stand ein Vogelkäfig mit offener Tür. Kaasa deutete mit dem Kopf darauf und sagte, dass Fiffi sich anscheinend woanders im Haus aufhielt.

»Psst«, flüsterte Riitta, den Finger auf den Lippen.

Kaasa hatte nichts gehört. Er blieb stehen und lauschte, während er ihren halb geöffneten Mund betrachtete. Doch dann war ihm, als ob er auch etwas hörte; ein unbestimmbarer Laut, der abrupt erstarb.

»Was war das?«

Riitta antwortete nicht; sie öffnete den Mund noch etwas weiter.

Dann war das Geräusch wieder da – eine Art Gurgeln, als ob jemand irgendwo in der Nähe stand und mit Mundwasser gurgelte. Sie blickten umher. Kaasa entdeckte, dass der Weihnachtstischläufer auf der Mahagonikiste neben dem Bücherregal verrutscht war. Riitta folgte seinem Blick und trat an die Kiste. Sie versuchte, den Deckel anzuheben, und schüttelte den Kopf; abgeschlossen.

»Lurven, wo bist du?«, flüsterte sie.

Wieder erklang das Geräusch, doch diesmal fast kaum hörbar; nur eine Art Seufzen.

»Still«, sagte sie wieder und deutete auf den Flur.

Die Hundeaugen starrten ihnen vom Boden des Kleiderschranks entgegen, und Kaasa glaubte, etwas in diesem Blick zu erkennen, etwas Bittendes. Der Hundekörper lag gekrümmt über ein paar Schuhen. Riittas kurze, kräftige Finger strichen vorsichtig über den Hundekopf und hielten irgendwo am Hals inne.

»Irgendwas ist mit seiner Kehle«, sagte sie, »ich glaube, sie ist eingedrückt.«

Der Hund stöhnte und blickte mühsam zu ihnen auf.

Riittas Finger strichen weiter über das schwarze Fell, den Brustkorb hinab und schließlich über das Rückgrat. Ihre Bewegung stoppte.

»Gebrochen«, sagte sie. »Irgend so ein Scheißkerl hat das arme Tier misshandelt.«

Kaasa schluckte und fragte, was für ein Hund es sei.

»Ein Riesenschnauzer. Hoffnungslos. Unglaublich, dass er so lange durchgehalten hat.«

Sie fasste sich an die Brust und blickte Kaasa kurz an.

»Lurven wird jetzt nicht mehr lange leiden.«

»Du hast doch wohl nicht vor, ihn hier drinnen zu erschießen, oder? Wenn wir eine Waffe benutzen wollen, dann müssen wir die Plombierung aufbrechen, und um die Plombierung aufzubrechen …«

»Ich weiß das alles«, unterbrach sie ihn. »Genehmigung

von einem schlaftrunkenen, diensthabenden Beamten einholen. Und das alles für einen Hundemord in einem Wohnzimmer im vornehmsten Osloer Westen! So eine Genehmigung kriegen wir nie, und dann wird von einem Veterinär die Rede sein. Und wann wird dann wohl ein Veterinär Zeit haben?«

Sie fasste sich wieder an die Brust und nahm schließlich ein Messer aus der Innentasche ihrer Jacke. Sie zog das Messer aus der Scheide und fuhr mit dem Zeigefingernagel über den Blutrand. Das Messer erinnerte Kaasa an ein schwedisches Mora-Messer, nur dass es etwas größer wirkte und ganz unten an der Klinge ein Metallring um den Schaft geschlungen war.

»Du willst doch wohl nicht ... Denk nur an das ganze Blut. Wir sollten ihn zumindest hochheben und raustragen.«

Er sah irgendetwas in Riittas Augen aufblitzen. Er verstand nicht, was es war, aber es ließ ihn verstummen.

Vorsichtig begann sie, dem Hund die Ohren zu streicheln, und Kaasa dachte an eine Mutter, die ihr krankes Kind streichelte.

»Du hast genug gelitten«, flüsterte sie und legte das Messer neben sich auf den Fußboden.

Sie blickte in Richtung Küche, lief hinein und kam kurz danach wieder mit einer Plastiktüte heraus. Dann nahm sie wieder das Messer und strich dem Hund mit der anderen Hand über den Hals.

»Du hast die Verantwortung für die Tür übernommen, was sicher kein großes Problem sein wird. Ich übernehme die Verantwortung hierfür.«

»Als ältester Beamter muss ich sowieso die Verantwortung übernehmen.«
»Dann sagst du eben, dass du zum Klo musstest«, erwiderte sie und seufzte. »Nur mal kurz aufs Klo, um dich zu übergeben. Ich glaube, von der Küche aus geht eine Toilette ab. Geh lieber und überprüf das.«
Kaasa zögerte. Er hörte, wie die Standuhr zu schlagen begann. Er zählte fünf Schläge.
Riitta beugte sich über den Hund und flüsterte etwas auf Samisch.
Er verstand nicht recht, wieso, aber er tat, was sie wollte. Er ging hinaus in die Küche und stellte fest, dass sie recht hatte. Von der Küche führte eine Tür in das Badezimmer, gerade groß genug für eine Badewanne, ein Waschbecken und eine Toilette. Er öffnete die Tür an der Querwand und blickte in das Schlafzimmer.
»Fiffi«, flüsterte er so leise, dass ihn niemand hören konnte. Dann blieb er ein paar Sekunden stehen und schnalzte mit der Zunge, ohne dass eine Reaktion erfolgte.
Riitta saß neben dem Garderobenschrank in der Hocke, als er zurückkam. Das Messer lag neben ihr; Blut tropfte von der Spitze auf den Fußboden. Sie sah ihn fragend an, was er mit einem Nicken quittierte. Dann nahm sie ihr Messer, wischte es am Stiefel ab und zeigte auf den Metallring am Schaft.
»Für Samen ist Messing heilig«, sagte sie.
Auf der Plastiktüte, die über den Hundekopf gezogen war, las er *Rema 1000.* Er las es noch mal und dachte plötzlich an Simen; er verstand nicht, wieso, sah aber das Spitzbubengesicht seines jüngsten Sohnes vor sich. Dann fiel

ihm ein, dass er einmal, als Simen einschlafen sollte, zu zählen angefangen hatte – »Rema 1, Rema 2« und so weiter –, und bei »Rema 111« war er eingeschlafen.

Riitta erhob sich langsam.

»Nimm du ihn«, sagte sie.

4

Kaasa eilte über den Kirkevei. Nach der Nachtschicht hatte er schlechter als sonst geschlafen.

Im Traum hatte ihn wieder einmal die Leiche im Schnee mit ihren weit geöffneten, starrenden Augen heimgesucht. Als wollten ihm die Augen etwas erzählen. Der Gedanke war absurd, und er wusste, dass er ihn für sich behalten musste.

Ein lauter Knall brachte ihn abrupt zum Stehen. Er drehte sich um und sah, dass der Luftdruck den Wimpel mit der Lottoreklame zum Flattern gebracht hatte.

Wenn er ein paar Sekunden später herausgekommen wäre, dann hätte ihn die Dachlawine erwischt. Auf einer Länge von zehn oder zwölf Metern sah er fest zusammengedrückten, feuchten Schnee auf dem Bürgersteig liegen. Auf der anderen Seite der Schneemasse stand eine ältere Frau und schluchzte; sie war leichenblass und hielt krampfartig ihren knallroten, aufgespannten Regenschirm fest. Kaasa überlegte kurz, hinüberzugehen und zu fragen, wie es ihr gehe, ließ es aber dann sein, als eine jüngere Frau aus dem Tabakladen kam und ihr eine Hand auf die Schulter legte.

Kaasa blickte auf und spürte einen leichten Regen auf seinem Gesicht. An mehreren Stellen hing der Schnee wie weiße, drohende Zungen von den Dachvorsprüngen herab. Nachdem mehrere Tage lang heftiger Schnee gefallen war, hatte er gehofft, dass das milde Wetter dieses Mal ausbleiben würde. Kälte und Sonnenschein wären jetzt großartig gewesen.

Er dachte daran, wie er als frisch ausgebildeter Polizist in den siebziger Jahren auf »Eiszapfen-Patrouille« gegangen war; es waren die jüngsten Beamten aus der Zentrale in der Møllergate 19, die diesen Job bekommen hatten. Zu jener Zeit war aller Niederschlag im Winter als Schnee heruntergekommen, und in der Märzsonne begannen die Eiszapfen zu wachsen. Gnade dem Hausbesitzer, der sich seiner Verantwortung nicht bewusst war und niemanden zum Räumen aufs Dach schickte.

In den letzten Wintern hatte es in Oslo fast gar keinen Schnee gegeben.

»Schön, dass Sie vor Ihrer Schicht noch vorbeikommen konnten«, sagte Pål Haugen.

Kaasa nahm auf dem Besucherstuhl Platz und blickte in Haugens graugrüne Augen.

Haugen hatte sich nach vorn gebeugt, nahm den Kugelschreiber vom Schreibtisch und schnappte nach Luft. Das war typisch für ihn, er war fast immer ein bisschen nervös, immer ein bisschen gestresst.

»Ja, ich muss wirklich sagen, dass Sie und diese Riitta ja eine ganz schön heftige Nacht hinter sich haben. Und nachdem ich Ihren Bericht noch mal in Ruhe durchgelesen habe, gibt es zweifellos ein paar Fragen. Übrigens sehr gut, dass Sie da eine Bewachung bewerkstelligen konnten, ich habe mit unserem Juristen gesprochen. Um nicht wichtige Spuren zu verlieren, werden wir jetzt so verfahren, als handelte es sich hierbei um eine Mordsache. Mittlerweile sind die Kriminaltechniker mit ihrer ganzen Ausstattung im Tuengveien angekommen. Es bleibt allerdings festzustellen, dass wir einen schlechten Start erwischt haben. Das ist nicht als Kritik zu verstehen, denn im Ausgangspunkt deutete ja alles auf einen Selbstmord hin, und somit war es auch ganz natürlich, dass Sie und Bråten keinen Rechtsmediziner angefordert haben. Allerdings haben wir jetzt keinen genauen Todeszeitpunkt. Tja, über Zeugen kann man sagen, was man will. Viele lügen mehr oder weniger bewusst, egal, wie man sie behandelt. Doch wenn man tote Zeugen gut behandelt, lügen sie niemals.«

Er runzelte die Stirn und saß mit halb geschlossenen Augen einen Moment lang da, als dächte er über seine Worte nach.

»In Ihrem Bericht haben Sie geschrieben, dass die Totenstarre noch nicht eingesetzt hatte.«

»Stimmt. Zumindest nach dem wenigen geurteilt, was ich festgestellt habe.«

»Dann ist er wohl noch nicht sehr lange tot gewesen.«

»Das ist gut möglich, denn auf seinem Gesicht ist der Schnee geschmolzen.«

»Was meinen Sie?«

»Es hatte stark geschneit, und ich sah, dass der Schnee auf seinem Gesicht schmolz, obwohl es circa fünf Grad minus waren.«

»Ich kann mich gar nicht erinnern, dass das in Ihrem Bericht stand.«
»Ich hab's wohl nicht aufgeschrieben.«
»Dann fügen Sie das bitte als Anmerkung hinzu. Das war eine gute Beobachtung.«
Kaasa nickte und erzählte von der kleinen Öffnung, die ihm im Fenster der Fahrertür aufgefallen war, und versicherte, dies ebenfalls gleich zu vermerken.
Plötzlich sah er die weit geöffneten Augen vor sich, die ihn schon zweimal im Traum heimgesucht hatten. Nun schien ihm endlich aufzugehen, was sie ihm sagen wollten. Er sah Haugen an und räusperte sich.
»Ich habe mindestens drei Selbstmorde gesehen, die so durchgeführt wurden, wie wir es im Ausgangspunkt auch bei Ib Berg vermutet haben. Wird man vergiftet, dann schläft man ein, mit anderen Worten – die Augen sind geschlossen. Doch Bergs Augen waren offen. Ich habe sogar gesehen, dass der fallende Schnee auf ihnen geschmolzen ist.«
Er wollte gerade hinzufügen, dass ihn das an Tränen erinnert hatte, entschied sich aber anders.
Haugen starrte ihn ein paar Sekunden an.
»Tja, wenn das hier kein Mord ist, dann weiß ich auch nicht. Diese *äußerst* wichtigen Informationen müssen unbedingt mit in den Bericht. Storvolden und Thune sind übrigens unterwegs gewesen und haben mit den Nachbarn gesprochen, ohne dass uns das weitergebracht hat. Niemand kannte Berg sonderlich gut, obwohl er ›die ganzen Jahre‹ dort gewohnt hat. Und dass er irgendwelche Partys veranstaltet haben soll, war unbekannt.

Es gab nur ein Haus, wo niemand angetroffen wurde.« Haugen legte den Kugelschreiber weg und schnipste ihn an.

»Einer der Beamten von der Spurensicherung rief mich an. Er hat nicht verstanden, wieso dem Hund die Kehle durchschnitten werden musste, während er noch in dem Garderobenschrank lag.«

»Sein Rückgrat war gebrochen.«

»Das hab ich in Ihrem Bericht gelesen. Aber hätten Sie ihn denn nicht rausheben können?«

»Doch, aber wir fanden, dass es am besten für den Hund sei, wenn wir es genau dort täten.«

»Und das war Ihre Entscheidung?«

Kaasa nickte.

»Ja, Sie sind anscheinend immer noch ein Tierfreund. Ich erinnere mich – als wir zusammen in der Reiterstaffel waren, gab es niemanden, der sich so gut um sein Pferd gekümmert hat wie Sie. Es gab damals ein paar handfeste Auseinandersetzungen vor der amerikanischen Botschaft, es war ja mitten während des Vietnamkriegs.« Er schüttelte den Kopf. »Bjørg aus der Kantine ist übrigens stinksauer. Es war wohl nicht das Schlaueste, eine Hundeleiche mit durchschnittener Kehle in die Gefriertruhe zu legen, ohne vorher Bescheid zu sagen. Nachdem ich diesen Vermerk in Ihrem Bericht gelesen hatte, bin ich gleich raufgerannt, aber es war zu spät. Bjørg war schon seit über einer Stunde bei der Arbeit.«

»Hat ihr denn der Divisionsleiter nichts gesagt?«, unterbrach Kaasa. »Bevor wir nach der Schicht nach Hause fuhren, sind wir noch beim designierten Divisionsleiter vorbeigegangen und haben darum gebeten, dass Bjørg über den Inhalt des Müllsacks unterrichtet wird. Aber wo ist der Hund jetzt überhaupt?«

»Dort, wo er hingehört, im Rechtsmedizinischen Institut. Ich verstehe natürlich, dass das mit der Kantine nur eine vorübergehende Notlösung war, bis sie ihn in der Rechtsmedizin in Empfang genommen haben. Und am schlimmsten wäre es ja gewesen, wenn Sie die Hundeleiche zum Veterinärinstitut gebracht hätten – dort werfen sie den Grill immer ganz früh an.«

Haugen lehnte sich zurück und lächelte.

»Der Zettel aus dem Flur und der, den sie in Bergs Wagen gefunden haben, werden jetzt im Labor auf Fingerabdrücke untersucht. Von dort aus gehen sie an die Schriftexpertin. Tja, wenn es einen Mörder in dieser Sache gibt, dann ist es sehr wahrscheinlich, dass er die Zettel geschrieben hat und sich im Haus auskannte, denn er kannte offenbar den Namen des Hundes und den der Putzfrau.«

»Aber wozu sollte der Täter einen Zettel schreiben und dort hinlegen?«

»Wir haben das heute erörtert und sind zu der Annahme gelangt, dass der Mörder nach seiner Tat auch den Hund wegbringen wollte, den er tot glaubte und nicht mitgenommen hat. Und dass er irgendwie wusste, dass die Putzfrau schon auf dem Weg war. Was übrigens zutrifft. Wir haben durch einen Nachbarn erfahren, wer die Putzfrau ist, und ich habe heute mit ihr gesprochen. Sie hat bestätigt, dass sie den Zettel gesehen hat und dass sie ein Mal pro Woche gegen Mitternacht bei Berg putzt.«

»Sie putzt nachts?«

»Genau das hab ich auch gefragt. Sie waren wohl beide Nachtmenschen. Sie ist eine ehemalige Krankenschwester, die immer nur Nachtwachen gemacht hat, aber jetzt früh verrentet ist. Vor diesem Hintergrund war es natürlich taktisch klug, dass der Täter so einen Zettel geschrieben hat. Denn wenn sie in ein leeres Haus gekommen wäre, ohne zu wissen, wo sich Berg aufhielt, hätte sie natürlich sofort Alarm geschlagen. Und dann hätte man den Hund gefunden. Allerdings tauchten Sie dann auf, bevor der Täter es schaffte, zurückzukommen. Der Hund wurde natürlich gefunden, und jetzt sind wir dabei, einen Mordfall zu untersuchen. Ich schicke Tina Thune los, um heute Nachmittag noch mal eingehender mit der Putzfrau zu sprechen. Überlegen Sie nur mal, dass da ein mehr oder weniger ohnmächtiger Hund im Schrank lag, während sie dort geputzt hat. Sie sagt, sie sei fast völlig sicher, dass sie abgeschlossen hat, nachdem sie fertig war mit der Reinigung. Dass sie nun das Haus gleich nach Bergs Tod geputzt hat und noch dazu einen Tag, bevor Sie dort hinkamen, macht die Sache für die Spurensicherung nicht eben leichter. Und dann lese ich in Ihrem Bericht, dass wir es auch noch mit einem entflogenen Wellensittich zu tun haben.«

Kaasa blickte auf die Uhr und sagte, dass er sich jetzt umziehen müsse.

»Mit wem fahren Sie heute Abend?«

»Mit Sletten.«

»Wir haben endlich einen neuen Mann für die Abteilung bekommen, er heißt Pedersen. Er kommt von einer Polizeidienststelle im Norden und war anscheinend nach der Polizeihochschule so gut wie nie mehr hier in der Stadt. Ist es in Ordnung, wenn er ein paar Stunden mit Ihnen verbringt?«

5

Nachdem Arvid Pedersen Kaasa und Sletten fest die Hand gedrückt hatte, setzte er sich auf die Rückbank des Streifenwagens. Er war ein schlanker Mann in den Vierzigern, ungefähr eins achtzig groß. Die großen, dunkelbraunen Augen standen in eigenartigem Kontrast zu seinem blonden Bürstenhaarschnitt. Er zog den Reißverschluss seiner Steppjacke herunter und machte ein paar Bemerkungen über das Wetter.

Kaasa konnte an seinem Akzent hören, dass Pedersen wohl in der Gegend um den Mjøsasee aufgewachsen war. Er befestigte eine Liste mit Angaben über gestohlene Motorräder am Armaturenbrett.

Pedersen erzählte von der Polizeidienststelle auf den Vesterålen, wo er die letzten zehn Jahre gearbeitet hatte. Dort bestand der Wagenpark aus nur einem Fahrzeug, und fast die Hälfte der Einsätze wurde mit dem Taxi durchgeführt.

Kaasa meldete Bravo-drei-null einsatzbereit und verfügbar.

Heftiger Regen setzte ein, und Sletten stellte den Scheibenwischer auf eine höhere Stufe.

»Der erste Fall, bei dem du für Haugen arbeiten wirst, sah

zunächst wie ein Selbstmord aus«, sagte Kaasa. »Doch nun zeigt sich, dass es sich um etwas ganz anderes handeln könnte.«

»Ja, ich wurde in groben Zügen informiert.«

Kaasa wollte gerade vorschlagen, die Adresse im Tuengveien anzusteuern, als die Einsatzzentrale sie bat, zu einem Verkehrsunfall im Sørkedalsveien am Bogstadvann zu fahren.

Sletten schaltete Blaulicht und Sirene ein. Sie fuhren bei Rot über die Kreuzung am Smestad-Tunnel.

Der Verkehr zog sich träge den Sørkedalsveien hinauf; die Autos wichen zur Seite. Direkt vor dem Bogstad-Campingplatz kamen sie vollends zum Stehen, benutzten aber die Gegenfahrbahn, da dort keine Autos fuhren.

»Heute Abend wird's wohl noch mehrere Unfälle geben«, sagte Sletten. »Es gießt aus Kübeln, und wegen der Gebühren fahren wohl die meisten nicht mehr mit Spikereifen, was bei den vereisten Straßen eigentlich das einzig Vernünftige wäre.«

Ein alter Volvo hatte fast die ganze Frontpartie eines Mitsubishi Colt eingedrückt, der ein Stück weit in den aufgeschütteten Schnee am Straßenrand geschoben worden war. Kaasa stieg aus und hörte, wie Sletten über Funk meldete, dass sie an Ort und Stelle seien. Eine Frau hielt einen Mann mit dunklem, zerzaustem Haar an der Schulter fest; er saß mitten auf der Straße, sein moosgrüner Mantel stand offen. Ein älterer, dünner Mann mit karierter Schiebermütze trippelte neben der geöffneten Tür des Colt auf der Stelle herum.

»Ich weiß nicht«, stammelte er, als Kaasa in den Wagen

hineinblickte, »ich weiß wirklich nicht, wie es um sie steht.«

Die Frau war allein im Auto; ihr Kinn ruhte auf dem Lenkrad, das sich ein Stück weit in ihre Brust gedrückt hatte. Das blonde Haar verdeckte ihr Gesicht.

»Ich weiß wirklich nicht, wie es um sie steht«, wiederholte der Mann.

Kaasa fasste nach dem Kinn der Frau und hob vorsichtig ihren Kopf an, um die Atemwege zu befreien. Mit der anderen Hand strich er ihr die Haare aus dem Gesicht und tastete nach ihrer Halsschlagader. Die Haut war warm. Er nahm die hohen Wangenknochen wahr, die schmale Nase und die etwas fülligen Lippen, die leicht geöffnet waren. Die Augen waren halb geschlossen. Sie war eine hübsche Frau. Kaasa wusste, dass sie tot war. Er hörte ein paar Geräusche und hielt den Atem an. Eine dünne, metallische Stimme erklang irgendwo direkt in ihrer Nähe. Kaasa suchte den Boden ab und fand ein Handy zwischen ihren Füßen. Es war ein Kind, das da sprach.

»Mama, so antworte doch. Was war das für ein Knall?«

Das Mädchen wimmerte leise, bevor es fortfuhr: »Mama, warum antwortest du nicht?«

Kaasa schluckte und sagte hallo.

Am anderen Ende der Leitung wurde es still, und Kaasa meldete sich noch mal.

»Wer bist du?«

Kaasa hörte die Angst in ihrer Stimme. Er blickte sich ratlos um und sah, dass zwei Passanten dem Mann am Volvo auf die Beine halfen. Ein Augenblick stand er da und biss sich auf die Lippe.

»Wie alt bist du?«

»Acht Jahre. Wieso hast du Mamas Telefon genommen?«

»Ich wollte es mir nur kurz ausleihen, aber sag mal … ist dein Papa zu Hause?«

»Papa? Wieso sollte Papa zu Hause sein?«

»Wohnt Papa denn nicht bei euch?«

Kaasa glaubte, eine Art Kichern zu hören.

»Papa wohnt doch in den USA, aber wieso fragst du so was? Wer bist du, und wieso fragst du so was?«

»Also …«

»Ich will mit meiner Mama sprechen.«

»Wo wohnt ihr denn?«

»Frag doch Mama.«

»Bist du allein zu Hause?«

»Moffe ist hier.«

Der Kosename für die Oma, dachte Kaasa und fragte, ob er mit Moffe sprechen könne.

Schallendes Gelächter erklang. Dann sagte sie, dass Moffe nicht sprechen könne, denn Moffe sei eine Katze. Kaasa hörte den Krankenwagen ankommen und sagte, dass er jetzt auflegen müsse, bat sie jedoch, in der Nähe des Telefons zu bleiben.

»Aber …«

Mit der roten Taste unterbrach er die Kinderstimme. Er rief nach Sletten, der dem Mann am Volvo eine Wolldecke über die Schultern gelegt hatte, und fragte, wie es ihm ging.

»Ich glaube, gut«, rief Sletten zurück. »Und bei dir?«

Kaasa schüttelte den Kopf.

Pedersen redete mit einer Frau, die einen kleinen Hund an die Brust gedrückt hielt.

Kaasa nahm das Funkgerät und meldete der Einsatzzentrale, dass eine Person wahrscheinlich unter Schockeinwirkung stand und es eine Tote gegeben hatte; er bat um eine Einheit der Feuerwehr, da die Tote offenbar aus dem Fahrzeug befreit werden müsse.
Der Funksprecher erwiderte, da die betreffende Person nach Kaasas Aussage mit Sicherheit tot sei, würden sie die Straßenwacht vorbeischicken. Die Verkehrsprobleme am Unfallort ließen sich leichter lösen, wenn man den Wagen mitsamt der Leiche abtransportierte.

»Dann übernimmt also jetzt die Kriminalpolizei die Benachrichtigung der Angehörigen?«, fragte Pedersen, als sie sich wieder in den Streifenwagen gesetzt hatten.
Kaasa nickte. Er fühlte sich erleichtert, da die Unfallermittler eingetroffen waren und die Verantwortung für den Unfallort übernommen hatten.
Der Verkehr in Richtung Sørkedalen stand noch immer still. Als sie den Bogstad-Campingplatz erreichten, kam ihnen ein Fahrzeug der Straßenwacht entgegen, und Sletten fuhr den Wagen auf eine Bushaltestelle.
Kaasas Diensthandy klingelte. Abteilungsleiter Haugen erklärte, dass die Kollegen von der Spurensicherung noch immer im Tuengveien seien; sie versuchten, Fußabdrücke im Schnee zu finden, und wollten nun die Stiefelabdrücke der Polizeibeamten sichern, die das Haus betreten hatten.

Im Tuengveien war ein Zelt aufgestellt worden, das den acht oder neun Meter langen Bereich von der Einfahrt bis zum Haus abdeckte. Die kräftigen Scheinwerfer im Zelt ließen das Ganze wie ein Märchenschloss aussehen. Ein Kriminaltechniker in einem weißen Nylonoverall kam aus der Haustür und rutschte leicht aus.

»Verdammt glatt mit diesen Dingern an den Füßen«, sagte er und blickte auf seine hellblauen Plastiküberzüge hinunter. »Da müssten eigentlich Spikes dran sein.«

Er hielt sich an Kaasa fest und fragte, ob er und sein Kollege hier in der vorigen Nacht hineingegangen seien.

»Die Kollegin, mit der ich hier war, hat sich heute Abend krank gemeldet, aber ich hatte diese hier an«, erwiderte Kaasa, hob ein Bein und zeigte auf den Stiefel.

»Gut, ziehen Sie sie bitte im Wagen aus, ich brauche sie nur zwei Minuten. Und die Stiefel von ihrer Kollegin hätte ich auch gerne.«

Kaasa sagte, er könne sie anrufen. Er sah, dass die Beamten von der Spurensicherung am Rand der Auffahrt entlanggelaufen waren, um ins Haus zu kommen.

Der Kriminaltechniker nahm Kaasas Stiefel mit in einen grauen Lieferwagen, der gleich nebenan geparkt war. Pedersen ging mit ihm. Kaasa versuchte, eine Stelle im Wagen zu finden, die nicht nass war, und stützte seine Füße schließlich am Gaspedal ab.

»Ich rufe Haugen an und frage nach Riittas Telefonnummer«, sagte er.

»Rittaa Sara? Die hab ich hier«, sagte Sletten und zeigte auf sein Handy.

Er suchte im Telefonverzeichnis nach ihrer Nummer und las sie Kaasa vor, der daraufhin sein Diensthandy hervorzog und Sletten bat, sie zu wiederholen.

Niemand antwortete. Er hinterließ ihr auf der Mailbox

die Nachricht, so bald wie möglich Bravo-drei-null anzurufen.

Der Techniker kam auf seinen Plastiküberzügen zurückgeschlittert; der Regen rann an seinem Overall herab. Er hielt einen Stiefel in jeder Hand und fragte, wann sie das andere Paar herbeischaffen könnten.

»Ich konnte sie nicht erreichen«, erwiderte Kaasa und deutete auf sein Handy, »aber ich hab ihr eine Nachricht hinterlassen. Haben Sie übrigens den Wellensittich des Verstorbenen gefunden?«

»Noch ist er nicht aufgetaucht, und bis jetzt haben wir der Suche nach ihm da drinnen noch keine Priorität eingeräumt«, sagte der Kriminaltechniker und blinzelte zur Straßenlaterne hinauf. »Diese Wärmegrade mit Regen machen es schwierig für uns, der Schnee fällt zusammen. Es wäre viel einfacher, die Fußabdrücke zu bergen, wenn der Schnee leicht und locker wäre. Und wie es dann da drinnen mit dem ganzen Blut aussieht. Waren Sie es, der den armen Hund umgebracht hat?«

»Nein, meine Kollegin.«

»Hä? Eine Frau hat so was gemacht?«

»Wir wollen die Vorurteile doch mal weglassen«, warf Sletten ein und kniff ein Auge zusammen.

»Jetzt verstehe ich auch, wieso sie sich krankgemeldet hat«, erwiderte der Techniker.

Die Einsatzzentrale erteilte ihnen den Auftrag, zu einer häuslichen Streiterei in der Holtegata zu fahren.

Sletten bestätigte den Auftrag, und der Kriminaltechniker ermahnte sie, die Stiefel nicht zu vergessen; er brauchte sie im Laufe des Abends.

Als sie die Majorstua-Kreuzung passierten, fiel Kaasa ein, dass der Zeitungsbote ebenfalls zu Bergs Haus gegangen war. Er hatte Jack Lillebøens Adresse nicht, doch es war sicher einfach, sie herauszufinden. Er nahm an, dass Haugen noch im Büro war, und griff genau in dem Augenblick zum Telefon, als es zu klingeln anfing.

Es war Riitta. Kaasa berichtete von ihrem Besuch und gab weiter, dass die Spurensicherung die Stiefel brauchte, die sie an jenem Abend getragen hatte.

»Die stehen oben in meinem Schrank in der Garderobe«, sagte sie.

»Gut, dann holen wir sie da ab. Ich hab übrigens gehört, dass du dich krankgemeldet hast. Wie geht's dir denn?«

»Ach, na ja, krank …« Sie zögerte ein paar Sekunden und fuhr dann fort: »Denk nur, irgend so ein verfluchter Mistkerl hat Sussi gestohlen. Ich hab sie wie üblich draußen vor dem Prix-Supermarkt in Haslum angebunden, und als ich nach ein paar Minuten wieder rauskam, war sie verschwunden. Nein, ich konnte heute Abend einfach nicht zum Dienst kommen. Jetzt fahr ich hier kreuz und quer durch Bærum, um sie zu finden.«

Sie schluchzte, und Kaasa fragte, ob sie den Diebstahl angezeigt hätte.

»Ich war vor zwei Stunden unten in der Polizeistation in Sandvika, aber was werden die schon groß machen … tja, das weißt du ja selbst. Es dreht sich ja *nur* um einen Hund.«

»Wenn du Hilfe brauchst«, sagte Kaasa und sah seinen Kollegen an, »dann könnten wir nach dem Dienst vorbeikommen und dir beim Suchen helfen. Sletten wohnt ja auch da draußen.«

»Ich glaube nicht, dass das im Augenblick etwas nützt. Es ist ja wie die Suche nach der verfluchten Nadel im Heuhaufen.«

»Okay, aber ruf an, wenn es was gibt.«

»Vielen Dank, und es wäre schön, wenn du dem Divisionsleiter nichts erzählst. Ich kenne Øya noch nicht so gut, aber ich glaube nicht, dass er mir auf der Stelle freigegeben hätte, weil mein Hund gestohlen wurde. Also hab ich mir die Finger in die Nasenlöcher gesteckt und gesagt, ich wäre leicht erkältet.«

»Verstehe«, sagte Kaasa und dachte, dass sie wohl nicht die Einzige war, die diesen Trick anwandte.

Ein elf- oder zwölfjähriger Junge saß auf der Treppe an der Adresse in der Holtegata. Er nahm die Hände vom Gesicht, als er die Polizisten kommen hörte. Er flüsterte, dass sein Vater gerade gegangen sei, schaute mit verweinten Augen zu Kaasa auf und sagte, er hasse seinen Vater.

6

Kaasa fuhr auch am nächsten Abend zusammen mit Sletten auf Streife. In der Stadt war es ruhig, und als sie gerade von der Pause zurückkehrten, bat Haugen sie, in den Tuengveien zu fahren, denn die Beamten von der Spurensicherung hätten zu jemandem Kontakt, der mit Ib Berg bekannt gewesen war.

Haugen wollte den Leiter der Einsatzzentrale darüber informieren, dass sie eine Weile mit einem Auftrag von der Wache beschäftigt seien.

Über Funk hörten sie, dass ein freier Streifenwagen in die Holtegata beordert wurde.

»Da waren wir doch gestern Abend«, sagte Kaasa.

Sletten seufzte.

»Noch ein blauer Fleck bei der Mutter, und der Junge wird seinen Vater noch viel mehr hassen.«

Bravo-zwei-null meldete sich für den Auftrag.

»Ich werde sie später anrufen und darum bitten, dass sie eine Meldung ans Jugendamt schicken«, sagte Sletten.

Die Schiebetür des grauen Lieferwagens der Spurensicherung stand offen. Ein Mann in brauner Lederjacke saß vornübergebeugt da, und eine Beamtin starrte auf einen

Notizblock in ihrem Schoß. Der Mann richtete sich auf, als er die beiden Polizisten erblickte. Die Beamtin der Spurensicherung bat den Mann, sitzen zu bleiben, und stieg aus dem Wagen. Sie bedeutete Kaasa und Sletten, ihr zu folgen, und blieb nach ein paar Metern stehen.

»Er ist hier zweimal vorbeigelaufen und blieb dann stehen, um ins Haus zu gucken. Ich bin dann rausgegangen und habe ihn angesprochen. Er hat nicht versucht, sich zu verdrücken, aber irgendwas ist komisch an ihm. Wie Sie sicher schon wissen, kannte er den Verstorbenen.«

»Wir werden mal mit ihm sprechen«, erwiderte Kaasa und ging zurück zum Lieferwagen.

Kaasa reichte dem Mann zur Begrüßung die Hand. Er zog seinen Handschuh aus, und Kaasa bemerkte, dass seine Hand kalt war.

»Hier sind die Personalien«, sagte die Beamtin, riss einen Zettel ab und reichte ihn Kaasa.

Kaasa blickte auf die Notizen und stellte fest, dass Albert Mossdal 1960 geboren worden war und als selbständiger Unternehmer arbeitete. Mossdal sah jünger aus, das kräftige, dunkelblonde Haar wies noch keine Anzeichen von Grau auf. Er war schlank, fast mager, und etwas größer als Kaasa. Sie gingen zum Streifenwagen und setzten sich hinein. Kaasa wählte Haugens Nummer; er ging sofort ans Telefon.

»Wir haben hier einen Zeugen im Wagen«, sagte Kaasa und dachte daran, dass Mossdal vielleicht mehr als ein Zeuge war. Er wusste, dass der zum Tatort zurückkehrende Mörder nicht nur ein Mythos war.

»Sollen wir ihn zur Wache bringen?«

»Nein, ich hab hier momentan niemanden für eine Vernehmung zur Verfügung, und der Leiter der Einsatzzentrale sieht es sicher nicht gern, wenn ich Sie damit beauftrage. Ich würde Sie also bitten, eine vorläufige Vernehmung des Betreffenden durchzuführen.«

»In Ordnung.«

Kaasa wandte sich an Mossdal.

»Wollten Sie Ib Berg besuchen?«

»Nein, es stand ja in den Zeitungen, also … Ich dachte zuerst daran, die Polizei anzurufen und zu sagen, dass ich ihn gekannt habe, so, wie darum gebeten wurde, aber dann hab ich's nicht fertiggebracht.«

»Gab es dafür einen besonderen Grund?«

»Eigentlich nicht, aber ich fühlte mich wohler dabei, erst mal hierherzukommen und selbst nachzusehen. So dass ich mich von der Tatsache überzeugen konnte.«

»Und jetzt haben Sie sich vergewissert?«, fragte Sletten.

Mossdal nickte.

»Wie gut kannten Sie ihn?«

»Ich kannte ihn seit Herbst 1985. Das Schicksal wollte es, dass wir bei einem Vortrag des Schriftstellers Singer nebeneinandersaßen.«

»Isaac Bashevis Singer?«

Mossdal blickte Sletten erstaunt an und wiederholte nickend den Namen des Schriftstellers.

»Nach dem Vortrag strömten die Leute zusammen, um ein paar Worte mit Singer zu wechseln, doch Ib Berg blieb sitzen, um zu verdauen, was wir gehört hatten. Wie ich später verstand, war es auch nicht seine Art, in einer solchen Situation vorzupreschen. Nach einer Weile drehte er sich zu mir und sagte: *Unsere Seelen ahnen vielleicht schon das Mysterium. Deshalb haben wir die Kraft, zu leben.* Ein Zitat von Singer, wie Sie sicher wissen. Dann fragte mich Berg nach meinem Verhältnis zu Singer, und ich erwiderte wahrheitsgemäß, dass ich bisher nur ein Buch von ihm, *Schoscha,* gelesen hatte, aber dass es ein Buch war, das mir Lust auf mehr machte. Berg nickte, und dann lud er mich zu sich nach Hause ein, was ich annahm.«

Kaasa sah auf die Uhr, bevor er auf seinen Notizblock blickte. Er dachte daran, zu fragen, ob Mossdal und Berg noch andere gemeinsame Interessen hatten, wusste aber nicht recht, wie er sich ausdrücken sollte.

»Als ich nach Hause gehen wollte, lieh er mir *Feinde – die Geschichte einer Liebe.* Und danach haben wir uns öfter getroffen.«

»Ich erlebe Sie als einen reifen und erwachsenen Mann«, sagte Sletten und räusperte sich. »Daher frage ich Sie ganz offen: Hatten Sie eine sexuelle Beziehung?«

Kaasa bewunderte die Art seines viel jüngeren Kollegen, auf Menschen zuzugehen; sie waren schon in vielen kniffligen Situationen zusammen gewesen, doch Slettens direkte Vorgehensweise hatte noch niemals jemanden beleidigt.

»Ja«, erwiderte Mossdal nach kurzem Zögern, »aber es war wohl eher eine Liebesbeziehung. Tja, jetzt sind Sie die Einzigen, die davon wissen, nach all diesen Jahren sind Sie die Einzigen.«

Kaasa fragte, wann sie sich zuletzt getroffen hatten.

»Vor zwei Wochen, da waren wir im Theater, und nachdem wir noch etwas getrunken haben, bin ich mit zu ihm gegangen und habe dort übernachtet.«

»Ach so«, sagte Kaasa, »aber können Sie ausschließen, dass er noch andere Verhältnisse hatte?«

»Ausschließen ist ja ein ziemlich starker Ausdruck, aber ich glaube nicht, dass es der Fall war, auch wenn wir nie darüber gesprochen haben. Wir sind nie so miteinander umgegangen, also wie ›normale‹ Liebespaare oder Ehepaare, und haben nie völlige Treue voneinander erwartet. Wir haben uns trotz des Altersunterschieds aufrichtig gerngehabt und dem anderen nur Gutes gewünscht.«

»Hatte er andere enge Freunde oder Familie?«

»Er hat zumindest häufig von einem Onkel Otto gesprochen, obwohl ich im Nachhinein nicht glaube, dass er ein wirklicher Onkel ist.«

»Und dieser Otto lebt noch?«

»Bestimmt, obwohl er schon sehr alt ist, gut über neunzig. Ich weiß, dass Berg ihn an Weihnachten besucht hat.«

Über Funk hörten sie, dass eine Person angerufen hatte, die auf der Majorstua-Kreuzung beinahe mit einem älteren, dunkelgrünen Toyota zusammengestoßen war. Der Fahrer hatte eine rote Ampel missachtet.

Keine der Streifenpatrouillen meldete sich für den Auftrag.

Der Funksprecher gab durch, der Fahrer des Toyota sei weiter den Kirkevei hinuntergefahren, nachdem er einen anderen Wagen gerammt hatte.

Kaasa notierte das Kennzeichen des Wagens auf dem Handrücken und fragte Mossdal, ob er Ottos Nachnamen und seinen Wohnort kannte.

»Nein, leider nicht. Ich weiß nur, dass er irgendwo unten in Uranienborg wohnt.«
Kaasa faltete den Zettel mit Albert Mossdals Personalien zusammen und bedankte sich für die Auskünfte. Er stieg aus dem Wagen, um ihm die Tür zu öffnen, und sagte, dass sie sich später noch mal melden würden, da die Polizei ein formelles Vernehmungsprotokoll benötigte.
Kaasa versuchte, seinen Blick aufzufangen, doch Mossdal starrte auf seine spitzen Schuhe.
»Sind Sie mit dem Auto gekommen?«
Mossdal schüttelte den Kopf.

Der Toyota wurde von einer Hundepatrouille in der Oscars Gate angehalten, und als Kaasa und Sletten sich einsatzbereit meldeten, bekamen sie den Auftrag, zu *KappAhl* in der Karl Johans Gate zu fahren. Zwei Drogenabhängige waren aneinandergeraten.
Mehrere Leute standen auf dem Gehweg und feuerten die beiden Streitlustigen an.
Kaasa und Sletten bahnten sich einen Weg zwischen den Leuten hindurch und stellten fest, dass den beiden Streithähnen bereits die Luft ausgegangen war. Einer blutete bereits aus der Nase.
Sletten setzte sich in die Hocke und sagte, dass es jetzt genug sei.
Typisch Sletten, dachte Kaasa. Immer wenn er Kontakt zu jemandem aufnahm, der auf dem Boden lag, ging er in die Hocke, um sich dem Niveau der Person anzunähern. Die Leute hatten aufgehört zu johlen, und die beiden Polizisten zogen die Kampfhähne auf die Füße.

Der Typ, den Kaasa festhielt, hatte fast seine Hose verloren. Die Umstehenden lachten, und Kaasa fasste nach dem Hosenbund und zog die Hose hoch.

Der andere wischte sich die blutende Nase am Ärmel ab; er fiel beinahe wieder hin und zeigte auf eine Treppe.

»Jetzt lieg ich hier den ganzen Winter, und dann kommt dieser Arsch und stiehlt meinen Platz.«

Sletten bat die Zuschauer, weiterzugehen, dann nickte er seinem Kollegen zu, und die beiden Beamten ließen sich zu der Treppe führen, wo eine Decke und vier volle Plastiktüten lagen.

Sletten bedeutete den beiden, sich hinzusetzen, und sie nahmen auf der obersten Stufe Platz. Sletten setzte sich zwischen sie und forderte die Schaulustigen auf, sich zu entfernen. Dann fasste er die beiden Kampfhähne am Oberarm.

»Also, Jungs, wozu sich um eine Treppe prügeln? In dieser Stadt gibt's doch genug Treppen.«

Der Mann mit der blutenden Nase schnaubte verächtlich.

»Man kann wohl nicht erwarten, dass die Polizei so was weiß, aber es hat mit diesen Kabeln hier zu tun.«

Er legte eine angeschwollene Hand auf die Stufe.

»Hier gibt es Fußbodenheizung, verstehen Sie? Und wie gesagt, ich war zuerst hier. Seit Weihnachten liege ich hier jede Nacht.«

Der andere bekam einen Hustenanfall, dann sagte er, er sei am Abend als Erster dorthin gekommen.

»Verdammt, als ob das zählen würde.«

»Eigentlich ist auf der Treppe doch genug Platz für euch beide«, sagte Sletten und stand auf.

Die beiden standen ebenfalls auf und beäugten einander misstrauisch.
»Ganz bestimmt Platz für zwei, doch ja, ich wette einen Hunderter, dass da Platz für zwei ist. Hält jemand dagegen?«
Sie waren immer noch still.
»Und wenn ihr dann etwas dichter aneinanderliegen müsst, so könnt ihr euch wenigstens warm halten.«
»Ich leg mich jetzt auf alle Fälle hin«, sagte der mit Nasenbluten und verlor fast das Gleichgewicht.
Er kramte Zeitungen aus einer der Plastiktüten und verteilte sie auf dem Treppenabsatz; dann legte er sich hin und zog die Decke zum Kinn hoch.
»Ist es okay, wenn dein Kumpel hier auch ’n bisschen von der Decke abkriegt?«, fragte Sletten.
»Ist mir scheißegal«, erwiderte er und zog seine schwarze Strickmütze über die Augen.
»Aber Kumpel? … Na gut, vielleicht sind wir ja Kumpel. In der Bibel steht zwar, dass man seine Feinde lieben soll, aber es steht keine Scheißzeile darüber drin, dass man seine Kumpel lieben soll.«
Die beiden Polizisten blickten einander an; der andere Typ legte sich zögernd hin.
»Noch näher ran«, sagte Sletten, »du willst doch was von der Decke abhaben, oder?«
Der Mann schmiegte sich dicht an den Rücken seines ehemaligen Kampfgegners.
Sletten breitete die Decke über die beiden und sagte, wenn sie einen Anwalt kontaktieren wollten, so sollten sie doch bis morgen früh warten.

Einer der beiden erwiderte grunzend etwas.
Kaasa gab der Einsatzzentrale durch, dass die Situation in der Karl Johans Gate vor Ort gelöst worden war und dass sie jetzt zum Dienstschluss in die Wache kämen.

7

Kaasa blickte auf die Uhr; die Hälfte der Abendschicht war vorüber. Er hatte zu Albert Mossdal fahren wollen, hatte dafür jedoch keine Zeit gehabt. Mossdal ging nicht ans Telefon. Haugen hatte die Nummer im Telefonbuch überprüft, sie stimmte.

»Wieso kann Haugen keinen Ermittler dorthin schicken?«, fragte Sletten und stellte den Funk leiser.

»Er hatte niemanden zur Verfügung. Einige der Kollegen sind mit einer Sache in Hovseter beschäftigt, wo jemand bedroht wird, und die anderen arbeiten wohl daran, diesen Onkel Otto aufzuspüren.«

Kaasa wählte Haugens Nummer und hörte das Besetztzeichen.

»Wir fahren zu Mossdals Wohnung, aber ich denke, wir sollten die Einsatzzentrale erst mal nicht informieren. Wenn die uns brauchen, melden sie sich schon.«

Kaasa berichtete von einem Brief, den die Beamten der Spurensicherung bei Berg gefunden hatten. Haugen hatte ihm vor Dienstbeginn eine Kopie gezeigt; das Original war zur Untersuchung von Fingerabdrücken ins Labor geschickt worden.

»Der Text war klar und einfach: *Du und diese Grünschnä-*

bel, die bei dir rumhängen, sollen jetzt endlich aufhören, das Virus zu verbreiten. Haugen möchte gerne wissen, wie Mossdal reagiert, wenn er das zu hören kriegt.«
Kaasa rief noch mal Haugen an, der sofort abnahm. Haugen sagte, es sei gut, dass sie nun endlich die Möglichkeit hätten, zu Mossdal zu fahren. Kaasa hörte plötzlich einen unbestimmbaren Ausruf, und Haugen fuhr fort:
»Verdammt, der Unfall, um den Sie sich in Bogstad gekümmert haben, ist viel schlimmer, als man fassen kann. Die Kollegen in der Drogenfahndung allerdings jubeln gerade, denn nachdem der Volvo abgeschleppt wurde, hat man Kokain gefunden, festgeklebt unter dem Rücksitz. Der Este, der den Wagen gefahren hat, behauptet, nichts vom Kokain zu wissen, und betont, er habe den Wagen von einem Kumpel geliehen, an dessen Namen er sich nicht erinnern kann. Der Wagen ist in Estland angemeldet, und bis jetzt ist es nicht gelungen, den Eigentümer ausfindig zu machen. Fahrzeugpapiere gibt es natürlich auch nicht. Und als man den Fahrer gefragt hat, was er an diesem grauen, regnerischen Nachmittag da oben in Sørkedalen wollte, fiel ihm nichts anderes ein als die Erklärung, dass er von der norwegischen Natur so begeistert sei. Ein paar Kollegen von der Drogenfahndung haben bereits eine Scheune im Visier, wo es nach Zeugenaussagen spezielle Aktivitäten gegeben haben soll, und der Wagen ist da auch schon früher gesehen worden.«
Kaasa sagte, dass sie nach dem Besuch bei Mossdal anrufen und die neuen Erkenntnisse dann durchgeben wollten.
Die Haustür im Åsaveien war geschlossen. Kaasa drückte auf den Klingelknopf neben dem Schild, auf dem »A. Moss-

dal« stand. Als keine Reaktion erfolgte, klingelte er erneut und hörte, wie jemand von hinten auf ihn zukam.
»Kommen Sie zu Besuch?«, fragte ein kleiner, dicklicher Mann in den Vierzigern, der sich neben Sletten gestellt hatte. Er zog ein Schlüsselbund aus der Tasche seines dunkelgrauen Mantels.
Kaasa nickte.
»Aufs Klingeln reagiert niemand, dann gehen wir mal mit Ihnen hinein«, sagte er und vermutete aufgrund der Plazierung des Klingelschilds, dass Mossdal in der zweiten Etage wohnte.
Der Mann folgte ihnen die Treppen hinauf. Auf dem Treppenabsatz überprüften sie die Namensschilder, und als sie in die zweite Etage kamen, stellten sie fest, dass Mossdal die Wohnung auf der rechten Seite bewohnte.
»Ach, wollen Sie zu meinem Nachbarn?«
Der Mann deutete mit dem Kopf auf die gegenüberliegende Wohnung und sagte, dass er dort wohne.
Kaasa las »Are Høymoe« auf dem Namensschild, bevor er bei Mossdal anklingelte. Sie standen da und lauschten; als keine Reaktion erfolgte, klingelte er noch mal. Er entdeckte ein Stückchen Pappe unterhalb des Klingelknopfs, auf das etwas in kleinen Buchstaben geschrieben stand. Kaasa beugte sich vor, schaffte es aber nicht, die kleinen, mit Kugelschreiber hingekritzelten Buchstaben zu entziffern.
»Alter Mann ohne Brille«, sagte Sletten und schubste ihn zur Seite. »Mossdal bittet dich um das, was du gerade schon getan hast, oder fast, denn hier steht: ›Klopfen Sie noch mal an, vielleicht bin ich ja doch zu Hause.‹«

Einen Moment lang blieb er stehen und blickte angestrengt auf das Pappschild.

»Verdammt, irgendwas kommt mir daran bekannt vor.«

»Dann schadet's wohl nicht, wenn ich noch mal klingele«, sagte Kaasa.

Are Høymoe trat auf seine Wohnungstür zu und steckte den Schlüssel ins Schloss.

»Er ist wohl nicht zu Hause«, sagte er. »Ich hab ihn schon seit ein paar Tagen nicht gesehen.«

»Kennen Sie sich?«

»Nun ja, kennen …, aber wir haben ein wenig Kontakt. Womöglich die Einzigen hier im Haus, die Kontakt miteinander haben. Aber weshalb möchten Sie denn mit Albert sprechen?«

»Er ist nur Zeuge in einem besonderen Fall.«

»Dann hat es also nichts mit seiner …, wie soll ich sagen, Neigung, zu tun?«

»Sie meinen, dass er schwul ist?«, fragte Sletten.

»Ja, das war das, was ich meinte. Aber die Polizei macht wohl heutzutage nicht länger Jagd auf Homosexuelle.«

Kaasa dachte daran, wie er als junger Polizeiaspirant in den frühen siebziger Jahren dabei gewesen war, als aus verschiedenen öffentlichen Toiletten verschreckte Männer in die Møllergate 19 gebracht wurden.

»Im Übrigen glaube ich nicht, dass auch nur irgendwer mit ein bisschen Menschenkenntnis Vorurteile gegenüber Albert haben kann. Wir reden manchmal über solche Sachen, er ist mir gegenüber ganz offen, so wie er wohl auch im Allgemeinen ganz offen gegenüber Leuten ist, denen er vertraut. Ich kenne sonst kaum jemanden mit so vielen

Interessen – Literatur, Philosophie. Tja, wer würde schon glauben, dass jemand, der sein Geld mit Parkettabschleifen verdient, sich beispielsweise so sehr für die alten Griechen interessiert?«

»Sie reden also über solche Dinge?«

»Absolut. Es geht nicht gerade darum, wie viele Lackschichten aufgetragen werden müssen, nachdem man einen Fußboden mit Eichenparkett abgeschliffen hat, um es mal so auszudrücken.«

Høymoe befeuchtete seine Lippen und fuhr fort: »Um Ihnen auch gleich die möglicherweise peinliche Frage zu ersparen – ich kann Ihnen sagen, dass wir kein derartiges Verhältnis haben. Trotz all dieser Unterhaltungen sowie der Tatsache, dass ich derzeit allein wohne, war das nie ein Thema. Seine Intuition hat ihm wohl verraten, dass wir in dieser Hinsicht keine gemeinsamen Interessen hatten.«

Kaasa fragte, ob es üblich sei, dass Mossdal mehrere Tage lang wegblieb.

»Nein.«

In Slettens Jackentasche klingelte das Diensthandy. Er ging dran, nickte und sagte, es sei in Ordnung.

Kaasa sah seinen Kollegen an und schlug vor, zu fahren. Er dankte Høymoe für seine Informationen, bekam von Sletten das Handy gereicht und lief die Treppen hinunter, während er Haugens Nummer wählte. Als er antwortete, fasste Kaasa die Unterhaltung mit Høymoe kurz zusammen, und Haugen erwiderte, dass sie sich vorerst keinen Zugang zu Mossdals Wohnung verschaffen sollten. Er schlug vor, lieber einen Tag zu warten und weitere Nachforschungen anzustellen.

»Sein Wagen ist auf jeden Fall hier«, sagte Kaasa und zeigte auf einen älteren Passat-Kombi, der ein paar Meter von der Haustür entfernt parkte. »Und es sieht so aus, als ob er hier schon eine Weile gestanden hat.«
Er ging zum Wagen hin und entdeckte, dass etwas mit großen Buchstaben in den Schnee auf der Frontschreibe geschrieben stand.
»Jemand hat hier WEICHEI hingeschrieben«, rief er seinem Kollegen zu.
»Kinder kritzeln ja gerne was auf die Autos«, sagte Sletten und blieb neben ihm stehen, »... aber Weichei? Wenn's wenigstens Arsch oder was Schlimmeres wäre. Kannst du dich erinnern, wann es zu schneien aufgehört hat?«
»Als wir zur Wache gefahren sind, um Pause zu machen«, sagte Kaasa und bohrte seinen Finger vorsichtig in den ersten Buchstaben. »Und das ist erst eine Stunde her. Nachdem das hier geschrieben wurde, ist keine einzige Flocke mehr gefallen.«
Sie überprüften die Autos, die in der Nähe geparkt waren – auf keinen anderen war etwas geschrieben worden.
»Riitta rief übrigens an, als wir mit Mossdals Nachbarn gesprochen haben«, sagte Sletten, während er den Wagen startete. »Jemand hat sie angerufen. Er glaubte, Sussi auf Kadettangen bei Sandvika gesehen zu haben.«
»Ohne Anhang?«
»Der Hund hat eine Leine hinter sich hergezogen. Sie ist jetzt da in der Gegend, und für den Fall, dass ihre Suche erfolglos bleibt, hat sie mich gefragt, ob ich ihr nach Dienstschluss helfen könnte. Und sie sagte, wenn du Lust hast, kannst du auch gerne dabei sein.«

Es fing an zu hageln, als Kaasa durch den Frognerpark lief. Haugen hatte sie kurz vor Dienstschluss angerufen und sie gebeten, die Stiefel abzuholen, die der Bote angehabt hatte, als er Ib Berg die Zeitung lieferte. Jack Lillebøens Mutter hatte ihnen unter der angegebenen Adresse in der Sofies Gate die Tür geöffnet. Als Kaasa und Sletten mit den Stiefeln zu Haugen kamen, berichtete dieser, dass die Todesursache bei Berg noch immer nicht feststand und keine Hautreste unter seinen Nägeln gefunden worden waren. Haugen hatte Kaasa verwundert angesehen, als er hörte, was in den Schnee auf Mossdals Wagen gekritzelt war. Er schlug vor, sie sollten dorthin fahren, um ein Foto des Schriftzugs zu machen, doch nachdem er einen Moment überlegt hatte, verwarf er seinen Gedanken.

Auf der Brücke begegnete Kaasa einem Mann, der seinen Hund zu später Stunde ausführte, und dachte an Riitta; er hoffte, dass sie Sussi heute Nacht finden würde. Er glaubte, das melancholische Lied hören zu können, das sie immer sang, wenn sie durch die nachtstillen Straßen des Osloer Westens fuhren; dasselbe Lied, das sie auch bei der Weihnachtsfeier vorgetragen hatte. Die meisten waren der Ansicht, dass das ziemlich waghalsig von ihr gewesen war, nachdem sie erst so kurze Zeit auf der Wache arbeitete. Als sie ihr Lied beendet hatte, war Bråten aufgestanden und hatte einen schalen Witz über die Samen erzählt.

8

Die Digitaluhr über der Tür zum Besprechungsraum zeigte 11:11 Uhr, als Kaasa an die Tür klopfte und eintrat. Haugen deutete auf einen freien Stuhl und äußerte seine Zufriedenheit, dass Kaasa ohne Umschweife vorbeigekommen war.

Kaasa nahm zwischen Dag Storvolden und Arvid Pedersen Platz.

»Wir haben noch nicht angefangen«, sagte Haugen, »denn ich konnte mich nicht zurückhalten und habe von dem Esten berichtet, der in den tödlichen Unfall bei Bogstad verwickelt war. Und da Sie ja dort waren, wird es Sie wohl auch interessieren. Also, der Kerl ist schon durch eine frühere Sache bekannt. Denn als er und ein Landsmann im Juli 2003 vom Zoll in Svinesund angehalten wurden, fand man fast ein halbes Kilo Kokain im Wagen versteckt. Die beiden erzählten der Polizei, dass sie keine Ahnung von dem Kokain gehabt und sich auf dem Weg nach Bergen befunden hätten, wo sie Kontakte im Hinblick auf den Import von Fisch knüpfen wollten. Im Wagen wurde auch ein Parkschein aus einem Automaten in den Niederlanden gefunden, abgestempelt zwei Tage, bevor sie nach Svinesund gekommen waren. Sie erklärten, sie seien lediglich durch die Niederlande ›hindurchgereist‹, um die berühmten Windmühlen zu sehen. Weder die Polizei noch das Gericht glaubte ihnen, und das Urteil lautete auf zwei Jahre Gefängnis. Doch in der zweiten Instanz lief es ganz anders. Der Verteidiger kannte sich in seinem Fach gut aus, und die Jury kam zu dem Ergebnis, dass es berechtigte Zweifel an der Sache gab. Also wurden sie freigesprochen. Dieses Urteil war endgültig und konnte nicht angefochten werden. Die beiden hatten nun ein Jahr lang in Untersuchungshaft gesessen, und als Wiedergutmachung für die unrechtmäßige Strafverfolgung wurden ihnen jeweils 165 000 Kronen zuerkannt. Nicht schlecht, wenn man bedenkt, dass ein durchschnittliches Jahreseinkommen in Estland unter 40 000 Kronen liegt. Zusätzlich forderten sie mit Hilfe ihres Anwalts eine Wiedergutmachung für das verlorene Arbeitseinkommen, denn schließlich zeigte sich, dass sie ebenfalls beabsichtigt hatten, als Erdbeerpflücker in Trøndelag zu arbeiten. Da sie das jedoch nicht beweisen konnten, wurde die Forderung abgelehnt.«

Haugen gähnte und rieb sich die Augen, bevor er fortfuhr: »Wir wissen ja, dass so etwas kein Einzelfall ist, doch gleichwohl hat mich das so empört, dass ich das ganze Material gestern Abend und die halbe Nacht durchgearbeitet habe. Unsere Esten ließen durch ihren Anwalt erklären, wie enttäuscht sie waren, keine Wiedergutmachung für das verlorene Arbeitseinkommen zu erhalten, betrachteten jedoch diese 165 000 Kronen als Entschuldigung des norwegischen Staates für die erlittene schlechte Behandlung. Tja, jetzt sitzt also einer der beiden wieder in Untersuchungshaft, und wenn man ein bisschen zynisch ist, könnte man vermuten, dass er auf eine möglichst lange Haftzeit hofft, denn umso größer würde dann eventuell eine weitere ›Entschuldigung‹ der norwegischen Gesellschaft ausfallen.«

Haugen schnappte nach Luft und schnipste den Kugelschreiber an, der vor ihm auf dem Tisch lag.

»Nein, es tut mir leid, das war ja gar nicht der Grund, wieso ich Sie zu dieser Besprechung gebeten habe, aber mein Kopf war so proppenvoll mit dieser Sache, dass ich das jetzt einfach loswerden musste. Und ich weiß ja, dass Sie alle aufmerksame Zuhörer sind.«

»Ja, wir haben wohl keine andere Wahl«, sagte Storvolden und grinste.

Vigdis Gulliksen, die Zweite in der Befehlskette der Abteilung, blickte Kaasa fragend an, während sie mit dem Kopf auf die Kaffeekanne deutete.

Kaasa lehnte ab.

Haugen zog einen Bogen aus dem schmalen Aktenstapel.

»Das hier ist eine Kopie dessen, was zu Hause bei Ib Berg gefunden wurde. Der Wortlaut ist so, dass ich das als Drohbrief bezeichnen möchte. Wir haben versucht, diesen Mossdal, Bergs Freund, aufzuspüren. Er hat lediglich ein Mobiltelefon, doch da er nicht rangeht, ist Kaasa gestern mit einem Kollegen zu seinem Haus gefahren. Dort gab es Kontakt zu einem Nachbarn. Können Sie die Unterhaltung mit dem Betreffenden kurz zusammenfassen?«

Kaasa berichtete in groben Zügen, was während der Begegnung mit Are Høymoe herausgekommen war.

»Es gibt also keinen Zweifel, dass Mossdal schwul ist?«, fragte Vigdis Gulliksen.

»Anscheinend nicht«, sagte Haugen. »Ich habe im Übrigen mit dem diensthabenden Juristen gesprochen und die Genehmigung erhalten, dass wir uns Zugang zu Mossdals Wohnung verschaffen können. Wenn wir also innerhalb der nächsten Stunde keinen Kontakt zu ihm bekommen, schicke ich Storvolden und Pedersen los.«

Pedersen nickte. Er fragte Kaasa, wie die Wohnung gesichert war; Kaasa beschrieb ihm die Tür.

Haugen klopfte sich mit zwei Fingern an die Schläfe.

»Wir hätten Mossdal an dem Abend im Tuengveien vielleicht nicht gehen lassen sollen, als Kaasa und sein Kollege mit ihm sprachen. Aber ich betone, dass das meine Entscheidung war. Etwas Positives gibt es allerdings auch: Der Spurensicherung ist es gelungen, am Maul des Hundes Blutfragmente zu sichern, die nicht von ihm selbst stammen können, also ist klar, dass der Täter direkten Kontakt mit dem Hund hatte. Wir haben Ambulanzen und Krankenhäuser nach Personen mit Hundebiss gefragt, doch das war negativ. Der arme Hund ist ordentlich zugerichtet worden. Er hatte ein gebrochenes Rückgrat und die Kehle war stellenweise eingedrückt. Doch der Vogel ist ausgeflogen, ganz buchstäblich. Die Spurensicherung schließt auf alle Fälle aus, dass es auch nur eine einzige Feder im Haus gibt. Aber bevor ich's vergesse, Kaasa hat eine interessante Beobachtung im Schnee auf Mossdals Wagen gemacht.«

Kaasa räusperte sich und berichtete, was er gesehen hatte.

»Kann er das selbst geschrieben haben?«, fragte Storvolden verwundert.

Haugen sah ihn fragend an.

»Wieso das?«

»Ach nein, das war nur so ein Gedanke, und hier darf man ja mal laut denken.«

»Ja, selbstverständlich«, erwiderte Haugen. »Im Übrigen wurde vor Ort ein nicht identifizierter Stiefelabdruck entdeckt. Der kann natürlich auch von einem Hausierer stammen. Aus den Untersuchungsergebnissen aus Bergs Haus geht hervor, dass er die Post für seine verreisten Nachbarn angenommen hat. Die sind übrigens die Einzigen in der Gegend, mit denen wir noch nicht gesprochen haben. Allerdings haben wir jetzt eine Bestätigung, dass sie nach Hause kommen, also fährt Thune dorthin und redet mit ihnen.«

Tina Thune reckte ihren Daumen in die Luft, während Haugen fortfuhr: »Und endlich sieht es so aus, als hätten wir herausgefunden, wer dieser Onkel Otto ist. Die Spurensicherung hat nämlich einen Umschlag in Bergs Unterlagen gefunden, zwar leer, aber auf der Rückseite stand als Absender ein gewisser Otto Storkleve sowie eine Adresse im Uranienborgveien. Gemäß Einwohnermeldeamt gibt es im ganzen Königreich nur eine Person dieses Namens, und ob das noch lange der Fall sein wird, ist gar nicht so sicher, er wurde nämlich 1910 geboren. Kaasa und Sletten werden hinfahren und mit ihm reden, nachdem wir hier fertig sind. Ich hab Sletten angerufen, und er ist bereit, mitzukommen. Zurzeit befindet er sich in einer Kollo…«

»Kolloquiumsgruppe«, warf Tina Thune ein.

»Du meine Güte, wer erfindet bloß immer diese kryptischen Ausdrücke? Nun, Sie wissen ja, dass Sletten neben

seiner Siebzig-Prozent-Stellung in der Abteilung für Öffentliche Ordnung noch nordische Literatur studiert.«
Er fing Kaasas Blick auf, bevor er weiterredete.
»Es ist wichtig, dass Sie behutsam vorgehen, denn da er keinen Kontakt zu uns aufgenommen hat, weiß er wahrscheinlich nichts über den Mord. Vielleicht auch nicht so ungewöhnlich. Wie sehr wird ein fast hundertjähriger Mann schon auf die Medien achten?«
Haugen zuckte zusammen, als das Telefon klingelte. Er nahm ab, schaute zum Fenster hinaus und bedankte sich für die Information, bevor er wieder auflegte.
»Ja, jetzt gibt es keinen Zweifel mehr, dass es sich hier um eine Mordsache handelt. In Bergs Blut wurden nämlich keinerlei Giftstoffe gefunden, die auf einen Tod durch Kohlenmonoxidvergiftung hinweisen. Und die geringen Mengen, die in der Lunge gefunden wurden, bestätigen nur unsere Theorie, dass nämlich der Mörder in seiner Verzweiflung den Schlauch in Bergs Mund gestopft hat und darauf hoffte, dass sich die Lungen damit füllen. Und daraus kann man vielleicht die Schlussfolgerung ziehen, dass der Mord gar nicht geplant war. Oder was meinen Sie?«
Gulliksen und Storvolden nickten.

9

Arvid Pedersens Stimme krächzte. Sletten drehte die Lautstärke am Funkgerät höher, und Pedersen wiederholte, dass sie Verstärkung brauchten; eine Person hatte sich in einem Treppenhaus im Åsaveien aufgehalten und war beim Auftauchen der Polizei geflüchtet. Der Funksprecher in der Einsatzzentrale bat um eine Beschreibung, bekam jedoch keine Antwort.

Eine Fox-Patrouille gab durch, dass sie ein Fahrzeug aus dem Verkehr gezogen hatten. Es folgte eine umständliche Begründung für ihr Vorgehen, doch Pedersen unterbrach sie und meldete, dass er und ein Kollege einen Mann über den Åsaveien in Richtung Schultz Gate verfolgten.

»Beschreibung?«, wiederholte der Funksprecher.

»Beigefarbene Mütze, dunkle Steppjacke und Jeans.«

»Und Anlass der Festnahme?«

Im Funk blieb es still, bis Pedersen schließlich stöhnte: »Er ist bloß abgehauen, als wir … Ich gebe die nötigen Informationen später durch.«

Kaasa bog mit dem zivilen Corsa in die Schultz Gate, und gleich darauf entdeckten sie einen Mann, der der Beschreibung entsprach. Sie hielten in zweiter Reihe, schalteten die Warnblinkanlage ein und sprangen aus dem Wagen.

Als sie fast direkt hinter ihm waren, rannte der Mann eine Frau mit weißem Stock über den Haufen. Beim Hinfallen verlor sie ihre Tasche und schrie, sie werde überfallen. Die beiden Polizisten blieben stehen, und Sletten hob die Tasche auf, die direkt neben ihr lag.

»Das war kein Überfall«, sagte er, »bloß jemand, der sie versehentlich umgestoßen hat. Hier ist Ihre Tasche. Haben Sie sich verletzt?«

»Ich weiß nicht«, stöhnte sie.

Kaasa blickte über die Schultz Gate, doch der Mann war verschwunden. Kaasa lief weiter und blieb erst wieder stehen, als er zum Bogstadveien hinuntergekommen war. Er schaute sich um und spürte, wie sein Herz hämmerte. Dann entdeckte er den Mann, der auf dem gegenüberliegenden Gehsteig ruhig in Richtung Majorstua lief.

Kaasa machte einen Satz über den aufgeschütteten Schnee an der Bordsteinkante und lief direkt vor einer Straßenbahn auf die andere Seite. Mit zügigen Schritten lief er dem Mann hinterher und zog dabei seinen Dienstausweis aus der Brieftasche. Als er direkt hinter ihm war, verlangsamte er seine Schritte und versuchte, wieder zu Atem zu kommen. Der Mann drehte den Kopf; Kaasa machte ein paar Schritte auf ihn zu und wies sich aus.

Der Mann blieb abrupt stehen, öffnete den Mund und richtete seine Mütze.

»Was ist in dieser Stadt denn eigentlich los?«, rief er. »Laufen hier alle herum und glauben, sie gehörten zur Polizei, oder wie?«

Kaasa bemerkte, dass sein dünner, heller Bart nicht das Muttermal zu verdecken vermochte, das er auf der linken

Wange hatte. Er meldete über Funk, dass er den betreffenden Mann angehalten hatte, und gab ihren Standort durch.

»Betreffender Mann?«, fragte dieser und trat einen Schritt auf Kaasa zu. »Betreffend was?«

»Auf der Polizeistation möchte jemand mit Ihnen wegen einer aktuellen Sache sprechen.«

Kaasa entdeckte Storvolden, der über die Straße gerannt kam, und fühlte sich erleichtert.

»Warum sind Sie weggelaufen?«, fragte Storvolden und fasste den Mann an der Schulter.

Seiner Stimme war nicht anzumerken, dass er gerade einen Dauerlauf hinter sich hatte.

Der Mann nahm seine Mütze ab und fuhr mit den Fingern durch sein halblanges blondes Haar. Dann setzte er sie wieder auf und zog sie tief in die Stirn.

»Woher sollte ich wissen, dass Sie Polizisten sind? Jeder x-Beliebige kann sich ja so nennen. Aber vielleicht könnte ich jetzt mal eine vernünftige Antwort auf meine Frage bekommen? Weshalb möchten Sie mich sprechen?«

Pedersen kam erschöpft auf sie zu und blieb neben Kaasa stehen. Er atmete stoßweise und drehte sich von den anderen weg.

»Guter Job«, sagte er leise, »der Kerl hat bei Mossdal geklingelt, ist aber abgehauen, als wir kamen. Wir kümmern uns jetzt um ihn, aber ihr könntet die Einsatzzentrale anrufen und erklären, wieso der Betreffende so interessant ist.«

Kaasa watete durch den Schnee am Straßenrand. Sletten hatte der Frau wieder auf die Beine geholfen. Sie gingen zurück zum Wagen und fuhren zu der Adresse im Uranienborgveien.

»Sieht so aus, als ob er im dritten Stock wohnt«, sagte Sletten und deutete auf Otto Storkleves Klingelschild an der angelehnten Haustür. Sie gingen hinein.

Eine ältere Frau mit Gehhilfe holte etwas aus einem Briefkasten. Sie richtete sich auf, als sie die beiden kommen hörte. Aufmerksam betrachtete sie Kaasa und Sletten, bis sie schließlich ihren Blick auf Slettens Brust ruhen ließ.

»Da ist ja die Polizei!«

Sletten schaute an sich herunter und entdeckte, dass der Dienstausweis hinter seinem Schal hervorlugte.

»Ganz genau, aber keine Sorge, hier ist nichts passiert.«

»Ach, nein?«

Ihrer Stimme war eine Art Enttäuschung anzumerken.

»Ich liebe Krimis, und je mehr Mord und Totschlag, umso besser. Ich kann Krimis mit Liebesgeschichten und so ’nem Zeug nicht ertragen. Nein, Krimis müssen knallhart sein, am besten mit ’nem irren Serienmörder. Aber in der Wirklichkeit ist das wohl nicht so, oder?«

»Nein«, erwiderte Sletten, »glücklicherweise nicht.«

Die Frau beugte sich über ihre Gehhilfe.

»Du meine Güte, es ist wirklich gut, dass meine gottesfürchtige Mutter nicht wusste, was sie da für eine Tochter bekommen hatte.« Sie atmete tief ein. »Nein, es gibt viel zu wenig Action im Leben«, sagte sie und ging auf die Haustür zu.

Sletten öffnete ihr.

»Das Leben ist Mist«, sagte sie und hangelte sich die Stufen zum Bürgersteig hinunter.

Kaasa und Sletten liefen die Treppe hinauf.

An einer blaugestrichenen Tür im zweiten Stock hing ein

Messingschild mit Otto Storkleves Namen. Kaasa stellte fest, dass sein zweiter Vorname mit A. begann. Auf der Türmatte lagen die Abendausgabe der Aftenposten sowie eine Zeitschrift.

»Auf alle Fälle liest er Zeitung«, sagte Kaasa. Gerade als er klingeln wollte, wurde die Tür geöffnet.

Ein großer, hagerer Mann mit einem Vogelgesicht trat einen Schritt zurück, als er die beiden erblickte.

»Polizei«, sagte Sletten und präsentierte seinen Dienstausweis. »Wenn Sie Otto Storkleve sind, würden wir gerne mit Ihnen sprechen.«

»Wie bitte?«, sagte er und blickte angestrengt auf Slettens Hand, während er sein Hörgerät justierte.

»Heißen Sie Otto Storkleve?«

»Natürlich heiße ich so.«

»Wir sind von der Polizei«, wiederholte Sletten, »und würden gerne mit Ihnen sprechen. Dürfen wir hereinkommen?«

Otto Storkleve betrachtete die beiden Polizeibeamten, blickte auf die Zeitung und das Magazin und beugte sich mit steifen Bewegungen nach unten, um sie aufzuheben.

»Bitte kommen Sie rein«, sagte er.

Sie folgten ihm und zogen sich im Flur die Stiefel aus.

Storkleve reichte ihnen Kleiderbügel und deutete auf die Küche.

»Ich wollte gerade etwas essen, wollte bloß eben die Abendzeitung reinholen.«

»Dann kommen wir vielleicht etwas ungelegen?«, fragte Kaasa.

»Ich glaube, für die meisten ist es wohl ungelegen, wenn

sie Besuch von der Polizei bekommen. Viel lieber hätte ich Sie hier vor zwei Nächten gesehen, da wurde ich nämlich mehrmals davon geweckt, dass jemand an der Tür klingelte. Aber ich bin nicht aufgestanden.«

Er führte sie in die Küche und bat sie, Platz zu nehmen. Dann setzte er sich an den Tisch. Auf seinem Teller lagen zwei getoastete Brotscheiben mit Dorschrogen sowie zwei Kartoffeln. Er ordnete sein Besteck und fügte dann hinzu: »Es ist vielleicht nicht das Gleiche, aber ein Freund von mir hat mal gesagt, er könne nicht so recht an Gott glauben, da er niemals da war, wenn er ihn brauchte. Doch dann begriff er, dass es falsch war, so zu denken, denn dasselbe ließe sich ja auch über die Polizei sagen.«

»Dann lesen Sie also Zeitung«, bemerkte Kaasa und deutete auf die Ausgabe, die Storkleve auf die Arbeitsplatte gelegt hatte.

»Ein bisschen schon, aber ich brauche 'ne Lupe, und dann lese ich meist nur den Kulturteil.«

Er nahm sein Besteck in die Hand und setzte ein um Entschuldigung bittendes Lächeln auf.

»Warmes Essen. Meine Mutter hat immer gesagt, dass man warmes Essen sofort essen müsse.«

Kaasa sah seinen Kollegen an. Er dachte, dass sie Storkleve sagen sollten, was sie auf dem Herzen hatten, bevor er zu essen begann. Er war sich jetzt noch sicherer, dass der alte Mann nichts von Bergs Tod wusste. Kaasa bemerkte, dass Storkleve mit großem Appetit zu essen anfing, und wunderte sich, dass er sie nicht nach dem Grund ihres Besuchs gefragt hatte.

Als noch eine halbe Kartoffel auf dem Teller lag, schob

Storkleve ihn weg. Er schmatzte und richtete dann seinen Blick auf Kaasa.

»Dürfte ich nach dem Grund Ihres Kommens fragen?«

Kaasa schluckte, holte tief Luft und fragte, ob er Ib Berg kenne.

»Ja, natürlich. Ist was mit ihm passiert?«

Kaasa entdeckte in seinen blinzelnden grauen Augen einen Anflug von Furcht.

»Er ist tot.«

Storkleve öffnete den Mund, doch es kam kein Ton heraus.

»Er ist letzten Mittwoch gestorben und … alles deutet darauf hin, dass er ermordet wurde.«

Storkleve befeuchtete seine schmalen Lippen.

»Dann ist es also wirklich passiert«, sagte er leise. »Aber wissen Sie, wer es getan hat?«

»Zu Beginn sah es aus wie ein Selbstmord«, erklärte Kaasa, »doch nach näheren Untersuchungen sind unsere Experten zu dem Schluss gekommen, dass es einen Mörder geben muss. Der ist bis jetzt aber unbekannt.«

»Fühlte Berg sich bedroht?«, fragte Sletten.

Storkleve nahm das Messer in die Hand und schnitt die halbe Kartoffel in dünne Scheiben.

»Er hat mal so etwas gesagt«, sagte er und legte das Messer beiseite, »aber das ist lange her. Deshalb dachte ich, dass es ihn nicht länger beunruhigte.«

»Sie denken an den Brief«, warf Kaasa ein, »in dem er und ein paar seiner Freunde bedroht wurden?«

»Brief? Nein, ich habe niemals etwas von einem Brief gehört, aber er erzählte von einem Anruf, den er irgendwann im letzten Herbst erhalten hat. Der Anrufer, der gedroht hat, ihn umzubringen, sagte, er sei der Zwillingsbruder einer Frau, mit der Berg früher einmal ein Verhältnis hatte. Und als diese Frau schwanger wurde, löste sich Ib aus dem Verhältnis, was die tragische Folge hatte, dass die Frau sich ertränkte.«

»Sind Sie sicher, dass das wirklich passiert ist?«

»Ja, leider. Es ist zwar fast dreißig Jahre her, aber deswegen nicht minder tragisch.«

»Aber warum sollte denn dieser Zwillingsbruder so lange mit seiner Drohung warten?«

»Die Frau hatte ihre Familie nicht über das Verhältnis zu Ib informiert. Warum, weiß ich nicht, aber der Zwillingsbruder hat ihm dann am Telefon gesagt, dass es ihm nun endlich nach all den Jahren gelungen sei, ihn aufzuspüren, ohne dass Ib wusste, wie das geschehen konnte.«

»Hat er es der Polizei gemeldet?«

»Nein. Ich habe ihm zwar geraten, Anzeige zu erstatten, aber das wollte er nicht.«

»Hat er näher erklärt, wie diese Bedrohung aussah?«

»Nein, aber er war ziemlich aufgeregt, als er es mir erzählte, und in der Zeit danach wirkte er sehr nervös.«

Kaasa dachte an die Fackeln, die Berg öfter vor seinem Haus stehen gehabt hatte. Vielleicht hatte er sie an den Abenden angezündet, an denen er sich besonders unruhig fühlte. Hatte er damit zeigen wollen, dass er nicht allein im Haus war? Und was er der Nachbarin erzählt hatte – dass er es nämlich so machte, weil er wollte, dass die Nachbarn ihn nicht für einsam hielten –, war das womöglich nur eine Erfindung gewesen?

Sletten fragte, ob es nur diesen einen Anruf gegeben hätte.

»Soweit ich weiß, ja. Er schien auch nach und nach ruhiger zu werden, doch wie es in seinem Inneren aussah, das weiß nur Gott allein. Ich fragte ihn danach, als er Weihnachten zu Besuch kam, und da war es ganz deutlich, dass er nicht darüber sprechen wollte.«

Er nahm den Teller in die Hand, stand auf und schaute einen Moment lang aus dem Fenster. Dann stellte er den Teller auf die Arbeitsplatte. Als er sich umdrehte, blickte Kaasa ihn direkt an, und ihm schien, als seien seine Augen voller Tränen.

»Wann soll denn die Beerdigung stattfinden?«, fragte Storkleve und strich über seinen schmächtigen Oberkörper.

»Das ist noch nicht endgültig entschieden. Wie gesagt handelt es sich höchstwahrscheinlich um Mord. Man muss ganz sicher sein, dass keine Beweise verlorengehen. Aber ich glaube, es wird bald sein. Und was die Angehörigen betrifft, stimmt es, dass Sie sein Onkel sind?«

»Nein, er hat mich zwar immer Onkel Otto genannt, aber ich war der Onkel seines Vaters. Ib war Einzelkind, und seine Eltern sind früh gestorben.«

»Sie waren also sein einziger Angehöriger?«

Er nickte und fragte, ob sie Kaffee wollten.

»Ja danke, gern«, antwortete Sletten und sah dabei seinen Kollegen an.

Er wusste, dass Kaasa keinen Kaffee trank.

»Sind Sie auch mit löslichem Kaffee zufrieden?«

Kaasa nickte.

»Aber wie haben Sie mich überhaupt gefunden?«, fragte Storkleve, während er die Tassen mit heißem Wasser füllte.

Kaasa gab einen halben Teelöffel löslichen Kaffee in seine Tasse und berichtete von dem Umschlag mit Storkleves Namen, der bei Berg gefunden worden war, sowie den Informationen von Mossdal.
Storkleve wusste nicht, wer Mossdal war, doch ihm war bekannt, dass Berg ein paar wenige Freunde hatte.
Er stand auf und holte eine offene Packung Kekse, die er auf den Tisch stellte.
Sletten nahm einen Keks und blickte in Richtung Wohnzimmer.
»Wir haben gehört, dass Sie sich sehr für Literatur interessieren und besonders für Singer.«
»Ja, das stimmt wohl. Aber wer hat Ihnen das erzählt?«
»Mossdal. Er sagte, Ihr Interesse an Singer hätte sich auf Berg übertragen.«
»So ist es wohl, und man kann sich natürlich fragen, wieso unbedingt Isaac Bashevis Singer?« Storkleve drehte die Kekspackung in den Händen und fuhr fort: »Die Antwort ist recht einfach. Als ich als Siebzehnjähriger zufällig erfuhr, dass mein Großvater Halbjude war, begann ich mich für die Juden und ihre Geschichte zu interessieren. Und ich glaube, dass Singer dies mit seinen Erzählungen und Romanen am besten vermitteln kann. Kennen Sie den Schriftsteller?«
Kaasa schüttelte den Kopf und musste daran denken, dass seine Großmutter eine Nähmaschine mit demselben Namen besessen hatte.
Sletten nahm noch einen Keks und sagte, er habe *Die Familie Moschkat* und *A little boy in Search of God* gelesen.
»Ja, *A Little Boy* ist ja in höchstem Maße autobiogra-

phisch«, erwiderte Storkleve. »Er schreibt darin etwas über die Bosheit, die er in der Geschichte des Menschen als elementar betrachtet. Heute quälen die Polen die Juden, und gestern sind die Polen von den Deutschen und Russen gequält worden. Jedes Geschichtsbuch war eine Berichterstattung über Unrecht, Mord und Folter. Jede Zeitung war von Blut durchtränkt.« Er blickte Sletten an. »Oder etwa nicht? Ich schätze, dass so ein Buch auch auf Sie großen Eindruck gemacht hat?«

Sletten nickte. »Ich hab das Buch gelesen, als ich auf die Oberschule ging. Jetzt lese ich meistens Lehrbücher. Ich studiere neben meinem Job bei der Polizei noch nordische Literatur.«

»Wirklich?«, rief Storkleve und machte große Augen. »Also ich muss schon sagen. In der Thora, also den ersten fünf Büchern des Alten Testaments, steht ganz klar geschrieben, dass Gott bereute, die Menschen erschaffen zu haben. Um das zu verstehen, muss man wohl nicht unbedingt weit in die Geschichte zurückblicken, es reicht schon, wenn man sich heute umsieht. Aber dass Sie zuerst an Selbstmord dachten … das hört sich vielleicht seltsam an, aber ich fühle mich trotz allem etwas erleichtert, dass es sich nicht so verhält. Ein Selbstmord ist wohl der deutlichste Protest gegen das Leben. Es ist so, als ob man Gott das Geschenk des Lebens wieder vor die Füße wirft, als wollte man sagen: Wenn du nichts Besseres anzubieten hast, dann ist wahrlich alles egal.«

Storkleve stand auf und bat sie hinüber ins Wohnzimmer. Ein Bücherregal stand rechtwinklig von der Wand ab und reichte halb ins Zimmer hinein.

»Hier haben wir Singer«, sagte er und ging zur Rückseite des Regals.

Die beiden Polizisten folgten ihm.

Kaasa blickte auf die Uhr und sah dann zu Sletten hinüber. »Wir müssen bald gehen«, sagte er.

Storkleve ließ sich schwerfällig in einen Sessel sinken.

»Tja, diese Juden«, sagte er und seufzte. »Wer hätte gedacht, dass so etwas möglich ist? Wenn man sagen würde, dass das alles nicht passiert wäre und jemand die Geschichte der Juden erfunden hätte, dann würden es die Buchkritiker garantiert als absurd bezeichnen. Man denke nur mal: Zweitausend Jahre waren sie im Exil, haben in unzähligen Ländern gewohnt, die Sprache des jeweiligen Landes gesprochen und weiterhin ihre eigene Sprache, ihre Kultur und ihren Glauben bewahrt. Und dann, nach zweitausend Jahren kehren sie nach Israel zurück. Die Tatsache, in all diesen Jahren ihre Kultur als verfolgte Minderheit bewahrt zu haben, ist in der Menschheitsgeschichte einzigartig. Ich hätte gerne den Soziologen oder, besser, Psychologen getroffen, der dafür eine adäquate Erklärung geben könnte.«

»Aber warum all dieser Hass gegen sie?«, erwiderte Sletten.

Storkleve begann, über das Christentum zu sprechen; diesem sei ein Großteil der Schuld zuzuschreiben. Er erwähnte den Namen zweier Kirchenväter, die Hasstiraden gegen die Juden ausgestoßen hatten, und sagte, dass Martin Luther den Menschen empfohlen habe, die Häuser der Juden und die Synagogen in Brand zu stecken.

Storkleve saß da und starrte auf seine Hände.

Kaasa schaute auf seinen Notizblock; er hatte nur ein paar Stichwörter aufgeschrieben. Er räusperte sich und sagte, dass sie nun weitermüssten.

Storkleve erhob sich aus seinem Sessel.

»Ja, natürlich. Sie müssen ja einen Mörder finden. Ich hoffe, Sie sind mir nicht böse, aber wenn ich ein seltenes Mal kulturell interessierte Menschen treffe, werde ich schnell etwas redselig.«

Sletten warf Kaasa einen Blick zu, versuchte es mit einem kleinen Lächeln und nickte.

Storkleve folgte ihnen in den Flur. Er fing an, über den Chassidismus zu sprechen; dass diese Philosophie die Suche nach Gott nicht nur in der Aufopferung sah, sondern auch in Freude, Gesang und Tanz.

Die beiden Polizisten nickten und beugten sich hinunter, um die Stiefel zuzuschnüren.

»Ich jage Sie mit meinem Gerede ja förmlich aus dem Haus«, fuhr Storkleve fort, »aber ich glaube, es war Elie Wiesel, der den Chassidismus ungefähr so erklärte: Ein Schmied wollte sich selbständig machen, er kaufte Amboss, Hammer und alles andere, und dann fing er an zu arbeiten. Doch er spürte, dass es ihm nicht gelingen wollte, und da sagte ein alter Schmied zu ihm: Du hast alles, was du brauchst, mit Ausnahme des Funkens. Der Chassidismus ist der Funke.«

Kaasa wurde schwindelig, als er sich wieder aufrichtete, und musste sich mit einer Hand am Türrahmen festhalten.

»Ach, all diese Worte«, seufzte Storkleve. »Vielleicht ist es ja der Funke, den wir Menschen finden müssen. Dabei muss ich an einen alten Spruch denken, den ich mal gehört habe und der besagt: Eine bedeutende Philosophie erkennt man daran, dass man ihre Botschaft auf eine Streichholzschachtel schreiben kann.«

Er fing zu kichern an.

Kaasa schob sein Notizbuch in die Jackentasche und sagte, dass sie ihm Bescheid geben würden, sobald der Termin für Bergs Beerdigung feststehe.

Ein eigenartiger Mann, dachte Kaasa, als sie die Treppe hinunterliefen.

Die Frau mit der Gehhilfe war auf dem Rückweg, als sie zur Haustür kamen.

»Ach, sind Sie *so* lange hier gewesen?«, rief sie. »Aber sagen Sie, ist hier denn was Spannendes passiert?«

»Nein«, gab Sletten zurück.

Sie stieß gegen die Tragetasche, die vom Handgriff ihrer Gehhilfe herabhing.

»Genau was ich gesagt habe: viel zu wenig Action.«

10

Die junge Frau lief durch den Schneematsch auf dem Bürgersteig. Ihre rote, kurzärmelige Bluse hatte große, gelbe chinesische Schriftzeichen auf dem Rücken. Riitta stellte den Wagen in zweiter Reihe ab, und ganz unten in der Rosenborggata holten sie sie ein. Ihre nackten Füße mit den rotlackierten Nägeln waren braun; Arme, Gesicht und ihre Haut waren goldbraun.

Riitta hielt sie am Arm fest und fragte, was geschehen sei. Die Frau schluchzte und atmete stoßweise, dann gähnte sie laut und sank in den Knien zusammen. Auf dem Weg zum Streifenwagen musste sie gestützt werden.

Es war typisch, kurz vor Dienstende solch einen Auftrag zu bekommen. Kaasa gab über Funk durch, dass die gemeldete Frau jetzt sicher verwahrt im Auto saß und anscheinend unter Schock stand. Sie würden versuchen, aus ihr herauszubekommen, was geschehen war.

Kaasa blickte in den Spiegel und sah, dass Riitta einen Arm um die Schultern der Frau gelegt hatte. Hinter ihnen hupte jemand; Kaasa startete den Wagen und sah wieder in den Rückspiegel. Als ob es etwas an diesem Bild gab, was es schwierig machte, den Blick abzuwenden. Eine kleine, dunkelhaarige Polizistin, die ihren Arm so fest wie möglich um die Schultern einer großen blonden Frau in roter Bluse legte.

»Sie zittern ja«, sagte Riitta, zog ihre Uniformjacke aus und legte sie der jungen Frau um. »Atmen Sie, atmen Sie so ruhig und tief wie möglich.«

Das Diensthandy klingelte; Haugen bat Kaasa, in sein Büro zu kommen, bevor er nach Hause ging.

»Wir haben hier eben noch einen Auftrag bekommen, als wir Dienstschluss machen wollten«, sagte Kaasa.

»Dauert das lange?«

Kaasa sah in den Spiegel und erwiderte, dies lasse sich schwer sagen, doch er werde in Kürze zurückrufen.

»Gibt's was Neues in der Sache?«

»Eigentlich nicht«, gab Haugen zurück, »aber dieser Typ, dieser Bo Vika, den Sie gestern Abend festgenommen haben, ist nicht sonderlich mitteilsam. Pedersen hat fast den ganzen Tag bei ihm gesessen, ohne dass uns das jetzt weitergebracht hat. Er hat zugegeben, Mossdal zu kennen, für den er eine Weile gearbeitet hat, nachdem er in der IT-Branche tätig war. Er wollte einen Anwalt sprechen und hat eine kurze Zusammenfassung der Vernehmung unterschrieben. Die Schriftexpertin kann diese Unterschrift jetzt mit diesen Zetteln vergleichen, die wir gefunden haben.«

»Aber wieso hat er versucht, sich zu verdrücken?«

»Es hat sich herausgestellt, dass er gesucht wurde, weil er sich weigerte, eine Gefängnisstrafe anzutreten, die man ihm wegen Wilderei aufgebrummt hatte. Als wir ihn damit konfrontierten, behauptete er, dass dies genau der Grund war, weshalb er abgehauen ist. Was ihn allerdings wirklich interessant macht, ist die Tatsache, dass er sich weigerte, eine DNA-Probe abzugeben. Doch der alte Fuchs Pedersen hat so getan, als ob er ihm – gegen seinen Willen – auf die Dachterrasse gefolgt ist, damit er rauchen konnte, und jetzt haben wir drei Zigarettenkippen gesichert. Wir können wirklich froh sein, Pedersen hier in der Abteilung zu haben. Er scheint ein Mann mit einem feinen Riecher zu sein, und wie ich es verstanden habe, ist er ziemlich sicher, dass dieser Vika etwas mit dem Mord an Berg zu tun hat. Storvolden ist bei Vika zu Hause in Ullevål Hageby gewesen, wo er mit seiner Mutter wohnt, und konnte unter anderem zwei Paar Stiefel sicherstellen.«

Kaasa hörte, wie Haugen »einen Moment« zu jemandem sagte, der anscheinend in sein Büro gekommen war.

»Aber wir besprechen alles Weitere, wenn Sie herkommen. Ich sitze hier und bereite mich auf die morgige Pressekonferenz vor.«

Die Frau auf dem Rücksitz des Streifenwagens schien sich beruhigt zu haben.

Riitta fragte nach ihrem Namen, doch die Frau blieb stumm und hielt die Augen halb geschlossen.

Der Funksprecher fragte, was sie mit der Frau vorhatten; er wollte den Auftrag gerne als erledigt abhaken. Kaasa nahm das Funkgerät und gab durch, sich wieder zu melden, sobald sie mehr herausgefunden hätten.

»Wie heißen Sie?«, wiederholte Riitta.

Die Frau schluckte, dann sagte sie, ihr Name sei Anne Lundberg. Sie sprach mit schwedischem Akzent. Als Riitta fragte, ob sie in der Nähe wohne, riss sie die Augen auf.

Sie öffnete den Mund, doch es dauerte einen Moment, bis ein paar Töne aus ihr herauskamen.

»Da dürfen Sie nicht hinfahren!«

»Aber warum denn nicht?«

»Weil … es ist schrecklich.«

»Ist da jemand, der Hilfe braucht?«

»Hilfe?«

»Dann könnten wir einen anderen Streifenwagen dorthin schicken.«

»Ja, vielleicht ein anderer.«

»Dann müssen Sie uns eine Adresse geben.«

Sie atmete schwer und nannte eine Adresse in der Majorstua.

Kaasa informierte kurz die Einsatzzentrale und bat darum, einen Wagen zu schicken.

Auf dem Funk herrschte Stille. Der Funksprecher wiederholte die Meldung. Niemand reagierte, woraufhin er Kaasa mit der Durchführung des Auftrags betraute.

»Verstanden«, sagte Kaasa.

Er dachte daran, die Sirene einzuschalten, entschied sich aber anders, da er die Situation nicht verschlimmern wollte. Die Adresse lag nur ein paar Blocks weiter. Er informierte die Frau, dass keine andere Streife dorthin fahren könne.

»Nein, nein, bitte nicht«, wimmerte Anne Lundberg.

»Sie können mit mir hier hinten sitzen bleiben«, sagte Riitta.

»Nein, nein, tun Sie mir den Gefallen.«

Kaasa parkte vor dem Eingang. Er drehte sich um und sah Anne Lundberg fragend an.

»Nein, ich geh da nicht mehr rein, nie mehr wieder.«
Riitta fasste nach dem Ohrläppchen der Frau und zog vorsichtig daran. Als ob sie versuchte, ein aufgeregtes Kind zu beruhigen. Kaasa sagte, er wolle allein hineingehen.
Als er aus dem Wagen stieg, fragte er, ob er nicht einen Schlüssel brauchte, doch er bekam keine Antwort. Er stand auf dem Bürgersteig und spürte feuchte Schneeflocken auf seinen Nacken rieseln. Dann registrierte er, dass die Frau hinter den beschlagenen Scheiben leicht den Kopf schüttelte.
Die Haustür war nicht verschlossen. Kaasa legte eine Hand auf seinen Gummiknüppel und trat auf die Treppe zu. Die Tür in der ersten Etage war angelehnt; er konnte kein Namensschild entdecken und klingelte. Ein paar Sekunden zögerte er, dann schob er die Tür auf. Die Lampe auf der Kommode im Flur war eingeschaltet, und er entdeckte ein Paar Damenstiefel in einer Pfütze auf dem Boden. Der spitze Absatz an einem der Stiefel zeigte auf ihn. Als er ins Wohnzimmer kam, sah er als Erstes den Koffer auf dem Fußboden sowie zwei Duty-free-Tüten. Er glaubte, ein Geräusch zu hören, und sagte leise: »Hallo.« Als er keine Antwort erhielt, wiederholte er es, doch diesmal etwas lauter.
Noch immer gab es keine Antwort, und schließlich begriff er, dass das Geräusch aus der halbgeöffneten Tür neben dem Bücherregal kam. Er lief über den Fußboden und hatte den seltsamen Gedanken, dass es nicht besonders höflich war, hier mit seinen Feldstiefeln herumzustapfen. Doch dann dachte er, dass er Polizist war. Er hatte hier

einen Auftrag zu verrichten, und wie dieser Auftrag nun genau enden würde, wusste er nicht. Er blieb stehen, öffnete den Mund und hörte jemanden singen.

»Hallo, ist da jemand?«, sagte er, begriff aber im selben Moment, dass die Geräusche aus einem Radio oder einer Musikanlage kamen.

Er schlich weiter, schob die Tür mit dem Ellbogen auf und wurde ein paar Sekunden vom Licht einer Leselampe geblendet. Das Bett unter der Lampe war mit dunkler Bettwäsche bezogen. Der Bettbezug glitzerte, das Frauengesicht mit dem offenen Mund glitzerte, ebenso das über das Kopfkissen ausgebreitete rote Haar. Alles war von Flitter bedeckt, mit Ausnahme der Augenlider. Das Uhrenradio zeigte 23:23, und Johnny Cash sang *I walk the line.*

Kaasa trat einen Schritt zurück und atmete mit offenem Mund, bevor er sich wieder besinnen konnte. Dann schlich er sich vorsichtig an das Bett heran und sah, dass eines ihrer Augen leicht geöffnet war. Als ob ihr gebrochener Blick das Gesicht in dem Spiegel musterte, der an der Decke angebracht war. Mit drei Fingern tastete er über ihren Hals. Sie war kalt, und er wusste, dass sie schon eine ganze Weile tot war.

Die beiden leeren Pillengläser auf dem Nachttisch waren umgestürzt, auf dem Fußboden lag eine kleine Tüte. Kaasa beugte sich hinunter. »Engelflitter« stand darauf mit großen goldenen Buchstaben. Ein Bogen Papier lag ein Stück weit unter dem Bett. Kaasa hob ihn auf und hielt ihn unter die Leselampe: *Liebe, liebe Annemor, hier liege ich und warte auf dich – wie ein Engel. Und wenn Engel ein-*

mal Menschen waren, so bin ich sicher, dass sie sich niemals zurücksehnen. Kaasa wunderte sich über die Nachricht und sah, dass die Schrift auffallend schräg war. Er legte den Bogen neben die Pillengläser, hob die Bettdecke hoch und stellte fest, dass es eine alte Frau war. Sie war nackt und hatte die Beine leicht gespreizt. Zwischen den Beinen hatte sich ein dunkler Fleck aus Urin gebildet. Er nahm den Gestank wahr, legte die Decke zurück und trat rückwärts aus dem Zimmer.

Im Wohnzimmer setzte er sich auf einen Fußschemel und starrte auf die offene Schlafzimmertür. Dann räusperte er sich und griff nach dem Funkgerät.

11

Als sie elf war, nahm ihre Mutter sie mit nach Stockholm«, erklärte Riitta. »Die Mutter hatte sich in einen Schweden verliebt und ihren Ehemann nahezu fluchtartig verlassen. Doch Anne fühlte sich in ihrem neuen Leben nicht wohl, und der neue Mann der Mutter verhielt sich ihr gegenüber ekelhaft. Sie hat sich allerdings nicht dazu geäußert, was das genau beinhaltete. Sie wollte zurück zu ihrem Vater, den sie vergötterte, doch das ließ sich nicht machen, denn der Vater war viel auf Reisen. Als Achtzehnjährige zog sie zurück zum Vater und besorgte sich einen Job in einer Parfümerie, in der sie jetzt seit vier Jahren arbeitet.«

»Wo ist der Vater jetzt?«

»Er starb vor zwei Jahren.«

»Wohnte sie dort allein?«

»Ja, und jetzt wird die Wohnung wohl verkauft, denn sie war überzeugt, dass sie nie wieder einen Fuß dort hineinsetzen wollte.«

Kaasa dachte daran, wie leicht der Körper der Frau gewesen war, als er mitgeholfen hatte, sie in den Wagen zu tragen, der die Leiche dann ins Rechtsmedizinische Institut brachte.

Er wollte wissen, ob die Tochter irgendwie erklären konnte, wie ihre Mutter in die Wohnung gekommen war.

»Wahrscheinlich mit einem alten Schlüssel, den sie noch hatte«, sagte Riitta, »denn seit ihrem Auszug war das Schloss nicht ausgetauscht worden. Sie wusste, dass ihre Tochter nicht zu Hause war, denn zu Weihnachten hatten sie miteinander telefoniert, und da hatte Anne von dem Urlaub auf den Kanarischen Inseln erzählt.«

Kaasa sah auf die Uhr und stellte fest, dass sie anderthalb Überstunden gemacht hatten.

»Wir fahren jetzt auf dem schnellsten Weg zur Wache«, sagte er. »Kurz bevor du gekommen bist und mich abgeholt hast, habe ich mit Haugen gesprochen. Er sitzt immer noch da und wartet.«

Als sie den Kreisverkehr vor der Polizeistation passierten, klingelte Riittas Handy. Nach ein paar Sekunden schlug sie sich mit dem Telefon auf den Oberschenkel.

»Verfluchter Mist, er hat aufgelegt. Und er hat seine Nummer unterdrückt.«

Sie legte das Handy in ihren Schoß und berichtete, der Anrufer habe Sussi angeblich in Rykkinn gesehen. Der Hund hätte auf alle Fälle genau so ausgesehen wie auf dem Bild in der *Budstikka.* Außerdem hätte er mit dem linken Hinterlauf gelahmt, so wie es in dem Artikel stand. Riitta trommelte mit zwei Fingern auf das Telefon und sagte dann: »Wahrscheinlich irgend so ein Drogensüchtiger, der sie sich ausgeliehen hat. Ich fahr gleich hin, wenn ich mich umgezogen habe. Kommst du mit?«

»Haugen sitzt im Büro und wartet auf mich, aber ich kann ihn anrufen.«

Er nahm das Handy und wählte Haugens Nummer, während sie beide das Garagentor beobachteten, das langsam nach oben glitt.

»Ich sitze hier mit Riitta Sara«, sagte er, als Haugen abnahm. »Gerade eben hat jemand angerufen, der ihren Hund gesehen haben will. Falls es also nicht sehr wichtig ist, dass ich jetzt zu Ihnen raufkomme, dann fahre ich lieber mit ihr und helfe beim Suchen.«

»Ja, machen Sie das ruhig«, erwiderte Haugen. »Ich wollte nur wissen, ob Sie sich vorstellen könnten, eine Zeitlang hier in der Abteilung zu arbeiten. Die Voraussetzung ist natürlich, dass der Divisionsleiter einverstanden ist, aber ich wollte erst mal grünes Licht von Ihnen haben. Sie haben uns ja früher schon beigestanden, und das mit guten Resultaten. Überlegen Sie es sich bis morgen.«

Sie fuhren über den Bærumsveien. Als sie bei Bekkestua in den Tunnel kamen, fiel Kaasa ein, dass er seine Frau benachrichtigen musste – auch wenn sie meist schon schlief, wenn er von einer Abendschicht nach Hause kam, hatten sie verabredet, dass er ihr eine SMS schickte, wenn er nicht zur üblichen Zeit eintraf.

Er zog sein Handy aus der Jackentasche, stellte fest, dass der Akku fast leer war, und scrollte durch das Adressbuch, bis er *Ingvill* fand. Er schrieb: ›Fahre mit jemandem von den Kollegen nach Bærum, um gestohlenen Hund zu suchen.‹

Von irgendwo unter dem Beifahrersitz erklang eine metallische Stimme.

»Mist, ich hab vergessen, das Funkgerät wieder abzugeben«, sagte Riitta. »Ich hab meinen Wagen gestern Nacht bei einem Einsatz benutzt. Da muss ich das Funkgerät wohl morgen zurückbringen.«

Sie hörten, wie über Funk ein anscheinend betrunkener Autofahrer in Maridalen gemeldet wurde.

Auf der rechten Straßenseite stand eine große, von Scheinwerfern beleuchtete Backsteinkirche.

»Die Bryn-Kirche«, sagte Riitta. »Warst du schon mal in Rykkinn?«

»Nein, ich kenne mich in Bærum nur schlecht aus, aber ich war zweimal mit Sletten hier draußen. Einmal sind wir auf den Kolsåstoppen gegangen, gerade als das erste Grün rauskam. Das war vor zwei Jahren.«

Sie parkten genau gegenüber vom Rykkinn-Center.

»Sie sind irgendwo gleich hier oben gesehen worden«, sagte sie, »im Blåbærstien, das ist ein Fußgängerweg.«

Als sie aus dem Auto stiegen, spürte Kaasa, dass es kälter geworden war.

Riitta zog sich die Kapuze ihrer Allwetterjacke über den Kopf und lief los.

»Vielleicht können wir ja *dalma* sehen«, sagte sie. »Tierspuren im Schnee.«

Zwischen den Bäumen waren die Häuserblocks zu erkennen; viele Balkons waren noch immer mit Weihnachtsbeleuchtung geschmückt. Ein kräftiger Windstoß blies über den Gehweg, und Riitta zog ihre Kapuze zu.

Schweigend liefen sie weiter.

»Nein«, seufzte sie, als sie zu einer Schule und einem Spielplatz kamen, »es hat keinen Sinn, weiterzusuchen, und ich muss dich noch nach Hause fahren.«

Als sie wieder im Auto saßen und losfuhren, hörten sie, dass der Funksprecher einen freien Streifenwagen aus der Station Majorstua suchte, der zum 7-Eleven-Kiosk im Bogstadveien fahren konnte. Ein Mann namens Albert Mossdal hatte aus einer Telefonzelle angerufen und wollte gerne mit der Polizei sprechen.

»Verdammt«, rief Kaasa. »Die Abteilung für Gewaltverbrechen versucht seit einigen Tagen, Kontakt mit ihm zu bekommen.«

Bravo-zwei-null übernahm den Auftrag.

»Klingt, als kämen sie ohne uns zurecht«, sagte Riitta und lächelte.

Im Kreisverkehr bei Haslum deutete sie mit dem Daumen nach links.

»Ich wohne gleich da oben. Hast du Lust auf eine Tasse Kakao?«

Sie hatte also mitbekommen, dass er keinen Kaffee trank. Er wusste, dass Ingvill schlief, und wenn sie aufwachte und sich fragte, wo er geblieben war, konnte sie ja das Handy einschalten und die SMS lesen. Die Uhr unter dem Radio zeigte 03:33.

»Hallo?«, sagte Riitta. »Schläfst du schon?«

»Aber nein. Ja, ein kleiner Kakao wäre vielleicht nicht übel«, erwiderte er.

Riitta bog nach links in einen Weg ab und parkte den Wagen in der Auffahrt eines anderthalbstöckigen, rotgestrichenen Hauses. Kaasa hatte gerade ein Straßenschild mit der Aufschrift »Tråkka« gesehen und beugte sich hinunter, um das Funkgerät aufzuheben.

»Ich nehm das mal mit, um zu hören, wie's da läuft.«

»Viel Platz hab ich nicht«, sagte Riitta, als sie die Treppe zu einer Souterrainwohnung hinunterliefen. »Aber für mich und Sussi reicht's.«

Sie holte tief Luft, sagte etwas auf Samisch und schloss die Tür auf.

Nachdem sie in dem winzig kleinen Flur ihre Jacken aufgehängt hatten, bot sie ihm einen Platz auf dem Sofa an, das die ganze Wandbreite des Zimmers drinnen einnahm. Kaasa legte das Funkgerät auf den Wohnzimmertisch.

Riitta stellte sich unter ein kleines Fenster an der Küchenzeile.

»Von hier aus sehe ich bloß den Schnee«, sagte sie. »Und wenn es Tag ist, Schnee und Himmel. Dann sehne ich mich manchmal zurück.«

Zurücksehnen? Kaasa fiel plötzlich ein, wieso er gestutzt hatte, als er den Zettel las, den die Mutter an ihre Tochter geschrieben hatte. *Und wenn Engel einmal Menschen waren, so bin ich sicher, dass sie sich niemals zurücksehnen.* Ohne sich darüber bewusst zu sein, hatte er dies mit dem Zettel in Verbindung gebracht, der neben Ib Berg im Auto gelegen hatte. *Ich werde mich niemals zurücksehnen.* Doch dann ginge es ja hier auch um Mord. War es wirklich nicht Selbstmord, den Annes Mutter begangen hatte, sondern ebenfalls der Versuch eines vertuschten Mordes? War es womöglich *ein* Mörder, ein und derselbe Täter, der sich sicher war, nicht gefasst zu werden, und in seinem Übermut mit der Polizei Katz und Maus spielte? Oder war es bloß Spinnerei? Kaasa überlegte, Haugen anzurufen, sah aber ein, dass es besser war, bis morgen zu warten. Er wusste, dass die Frau ohnehin obduziert werden würde; die beiden leeren Pillengläser waren als Beweismittel beschlagnahmt worden.

Bravo-zwei-null gab durch, dass sie an der Telefonzelle seien, doch niemand zu ihnen Kontakt aufgenommen habe und sie den Auftrag jetzt beendeten.

»Verstanden, Ende«, sagte der Funksprecher.

»Hast du das gehört?«, fragte Kaasa. »Mossdal war nicht da. Aber warum, um alles in der Welt, hat er dann angerufen?«

»Vielleicht war es gar nicht Mossdal, der angerufen hat?«

»Ich rufe Bravo-zwei-null an.«

»Nein, jetzt beruhige dich. Du hast heute Nacht frei, Kaasa. Jetzt wird sowieso keiner mehr was unternehmen.«

Er sah ein, dass sie recht hatte. Er blieb sitzen und schaute ihr zu, während sie im Kakaotopf rührte.

Der Kakaoduft ließ ihn an Simen denken, und plötzlich sah er Ingvill vor sich. Wenn sie ihn jetzt sehen könnte. »Fahre mit jemandem von den Kollegen nach Bærum, um gestohlenen Hund zu suchen.« Ja, es war, wie es war. Riitta Sara war eine der Kollegen, er hatte nicht gelogen, und außerdem war sie genauso alt wie sein ältester Sohn Karsten.

Riitta stand am Herd und summte.

»Du willst ihn bestimmt süß«, sagte sie, ohne die Antwort abzuwarten, und summte weiter.

Sie stellte die Tassen auf den Tisch und setzte sich neben ihn.

»Warte einen Moment, der Kakao ist noch viel zu heiß.«

Sie nahm ihre Tasse in beide Hände und blies über die dunkle Flüssigkeit.

Kaasa saß da und betrachtete das einzige Bild an der gegenüberliegenden Wand. Es war das große Farbfoto eines kräftigen Mannes mit nacktem Oberkörper, der vor der sonnenbeschienenen Wand einer Scheune saß.

Riitta folgte seinem Blick.

»Mein Vater«, sagte sie leise, »und nach seiner Aussage war es die Scheune dort, in der ich gezeugt wurde. Ich kann mir keinen besseren Ort dafür vorstellen. Denk nur, eine alte, windschiefe Scheune voll mit duftendem Heu.«

»Hm«, sagte Kaasa. »Wo genau in Finnmark ist das?«

»Es ist gar nicht mehr in Finnmark, sondern in Finnland. Die Scheune steht auf einer Insel im Grenzfluss Anàrjohka, ungefähr siebzig Kilometer von Karasjok entfernt. Die Insel gehörte zu Norwegen, doch vor ein paar Jahren wurde der Grenzverlauf zwischen Norwegen und Finnland neu bestimmt. Zwar ist es so, dass die Grenze dort verlaufen soll, wo der Fluss am tiefsten ist, aber die kräftigen Frühlingsfluten des Anàrjohka führen dazu, dass sich das von Jahr zu Jahr verschiebt. Die Grenze wird alle fünfundzwanzig Jahre neu festgelegt, beim nächsten Mal wird die Insel also vielleicht wieder norwegisch.«

»Ist es eine große Insel?«

»Aber nein, ungefähr tausend Quadratmeter, und eigentlich hat sie auch keinen Namen. Doch die Samen im Anàrjohka-Tal nennen sie so, dass es auf Norwegisch *Insel, wo Mathis, Sohn von Samuel, Heu erntet* hieße.«

Sie holte Luft, und Kaasa sah, wie sich ihre Lachfalten kräuselten.

»Aber bei allen guten Geistern«, sagte sie und strich ihm gleich über dem Ohr rasch mit der Hand durchs Haar.

»Bist du etwa so ein samischer Schamane, der den Schnee nicht schmelzen lässt, der ihm aufs Haar fällt?«

Sie wischte seine Schulter ab und sagte dann:

»Nein, das ist wohl von der Frau, die du als glitzernde Engelsleiche bezeichnet hast.«

Kaasa bemerkte, das etwas von dem Flitter auf den Sofabezug gerieselt war.

»Sie hat eine ganze Tüte mit diesem Zeug benutzt. Ich hab's wohl auf die Hände bekommen und dann in die Haare«, sagte er. »Einige Leichen vergisst man leicht, aber sie … Na, auf alle Fälle will ich sie nicht hier bei mir auf dem Sofa haben.«

»Dasselbe dachte ich auch eben«, sagte Riitta und blickte ihn an. »Ich schmeiß dich jetzt raus.«

Kaasa trank seine Tasse aus und erhob sich. Er stellte sie auf die Spüle, bedankte sich für den Kakao und sagte, dass es eigentlich eine Zumutung sei, sie jetzt noch mal auf die Straße zu treiben.

»Na, ich war's ja selbst, die dich hierhergebracht hat.«

»Was, in Teufels Namen«, rief Riitta und zeigte auf die ganz frischen Fußspuren im Schnee neben dem Auto. »Dieses verfluchte Arschloch ist gerade hier gewesen und hat mir die Luft aus den Reifen gelassen.«

Beide Vorderreifen waren platt. An den Spuren erkannte Kaasa, dass jemand weggelaufen war. Gleich daneben sah er die Spuren eines Hundes. Ja, der Betreffende musste einen Hund dabeigehabt haben.

Kaasa ging den Spuren nach.

Ungefähr hundert Meter weiter, gleich vor dem Kreisverkehr im Kirkevei, verloren sie sich, doch es waren frische Wagenspuren zu sehen.

Riitta stand mit dem Handy in der Hand vor dem Haus, als er zurückkam.

»Es hat übrigens keinen Sinn, die Polizei in Sandvika anzurufen«, sagte sie zögernd. »Wir haben ja keinerlei Informationen über den Täter.«

»Nein«, erwiderte Kaasa und begriff, dass sie die Hundespuren nicht gesehen hatte, »er hat den Wagen gleich da vorn stehen gehabt, aber wie der Wagen …«

Er erzählte nichts von den weiteren Spuren, da er nicht glaubte, dass es dann leichter für sie wäre. Er schaute hinauf zur Straßenbeleuchtung über dem Briefkastenstativ. Es war wieder milder geworden, und der Schnee war in Schneeregen übergegangen. Ihre Blicke trafen sich.

»Was machen wir jetzt?«, fragte er.

»Da gibt's wohl nicht viel zu überlegen. Entweder bleibst du heute Nacht bei mir, oder ich spendiere dir ein Taxi.«

»Taxi? Nein …« Er biss sich in die Lippe. »Wann geht denn die erste Bahn?«

»Um halb sechs. Die Haltestelle ist zweieinhalb Minuten entfernt.«

Er dachte, dass ein Taxi sicher an die vierhundert Kronen kosten würde, und das konnte er sie nicht bezahlen lassen.

»Keine Angst, Kaasa«, sagte sie und lächelte ihn an.

»Du passt genau in das Bett in meinem kleinen Alkoven. Ich kann sowieso nicht schlafen und lege mich aufs Sofa.«

»Nein, ich hab keine Angst, aber ich könnte mich doch auch aufs Sofa …«

»In Ordnung.«

Als sie wieder hineingingen, fragte Riitta, ob sie noch mehr Kakao machen sollte, doch er lehnte ab.
»Leider hab ich auch keine Gästezahnbürste«, sagte sie und deutete mit dem Kopf auf das Badezimmer, »aber ich könnte meine gut abspülen.«
»Ach nein, für eine Nacht … ich nehme etwas Zahncreme auf den Finger.«
Nach nur zwei Minuten kam sie in einem dunkelblauen Nachthemd aus dem Badezimmer.
»Passende Gelegenheit«, sagte sie und strich mit den Händen über den glatten Stoff. »Ich mag die Farbe, sie beruhigt mich. Indigo strömt aus dem Chakra, das zwischen den Augen sitzt.«
Kaasa war nicht sonderlich auf Chakren erpicht, und da er hoffte, einer längeren Ausführung zu entgehen, sagte er, er wolle jetzt ins Bad und sich mal über die Zähne reiben.
Als er zurückkam, stand sie in der Tür zu ihrer kleinen Schlafnische; sie hatte eine Decke und ein Kissen aufs Sofa gelegt. Sie deutete auf das Bild an der Wand, das immer noch von einem Strahler beleuchtet wurde.
»Das Licht da mache ich nie aus«, sagte sie. »Ich hoffe, es stört dich nicht. Du hast auf alle Fälle nichts zu befürchten, denn Papa war ziemlich nett.«
Kaasa wusste nicht, was er erwidern sollte.
»Wenn du meine Stimme da drinnen hörst, dann bete ich nur.«
Kaasa bemerkte eine leichte Röte in ihr Gesicht steigen.
»Und um ganz sicher zu gehen, bete ich auf Samisch und auf Norwegisch.«
Nachdem sie die Tür hinter sich geschlossen hatte, holte

Kaasa sein Handy aus der Jackentasche und sah, dass der Akku jetzt völlig leer war. Er fluchte in sich hinein und hörte das Gemurmel von Riittas Stimme. Er konnte sie jetzt nicht stören. Er zog den Pullover aus und löste seinen Gürtel, bevor er sich unter die Decke legte und ihrer Stimme lauschte. Er konnte nicht verstehen, ob es Norwegisch oder Samisch war. Riitta wollte sich schützen, sie musste sicher sein können, dass Gott sie verstand. Er löschte die Stehlampe am Sofa, und das Bild an der Wand trat deutlicher hervor.

Er dachte an Haugen, der ihn bei der Mordermittlung dabeihaben wollte. Vor zwei Jahren hatte Haugen ihn gefragt, ob er nicht in der Abteilung für Gewaltverbrechen anfangen wolle, doch er hatte abgelehnt. Haugen konnte kaum glauben, dass er es nicht leid war, zu allen möglichen Zeiten Streife zu fahren. Doch, er war es durchaus leid, manchmal sogar scheißleid, doch an den Nachtschichten gab es auch etwas, was ihn faszinierte. Die Gedanken waren anders, wenn die Nacht am schwärzesten war.

In der Zeit, als er zur See gefahren war, übernahm er die unbeliebteste Wache, von zwölf bis vier, die »Hundswache«. Er hatte sie selbst gewählt. Und als er als Siebzehnjähriger zum ersten Mal im Ausguck stand und zu den Sternen emporblickte, wunderte er sich darüber, dass der Himmel wirklich so groß war.

Er konnte auch den Gedanken an einen Acht-bis-fünf-Uhr-Job im Revier nicht ertragen, außerdem schätzte er es sehr, dass er zwischendurch mal mitten in der Woche ein paar freie Vormittage hatte, an denen er allein sein konnte.

Er wusste nicht, wieso das so war, denn an solchen Tagen machte er nichts Besonderes, abgesehen von dem einen oder anderen Spaziergang am Sognsvann oder einer Skitour durch die Nordmarka im Winter. Die Kollegen, mit denen er damals zusammen auf die Polizeihochschule gegangen war und die noch immer in der Behörde arbeiteten, hatten sich schon längst ein eigenes Büro mit PC und dem norwegischen Gesetzbuch zugelegt. Er hatte sich entschieden, die restliche Zeit bis zu seiner Pensionierung auf der Straße auszuhalten. Wenn er vom Divisionsleiter grünes Licht bekäme, würde er allerdings bei diesem Mordfall mitarbeiten und in der Abteilung bleiben, so lange sie ihn brauchten.

Nur selten konnte er vernünftig schlafen, wenn er so dalag und nachdachte. Er rechnete damit, nun ständig auf die Uhr schauen zu müssen, bis es Zeit war, aufzustehen und loszuziehen.

Er lauschte. In Riittas Nische war es ruhig geworden. Er hoffte, dass sie schlief. Sie hatte erschöpft ausgesehen. Bevor er die Augen zumachte, schweifte sein Blick über das erleuchtete Bild an der Wand. Seine Gedanken kreisten weiter darum, was er beitragen könnte, wenn er an diesem Mordfall mitarbeitete. Er hörte Schnarchgeräusche und begriff, dass sie von ihm selbst kamen. Dann wurde alles still.

12

Er erwachte davon, dass die Tür zur Schlafnische aufgerissen wurde.

»Es hat geklingelt«, rief Riitta.

Kaasa spürte, dass einer seiner Arme eingeschlafen war, und hörte einen scharfen Ton hinter dem Trommelfell. Sie hat bestimmt einen Geliebten, der verreist war und jetzt plötzlich auftaucht, dachte er und versuchte, den Arm zu heben, um auf die Uhr zu sehen. Bald halb sieben!

Riitta war schon an der Tür. Er stand auf, schnallte seinen Gürtel zu und zog sich den Pullover über. Dann setzte er sich und versuchte, die Gedanken zu ordnen. Was sollte er sagen, wenn Riitta jetzt mit einem Mann hereinkäme? Er würde gar nichts sagen, sich einfach nur vorstellen und ihr den Rest überlassen.

Er musste eine SMS schicken und mitteilen, dass er jetzt nach Hause käme. Er griff nach seinem Handy auf dem Wohnzimmertisch, doch gleich darauf fiel ihm wieder ein, dass der Akku leer war. Er musste sich Riittas Handy ausleihen.

Seine Überlegungen wurden von Riittas Gekreisch unterbrochen. Dann rief sie nach ihm. Er sprang auf und spürte links im Kreuz einen Stich.

Riitta lag auf den Knien im Schnee und umarmte einen hellbraunen Labrador, der an der Regenrinne angebunden war.

»Sussi«, jubelte sie, »meine süße, kleine Sussi.«

Dann sagte sie etwas auf Samisch, und der Hund gab ein paar seltsame Töne von sich; sein Schwanz wedelte über den Schnee und stieß gegen einen in Cellophan eingewickelten Blumenstrauß. Kaasa hörte jemanden stöhnen und entdeckte einen Kerl, der gegenüber der Eingangstür auf die Beine zu kommen versuchte.

»Kümmer du dich um ihn«, rief Riitta.

Auf Socken rannte Kaasa durch den Schnee. Er versuchte, nicht an den Schmerz zu denken, den er immer noch im Kreuz spürte, und wollte gerade *Polizei* rufen, als seine Beine unter ihm wegrutschten. Er stöhnte auf und lag wild gestikulierend an derselben Stelle, an der auch der andere Mann hingefallen war. Er rappelte sich wieder auf und spürte, dass seine Rückenschmerzen durch den Sturz nicht besser geworden waren.

Plötzlich hörte er Schritte direkt hinter sich, dann war sie auch schon an ihm vorbeigelaufen. Wie ein Schmetterling, dachte er. Der Mann war fast bis zu seinem Wagen gekommen, der mit eingeschalteten Scheinwerfern und laufendem Motor wartete, als Riitta ihm auf den Rücken sprang. Er verlor das Gleichgewicht und stürzte vornüber. Als Kaasa sie erreichte, saß Riitta rittlings auf ihm; ihre Füße und ihr nackter Rücken waren feuerrot. Er fasste nach seinen Handschellen, fand sie jedoch nicht – er war nicht im Dienst, seit gestern Abend war er nicht mehr im Dienst.

Riitta rutschte vom Rücken des Mannes und zog ihn hoch.

»Versuch bloß nicht abzuhauen, du Mistkerl«, fauchte sie. »Wir sind von der Polizei.«

Der Mann stand da und wischte sich den Schnee von seinem grauen Kapuzenpullover.

»Als ob ich das nicht wüsste.«

Kaasa trat auf den Wagen zu, stellte den Motor des alten Honda ab und zog den Schlüssel aus dem Zündschloss.

»Du kommst mit uns«, sagte Riitta.

Der Mann lief zwischen den beiden. Er überragte Kaasa um Kopfeslänge, obwohl er den Rücken gekrümmt hatte. An seinem spitzen Kinn wuchsen ein paar lange helle Barthaare.

Gerade als sie durch die Haustür gehen wollten, begegneten sie einem Paar, das die Augen weit aufriss.

»Guten Morgen«, sagte Riitta.

Der Mann sagte irgendetwas im Vorbeigehen; offenbar der Versuch, zurückzugrüßen, wie Kaasa es deutete.

»Die Nachbarn«, sagte sie kichernd, »sieht so aus, als hätten wir sie ordentlich aufgeschreckt.«

Sussi war nicht sonderlich hungrig, sie hatte sich auf die Decke vor dem Sofa gelegt. Ihr Kopf ruhte auf den Vorderpfoten, und sie schaute Riitta an, die ihren Bademantel zuknotete.

Mit einem Finger strich sie über die Blütenblätter einer Tulpe, die aus der Vase vor ihr auf dem Tisch ragte. Dann las sie laut vor, was auf der Karte stand:

Sorry, aber ich hab gerade mein Hasch in einem Schneehaufen versteckt, als ein Kumpel sagte, die

Bullen kämen. Wir sind weitergeschlendert, als wenn nichts wäre. Dann kamen die Bullen, und dann kam der verdammte Schneepflug. Ich hab in der Zeitung von dir und deinem Hund gelesen und hab das Bild gesehen. Einer von den Jungs hat dich vorher schon mal gesehen und wusste, wo du wohnst. Ich wollte den Hund nur ausleihen, und der Hund hat seinen Job erledigt. Und sorry, dass es mit der Rückgabe etwas gedauert hat, irgendwie sind wir Freunde geworden.

Riitta seufzte und blickte den Mann an.
»Was soll HIV bedeuten?«
»Henki Ivar Vormlie.«
»Bist du hier draußen bei der Polizei bekannt?«
»Ein paar von denen kennen mich vielleicht.«
»Und weswegen?«
»Bisschen Stoff und 'n paar kleine Diebstähle.«
Er zog seine Kapuze herunter und strich sich durch das dunkelblonde dünne Haar.
»Bin ich verhaftet, oder wie?«
»Ja«, sagte Riitta. »Aber danke für die Blumen. Und du begreifst hoffentlich, dass wir das Hasch jetzt haben müssen.«
»Hä? Es war ja nicht mal meins.«
»Ach was.«
»Nein, denn als die Bullen kamen, hat der Typ die Tüte mit dem Hasch in den Schnee fallen lassen.«
»Und den kennst du natürlich nicht.«
»Nein.«

»Aber du warst es, der Sussi gestohlen oder ausgeliehen hat. Und wem hast du das Hasch geliefert?«

»Es war eigentlich gar nicht so. Ich bin auf die Idee gekommen, nachdem ich in der Zeitung von dir gelesen habe, und dann hab ich gesehen, wo du deinen Hund abgesetzt hast, als du einkaufen warst.«

»Und wem hast du das noch erzählt?«

»Das kann ich nicht sagen. Ihr könnt mich ruhig einbunkern, aber das werd ich nie verraten. Und ich durfte die Hündin behalten, als sie das Hasch gefunden hat. Sie sagten, ich könne mit ihr machen, was ich wollte.«

Ein durchdringender Ton kam aus seiner Hosentasche; er zog ein Handy mit einem aufgeklebten Herz aus der Tasche.

Riitta riss es ihm aus der Hand.

»Jetzt reicht's aber«, brüllte er und sah Kaasa an. »Gibt's hier keinen Schutz der Privatsphäre?«

Kaasa antwortete nicht.

»Du hast eine Nachricht von Robby«, sagte sie. »Er steht mit der Ware an der Bushaltestelle am Bahnhof Sandvika.«

»Verdammt, wie soll ich das denn jetzt machen?«

»Gute Frage«, erwiderte sie. »Nein, du bleibst hier, und ich koche Kakao.«

»Hä?«

»Und wer ist Robby? Na, wir müssen doch jemanden hinschicken.«

»Das kann ich nicht sagen.«

»Tja nun, meine Kollegen in Sandvika kennen ihn bestimmt, ich rufe sie mal an.«

»Wenn du das machst, bin ich tot, nur dass du's weißt. Ich

allein weiß, dass er dort steht. Er hat Leute hinter sich, viele Leute, und zwei von denen haben schon mal welche umgebracht, die gesungen haben. Außerdem geht's nur um ein paar Kleinigkeiten.«

»Was soll das heißen?«

»'n paar Gramm Hasch.«

»Und wie willst du uns davon überzeugen?«

»Wie? Ihr müsst mir einfach nur glauben, verdammt.«

Kaasa entdeckte etwas Hilfloses in seinem Blick und fragte, wer das Hasch bekommen sollte.

»Ich wollte es selbst behalten.«

»Ja klar, sind wohl nur die anderen, die irgendwas weiterverkaufen.«

Vormli saß da und rieb die Handflächen gegeneinander.

»Ich weiß, dass du in der Majorstua-Polizeistation arbeitest«, sagte er und schaute Riitta an, »und auf einer Schule, die ihr ganz bestimmt kennt, da ist einer, der dealt wie der Teufel.«

»Welche Schule?«, fragte sie verwundert.

Ein flüchtiges Lächeln huschte über sein junges Gesicht.

»Na, die eine da.«

»Du willst also einen Deal mit uns machen?«

Er nickte.

»Dann musst du auf alle Fälle zuerst was sagen.«

»Okay, es ist die Ris-Schule.«

»Und wer verkauft da was?«

»Er ... nein, ich weiß nicht, wie er heißt. Aber er wohnt direkt unterhalb der Sprungschanze.«

»Am Holmenkollen?«

»Ich kenn keine anderen Sprungschanzen.«

»Und du meinst also, du könntest da mehr herausfinden?«

»Vielleicht?«

Kaasa sah, dass es zehn vor sieben war. Wenn Ingvill nicht bereits wach war, so würde sie in zehn Minuten geweckt werden, als Erstes zum Handy greifen und seine Nachricht lesen: »Fahre mit jemandem von den Kollegen nach Bærum, um gestohlenen Hund zu suchen.«

Er musste eine neue SMS schicken und schreiben, dass er auf dem Heimweg war. Doch er wusste, dass sie die Nummer bei der Auskunft überprüfen ließe, wenn er eine Meldung von einem ihr unbekannten Handyanschluss aus schickte.

Kaasa deutete mit dem Kopf auf Vormlies Handy auf dem Tisch und fragte, ob er es ausleihen könne.

»Hä?«

Kaasa erntete zwei fragende Blicke.

Riitta schien etwas sagen zu wollen, aber er stieß sie mit dem Knie an und sagte, er wolle nur eine SMS nach Hause schicken.

»Ich dachte, ihr hättet selbst alle 'n Handy. Aber mir ist es egal, wenn das jetzt keine Trickserei ist.«

»Leerer Akku«, sagte Kaasa und erwiderte Riittas Blick.

Er nahm das Handy und schrieb: »Endlich Hund gefunden, bin auf dem Heimweg.«

Gerade als ihm das Handy die Versendung der SMS bestätigte, fiel ihm ein, dass es vielleicht gar keine so schlaue Idee war, dieses Handy zu benutzen.

»Tja, ich weiß ja auch nicht, was ihr jetzt schlimmer findet«, setzte Vormlie an. »Entweder, dass ein Kleindealer, der an Leute verkauft, die ihr früher schon mal verhaftet habt, freikommt – oder dass dasselbe mit Typen passiert, die was an Schulkinder verkaufen.«

»Glaubst du wirklich, dass wir so dumm sind?«, fragte Riitta.

»Hab ich das etwa gesagt?«

»Die meisten, die in einer solchen Situation wie du stecken, würden jetzt wohl irgendwas probieren. Und dann der Typ ›unterhalb der Sprungschanze‹ … Wie viel Hunderte, um nicht zu sagen Tausende, wohnen nicht unterhalb des Holmenkollen? … Aber ich bin heute wirklich gut gelaunt, denn schließlich werd ich ja nicht jeden Morgen mit Blumen an der Tür geweckt, und Sussi hab ich auch zurück.« Sie blickte Kaasa an.

»Wenn niemand anderer Ansicht ist, warum sollte ich dir dann eigentlich nicht glauben. Was sonst noch, willst du vielleicht noch ’ne Tasse Kakao?«

Vormlie nickte beinahe etwas verlegen.

Sie stand auf und ging zum Kühlschrank, dann drehte sie sich um und fragte Kaasa, ob er auch eine Tasse wollte.

»Nein, ich muss jetzt los. Ist es in Ordnung, wenn …«

»Ja, klar«, unterbrach sie ihn. »Ich schreib mir auf, was er über die Dealerei an der Schule weiß, und liefere das Ganze in der Drogenfahndung ab, in der Hoffnung auf konkretere Ergebnisse. Und das Ausborgen von Sussi … Ich hab mir noch nicht überlegt, ob ich das anzeigen soll.« Sie deutete auf die Tulpen. »Ich muss wirklich zugeben, dass ich eine Schwäche für Blumen hab.«

Sie stand am Kühlschrank und kaute auf einem Daumennagel; dann blickte sie Kaasa an.

»Hör zu«, sagte sie und richtete ihren Blick wieder auf

Vormlie. »Du bist einfach abgehauen, nachdem du Sussi zurückgebracht hast. Wir konnten dich nicht kriegen. Du bist niemals hier gewesen. Kapierst du?«

»Ja klar, wenn du es jetzt so sagst.«

Kaasa stand auf und fragte ihn, ob er die Luft aus den Reifen gelassen hatte.

Vormlie sah schuldbewusst zu Riitta.

»Als ich heute Nacht den Hund und die Blumen abliefern und klingeln wollte, musste ich ja sicher sein können, dass du mir nicht mit dem Wagen folgst. Dann hab ich irgendwas da im Fenster gesehen und dachte, ich wär' aufgeflogen, und deshalb hab ich mich wieder verdrückt. Und dann hab ich's halt eben gerade noch mal versucht.«

»Wie hast du dir das mit den Reifen gedacht?«, fragte Riitta.

»Ein Kumpel von mir arbeitet unten bei ESSO, ich werd mal mit ihm reden. Aber was ist mit Robby? Ich muss doch auf seine SMS antworten.«

»Du hast die Meldung nie bekommen. Du hast dein Handy im Schnee verloren, als du vor uns getürmt bist. Du findest es erst in zwei, drei Stunden wieder, und dann hoffen wir mal, dass es keinen Schaden durch die Feuchtigkeit abbekommen hat«, erklärte sie und schenkte ihm ein kurzes Lächeln.

Er saß da und gaffte sie an.

Kaasa beobachtete, wie das Display des Handys auf dem Tisch plötzlich aufleuchtete. Dann klingelte es, und Vormlie streckte die Hand aus. Doch Kaasa war schneller und sah, dass jemand von seinem Telefon zu Hause anrief.

»Hallo«, sagte er.

Ingvill wollte wissen, wieso er so lange unterwegs war. Er versprach ihr, alles zu erzählen, wenn sie sich am Nachmittag trafen.

»Aber wem gehört denn das Telefon?«

»Ähm, einem, mit dem ich hier zusammen bin.«

»Kollege?«

»Ja. Ich geh jetzt los und nehme die Bahn.«

13

Schon wieder auf den Beinen?«, fragte Haugen, als Kaasa in sein Büro kam. »Ich hätte mich nach einer Abendschicht wohl eher zurückgezogen und hingelegt. Wie lief es denn? Haben Sie den Hund gefunden?«

»Ja.«

Kaasa wollte nicht erzählen, dass er direkt von Riitta kam, denn dann hätte es bloß Gerede gegeben.

»Ich konnte nur nicht schlafen«, sagte er, »wenn Sie also jetzt Zeit haben, könnten wir ja über Ihren Vorschlag reden – dass ich Sie in dieser Berg-Sache unterstütze. Aber zuerst möchte ich Ihnen etwas zeigen.«

Er zog den zusammengefalteten Papierbogen aus der Jackentasche und berichtete von der mit Flitter übersäten Frauenleiche in der Nacht zuvor und dass es sich anscheinend um Selbstmord handelte. Er faltete den Bogen auseinander und las die Zeilen vor; dann holte er tief Luft und wiederholte den letzten Satz: *Und wenn Engel einmal Menschen waren, so bin ich sicher, dass sie sich niemals zurücksehnen.*

Haugen nickte. »Wenn ich Sie recht verstehe, dann denken Sie also, dass es einen Zusammenhang zwischen dieser Sache und dem Mord an Berg gibt?«

»Es kann natürlich reiner Zufall sein, aber es ist schon etwas merkwürdig, dass ich innerhalb von wenigen Tagen auf zwei Todesfälle stoße, bei denen die Verstorbenen schreiben, sie sehnten sich nicht zurück.«

»Da bin ich ganz Ihrer Meinung. Ich werde unsere Schriftexpertin noch mal einschalten und mit dem Rechtsmediziner sprechen, der die Dame obduziert.« Haugen legte seinen Kugelschreiber auf einen Berichtsbogen. »Mossdal hat letzte Nacht aus einer Telefonzelle angerufen und wollte mit der Polizei sprechen, war aber nicht da, als die Patrouille am angegebenen Ort erschien. Ich werde mich gar nicht darüber auslassen, was das bedeuten könnte, aber der Mann bereitet mir langsam Kopfschmerzen.«

»Ich weiß, was Sie meinen«, sagte Kaasa und nahm mit steifen Bewegungen auf dem Besucherstuhl Platz.

»Ah, lässt Ihr Rücken Sie im Stich?«

»Passiert ab und zu.«

»Schicksal«, sagte Haugen und griff wieder nach dem Kugelschreiber. »Da passt es ja bestimmt besonders gut, wenn Sie nicht zu jeder Tages- und Nachtzeit aus dem Streifenwagen springen müssen.«

»Haben Sie mit dem Divisionsleiter gesprochen?«

»Nein, wie ich gestern Abend schon sagte, wollte ich erst mal hören, was Sie dazu meinen. Aber da Sie jetzt so positiv eingestellt sind, werde ich ihn gleich ansprechen, wenn er zum Dienst erscheint. Sie waren ja bei den letzten Besprechungen nicht anwesend, deshalb gebe ich Ihnen zunächst eine kurze Zusammenfassung: Die Schriftexpertin hat jetzt festgestellt, dass der Zettel, den Sie in Bergs Auto gefunden haben, und der Zettel, der als Nachricht an die Putzfrau gedacht war, von derselben Person geschrieben wurden. Aber diese Person war nicht Berg. Sie ist sich zwar nicht ganz sicher, hält es aber für wahrscheinlich, dass auch der Drohbrief – *Grünschnäbel, die das Virus verbreiten* und so weiter – von dieser Person geschrieben wurde. Da haben wir anscheinend unseren Mörder, und ich nehme an, dass der Brief geschrieben wurde, um uns auf eine falsche Spur zu locken, denn Berg war nicht HIV-positiv. Im Übrigen wurde sein Wagen nach Fingerabdrücken und DNA-Spuren abgesucht, aber das hat uns nicht weitergebracht. Nein, da habe ich mich wohl zu sehr auf Arvid Pedersen verlassen, als ich auf der letzten Pressekonferenz sagte, wir würden gegen eine bestimmte Person ermitteln. Wenn man sich Bo Vikas Unterschrift auf dem Vernehmungsprotokoll ansieht, kann man so gut wie ausschließen, dass er diese Zettel geschrieben hat. Wir haben zwar ein DNA-Profil von seinen Zigarettenkippen, doch leider ist es nicht gelungen, eine zufriedenstellende oder, präziser ausgedrückt, adäquate DNA-Analyse der Blutfragmente aus dem Maul des Hundes zu sichern. Vika ist also nicht länger verdächtig, aber er bleibt in Haft, um die Strafe abzusitzen, zu der er verurteilt wurde. Pedersen nimmt es ziemlich schwer, denn er hat ganz klar alles darauf gesetzt, ein paar Beweise gegen Vika zu bekommen. Er ist übrigens auch in Mossdals Wohnung gewesen, hat dort aber nichts Interessantes gefunden. Ja, nicht einmal ein einziges Dokument mit Mossdals Schrift wurde entdeckt. Das klingt zwar unglaublich, aber Pedersen beteuert, dass er genau nachgesehen hat. Nun ist auf alle Fälle die Wohnung versiegelt. Die Rechtsmediziner waren sich bei der Todesursache bis vor kurzem noch sehr unsicher, sind aber mittlerweile zu der Erkenntnis gekommen, dass Ib Berg ›zu Tode gesessen‹ wurde.«

»Zu Tode gesessen?«

»Sicherlich keine ausreichende Definition, aber …«

Haugen blätterte durch einen Aktenstapel, zog einen Bogen Papier heraus und setzte seine Brille auf.

»Auf gut Norwegisch steht hier, dass der Tod anscheinend dadurch eingetreten ist, dass jemand großen Druck auf den Brustkasten des Verstorbenen ausgeübt hat, entweder indem er ihn mit den Händen zusammenpresste oder indem er sich wahrscheinlich mit dem ganzen Gewicht auf ihn setzte, wodurch das Herz zu schlagen aufhörte. So etwas habe ich noch nie zuvor gehört, aber laut Rechtsmediziner handelt es sich um eine *adäquate Methode, jemandem das Leben zu nehmen,* und ist außerdem nur schwer nachzuweisen. Der Täter hat wohl bis zu einem gewissen Grad gewusst, was er da tat, ist aber dem Lehrbuch ›für den perfekten Mord‹ nicht ganz gefolgt. Er ist bei seinem Job etwas zu gründlich vorgegangen, um es so auszudrücken, denn wenn Berg nicht drei gebrochene Rippen hätte, wäre die Todesursache wohl immer noch ein Mysterium. Und dass er ein Kampfgewicht von dreiundfünfzig Kilo hatte, war für den Täter auch nicht gerade von Nachteil.«

Haugen holte Luft und lehnte sich zurück.

»Unsere wichtigste Aufgabe ist es nun, diesen Mossdal aufzuspüren, und ich möchte glauben oder zumindest hoffen, dass er noch immer unter uns ist. Sein eingeschneiter Wagen steht weiterhin vor der Wohnung. Könnte es wirklich sein, dass *er* der Täter ist? Wie bereits erwähnt, nehme ich an, dass dieser Drohbrief geschrieben wurde, um uns zu irritieren, aber wenn da irgendwas dahintersteckt …, ganz sicher können wir ja nicht sein.«

»Was sagen denn Bergs Nachbarn?«

»Storvolden konnte jetzt endlich mit den Leuten nebenan reden. Die waren zwei Wochen verreist, und Berg hatte ihre Post mit zu sich genommen. Besonders interessante Informationen haben wir von ihnen nicht bekommen, sie meinten nur, dass Berg Bargeld im Haus aufbewahrte. Die Putzfrau soll davon nichts gewusst haben und hat gegenüber Tina Thune auch nichts Derartiges geäußert. Die Stiefel, die sie trug, als sie in der besagten Nacht bei Berg putzte, haben wir jetzt auch gesichert. Trotz genauer Untersuchungen ist es der Spurensicherung nicht gelungen, irgendwelches Bargeld im Haus zu finden. Wenn wir davon ausgehen, dass der Täter das Geld mitgenommen hat, bestätigt das die Theorie, dass er Berg kannte, denn im Haus wurde ja nichts durchwühlt. Doch auf der anderen Seite …, wenn ein Täter sein Opfer kennt und weiß, wo sich das Geld befindet, dann wird in den meisten Fällen eine ziemliche Unordnung angerichtet, nur um uns glauben zu machen, dass ein Unbekannter nach dem Geld gesucht hat. Tja, weiß der Teufel.« Haugen breitete die Arme aus. »Aber wahrscheinlich war der Mord nicht geplant. Möglicherweise ist irgendetwas passiert, was nicht hätte passieren sollen. Den Nachbarn ist ebenfalls aufgefallen, dass Berg manchmal Fackeln angezündet hat, ohne dass es so wirkte, als hätte er Gäste zu Besuch. Das dürfte dann wohl bestätigen, was Sie in Ihrem Bericht über die Begegnung mit Onkel Otto geschrieben haben – dass Berg nämlich die Fackeln anzündete, wenn er sich unsicher fühlte.«

Haugen klopfte mit seinem Kugelschreiber Morsezeichen auf den Schreibtisch.

»Er hat also genau an dem Abend Fackeln angebrannt, als er ermordet wurde. Vielleicht war es ja so, dass er mehrere Anrufe von dem sogenannten Zwillingsbruder bekam, aber dann nicht mehr darüber erzählen wollte, um Onkel Otto nicht weiter zu beunruhigen. Die Fahnder haben jetzt auf alle Fälle die Aufgabe, die eingegangenen Anrufe zu überprüfen. Und dann werden wir noch einmal die Wohnung untersuchen und sehen, ob sich dort weitere Briefe oder Zettel finden.«

Kaasa stand auf.

»Tja, dann wollen wir mal hören, was der Divisionsleiter meint«, sagte er.

»Ach, da bist du ja endlich«, sagte Ingvill und reckte den Kopf aus dem Badezimmer.

Kaasa erschrak.

»Bist du gar nicht arbeiten gegangen?«

»Ich bin mit furchtbaren Kopfschmerzen aufgewacht«, sagte sie und fasste sich an die Stirn, »aber die Pillen fangen langsam an zu wirken. Ich mach mich jetzt auf den Weg. Und, ihr habt den Hund schließlich gefunden?«

»Ja«, erwiderte er und verlagerte sein Gewicht auf das rechte Bein. »Aber wir mussten fast die ganze Nacht suchen.«

»Dann hast du gar nicht geschlafen?«

»Hab mich bei dem Kollegen ein bisschen aufs Sofa gelegt, bevor ich die Bahn genommen habe.«

»Dann nehme ich an, dass er jetzt glücklich ist, wieder seinen Hund zu haben?«, fragte sie und blickte ihn an.

»Aber klar, sicher.«

»Und du gehst heute Nachmittag wieder zum Dienst?«

»Ja.«

»Ich werde etwas länger arbeiten, um die verlorenen Stunden heute auszugleichen. Es wäre schön, wenn du dich um eine Pizza für Simen kümmern könntest. Die kann er dann essen, wenn er aus der Schule kommt.«

Kaasa nickte und verlagerte sein Gewicht wieder zurück aufs linke Bein.

»Aber dein Rücken ist ja völlig schief. So schlimm war es noch nie. Ist heute Nacht irgendwas passiert?«

»Ja, ich hab mich etwas ruckartig bewegt.«

Sie blieb einen Augenblick stehen und betrachtete ihn.

»Dein ganzer Oberkörper neigt sich nach rechts, dann sitzt es mit Sicherheit auf der linken Seite. Und das bestätigt nur, was mein Physiotherapeut immer sagt – wir weichen dem Schmerz immer aus, immer weg vom Schmerz, immer weg von dem, was uns weh tut.«

»Ja«, erwiderte er und versuchte, sich aufzurichten, »so wird's wohl sein.«

»Ist es kalt draußen?«, fragte Ingvill, als sie den Kleiderschrank im Flur öffnete.

»Nicht besonders«, gab er zurück und ging in die Küche.

Kaasa erwachte von dem klingelnden Telefon auf dem Nachttisch. Er umfasste seinen linken Oberschenkel und hievte das Bein aus dem Bett.

»Hoffentlich hab ich Sie nicht geweckt«, sagte Haugen.

»Schon gut.«

»Der Divisionsleiter hat leider nicht so positiv reagiert, wie ich hoffte. Er meinte, dass er momentan zu wenig Leute habe und diejenigen brauche, die ihm zur Verfügung stehen. Ich habe ja im Moment auch keine konkreten Aufgaben für Sie, aber wir haben uns geeinigt, dass ich ihn anspreche, wenn die Lage bei uns prekär wird und wir das dann von Tag zu Tag abwägen. Im Übrigen habe ich einen Anruf vom Polizeirat bekommen. Bo Vika wird an dem Tag freigelassen, an dem er als Verdächtiger in dem Mordfall ausscheidet. Die Strafe für seine Wilderei ist bei der momentanen Überfüllung der Gefängnisse nicht eben vorrangig.«

Kaasa hörte, dass Haugen mit dem Kugelschreiber gegen irgendetwas trommelte; anscheinend eine leere Kaffeetasse.

»Der Justizminister hatte recht, als er meinte, es sei sinnlos, die Polizei mit größeren Ressourcen auszustatten, solange die Schlange vor den Gefängnissen nur anwächst. Mit anderen Worten – die Gesellschaft kann sich eine allzu effiziente Polizei nicht leisten. Von einem Politiker ist das im Grunde genommen eine unglaublich ehrliche Aussage, wobei er das allerdings sagte, *bevor* er Justizminister wurde.«

Kaasa hörte, dass das Trommeln aufgehört hatte, und Haugen fragte, wie es seinem Rücken ging.

»Es geht schon.«
»Dann arbeiten Sie heute Abend?«
»Aber ja doch.«
»Kommen Sie erst mal bei mir vorbei.«

Auf dem hellgrünen Kopfkissenbezug lagen ein paar Glitzersterne. Kaasa nahm das Kissen mit ins Bad und schüttelte es über der Badewanne aus. Er betrachtete seine geröteten Augen im Spiegel und entdeckte dabei zwei glitzernde Krümel an seiner Augenbraue. Er entfernte sie und schnippte sie ins Waschbecken. Er wusste, dass er einige Leichen niemals vergessen könnte.

14

»Kennst du den Unterschied zwischen einem Müllkutscher und einem Polizisten?«, fragte Stein Bråten und drehte sich zu dem Mann um, der auf der Rückbank saß. Kaasa und Bråten mussten einen Häftling von der Zahnarztambulanz zurück ins Kreisgefängnis fahren, da die Einsatzzentrale in ganz Oslo keinen anderen freien Wagen gefunden hatte.

Kaasa bog vom Grønlandsleiret ab und sah im Rückspiegel, dass sich im grauen Gesicht des Mannes eine tiefe Furche zwischen den Augenbrauen gebildet hatte.

»Nein«, erwiderte er und rutschte unruhig hin und her.

»Es hat nichts mit der Bezahlung zu tun«, fuhr Bråten fort. »Allerdings gibt es dabei auch einen Unterschied, denn Müllkutscher verdienen mehr als Polizisten. Aber kennst du noch einen anderen Unterschied?«

»Ich bin nicht ganz sicher, aber …«

Der Mann rieb sich über sein rundliches Kinn.

»Also«, sagte Bråten und gab ein tiefes, brummendes Lachen von sich, »ein Müllkutscher muss sich nicht mit dem Müll unterhalten.«

Im Rückspiegel beobachtete Kaasa, wie das Gesicht des Mannes ausdruckslos wurde.

Schweigend fuhren sie weiter.

»Ach ja, an so was hab ich gar nicht gedacht«, sagte der Mann auf dem Rücksitz, als sie ein paar Minuten später das Gefängnistor im Åkebergveien passierten.

»Verdammt, ich hab echt ’ne Scheißlaune«, sagte Bråten, nachdem sie Bravo-drei-eins als wieder verfügbar gemeldet hatten. »Und jetzt hab ich einen Teil davon an dem armen Teufel ausgelassen, der sich seinen vereiterten Zahn ziehen lassen musste. Der hat bestimmt schon genug Mist erlebt.«

Es schien, als ob Bråten auf einen Kommentar wartete, doch Kaasa blieb still.

»Kannst du dir vorstellen, dass ich gestern zum Stationsleiter zitiert wurde? Und das nur wegen so ’ner Mimose von Polizeistudent, der keinen Sinn für Humor hatte. In diesem Job wird der garantiert nicht alt, denn man braucht Sinn für Humor, um zu überleben.«

»Was ist passiert?«

»Tja also, ich war gerade beim Pinkeln, und über dem Pissoir hängt doch dieses Schild: ›Bitte keinen Kautabak ins Pissoir spucken, da er sich sonst verfestigt.‹ Und da hab ich ›oder onanieren‹ hinzugeschrieben. Und natürlich, gerade als ich mit dem ›Kameraden‹ in der einen und dem Kugelschreiber in der anderen Hand dastand, kommt diese Mimose herein und mokiert sich. Wie so’n aufgeblasener Akademiker erzählt er mir, dass das echt das Letzte sei und er so was von einem Polizisten nicht erwartet hätte. Ich hab ihm gesagt, er solle mal runterkommen und versuchen, ein bisschen bessere Laune in sein säuerliches

Studentendasein zu bringen. Und dann hab ich diese Bemerkung gemacht, dass er Humor haben müsse, um in diesem Job zu überleben. Da hat er sich auf dem Absatz umgedreht und ist gegangen – direkt zum Stationsleiter, wie ich hinterher erfahren habe. Und jetzt hab ich also eine Disziplinarsache am Hals.«

Bråten wurde vom Diensthandy unterbrochen.

Haugen bat sie, zu Ib Bergs Putzfrau zu fahren, und gab eine Hausnummer in der Ole Vigs Gate durch.

»In Ordnung«, sagte Kaasa, »aber ich hoffe, es eilt nicht. Wir sind nämlich noch in Grønland.«

»Dann gebe ich Bescheid, dass Sie im Laufe der nächsten Viertelstunde kommen.«

Anne-Lise Lie war das, was so mancher als üppige Frau bezeichnet hätte. Sie war fast eins achtzig groß, ihr kurzgeschnittenes Haar war dunkel gefärbt und schimmerte rötlich. Sie lächelte die beiden Beamten freundlich an, wobei die braunen Augen in ihrem fast faltenfreien Gesicht zu schmalen Strichen wurden.

»Und da haben wir also zwei so nette Polizisten«, sagte sie, wobei ihr eine leichte Röte ins Gesicht schoss.

»Tja«, erwiderte Bråten und streckte die Brust raus.

»Ich trinke um diese Zeit immer eine Tasse Kaffee«, sagte sie. »Ich hab eben welchen aufgesetzt. Kann ich Ihnen was anbieten?«

»Danke, gern«, sagte Bråten.

Als sie sich die Stiefel ausgezogen hatten, führte Anne-Lise sie ins Wohnzimmer. Sie deutete auf ein dunkelrosafarbenes Ledersofa, und Kaasa roch den Duft frisch gebrühten

Kaffees. Er sah, dass die Digitaluhr am Videorekorder 23:13 zeigte, und dachte, dass Haugen wohl richtiggelegen hatte – Anne-Lise Lie war ein Nachtmensch.

Als sie mit Kaffeekanne und Tassen wieder hereinkam, zeigte sie auf ihre Nähmaschine, die auf dem Esstisch stand.

»Ich hab sie angerufen, weil ich einen Brief in Bergs Hosentasche gefunden habe, als ich seinen Reißverschluss reparieren wollte.«

Über einem der Stühle hing eine graue Herrenhose.

Sie deutete auf den zusammengefalteten Briefbogen auf dem Wohnzimmertisch.

»Genau so hat er in einer der Gesäßtaschen gesteckt.«

Anne-Lise warf den beiden einen Blick zu und sagte, sie habe vor Angst gezittert, als sie ihn gelesen hatte.

Kaasa faltete den Bogen auseinander, der anscheinend aus einem Computerdrucker stammte. Er schluckte und begann zu lesen: *Ich weiß, dass du immer noch wartest. Derjenige, der auf etwas Schlimmes wartet, muss bald nicht länger warten. Und derjenige, der auf etwas Gutes wartet, soll nicht vergeblich warten. Du wirst niemals erfahren, wer ich bin. Nur meine Schwester wusste das.*

Kaasa schluckte noch einmal.

»Dann steht hier noch ein PS: *Ich finde auch, dass solche Fackeln ganz gemütlich sind. Sie spenden Licht in all der Dunkelheit und Trauer.*«

Er faltete den Brief zusammen und stand auf.

»Ich rufe Haugen an«, sagte er, ging in den Flur und nahm das Diensthandy aus der Jackentasche. Kaasa hatte mit seinem Anruf keinen Erfolg und rief Bråten zu, dass sie jetzt fahren müssten, doch Bråten erwiderte, er wolle zuerst seinen Kaffee austrinken.

»Nun komm schon!«, rief Kaasa und steckte den Brief in die Innentasche seiner Jacke.

Als er sich hinunterbeugte, um seine Stiefel anzuziehen, klingelte es an der Tür. Er erschrak und hörte, dass Anne-Lise Lie auf die Tür zugetappst kam. Bråten zeigte vom Sofa aus auf ihr ausladendes Hinterteil und hielt dann grinsend einen Daumen in die Luft.

»Der Audi Avant steht hier unten an der Straße«, sagte eine aufgeregte Männerstimme, als die Tür geöffnet wurde. »Sollte ja eigentlich nicht vor morgen sein, aber dann hat er angerufen und gesagt, dass er schon heute Abend fertig sei. Bin nur froh, dass ich nicht mehr in dem alten Wrack herumfahren muss.«

»Ach, hallo, Daniel. Wunderbar, aber es passt gerade schlecht, ich habe Besuch.«

»Wir wollten sowieso gehen«, unterbrach Kaasa und sah Bråten an, der ihm in den Flur gefolgt war.

Der Mann, den sie Daniel genannt hatte, ließ die Hände sinken, als er die beiden Polizisten erblickte.

»Kannst du mich nicht morgen anrufen?«

»Ja, sicher«, erwiderte er und trat einen Schritt zurück.

Kaasa dachte, dass der junge, gutgebaute Mann mit den schwarzen, halblangen Haaren und der bronzefarbenen Haut irgendetwas Südländisches an sich hatte.

»Gut, dann also abgemacht«, sagte Anne-Lise Lie und schloss die Tür.

»Ist das Ihr Sohn?«, fragte Kaasa.

»Nein, ich habe keine Kinder, aber … Daniel ist in gewis-

ser Weise so etwas wie ein Sohn für mich geworden. Und er ist immer noch so braun, obwohl er bereits zu Weihnachten im Süden war.«
Kaasa bemerkte, dass sie ganz rot im Gesicht geworden war. Sie richtete ihre Bluse und sagte, Daniel sei Dachdecker, und sie habe ihn kennengelernt, als er das Dach ihres Ferienhauses repariert hatte.
Sie redete schnell, nahm sich kaum Zeit zum Atmen, und erzählte, er sei ihr gegenüber sehr offen, habe aber früher »ein paar Probleme« gehabt. Dann verstummte sie und blickte zur Tür.
»Aber jetzt geht es gut mit ihm«, sagte sie schließlich, »und wie Sie eben gehört haben, hat er nun endlich den Wagen bekommen, den er sich schon so lange gewünscht hat. Ja, er hat wirklich hart gearbeitet, um sich ein ordentliches Auto kaufen zu können«, fügte sie nach einer Pause hinzu.
Kaasa bedankte sich für ihren Anruf und sagte, dass der Fund in Bergs Hosentasche die Ermittlungen hoffentlich weiterbringen könne.
»Ja, Sie müssen Bergs Mörder finden«, erwiderte sie und fasste sich an die Stirn. »Aber was soll ich denn jetzt mit der Hose machen?«
»Wir können Sie mitnehmen«, sagte Kaasa. »Wann haben Sie sie eigentlich abgeholt?«
»Als ich das letzte Mal in seinem Haus war. Und wie ich es verstanden habe, war er zu diesem Zeitpunkt bereits tot.« Sie schluchzte.
»Er hatte sie mir hingelegt und einen Zettel geschrieben. Ja, ab und an habe ich seine Kleidung repariert.«

»Haben Sie den Zettel noch?«
»Nein, leider nicht.«

»Wirklich, wie eine Mutter«, Bråten schnaubte, als Kaasa den Motor startete. »Ich hab gesehen, wie sie einander angeschaut haben. Und ich bin ziemlich sicher, dass ihre Gefühle nicht nur mütterlicher Natur sind, um es so auszudrücken.«
Kaasa versuchte einzuschätzen, wie alt sie wohl war. Er meinte, sich zu erinnern, dass Haugen vor ein paar Tagen gesagt hatte, Anne-Lise Lie sei zweiundfünfzig.
Das Diensthandy klingelte; Haugen hatte gesehen, dass sie ihn erreichen wollten.
»Ich wollte Ihnen nur vorlesen, was hier auf dem Ausdruck steht, den wir bekommen haben«, sagte Kaasa. »Aber jetzt sind wir auf dem Weg zur Wache, dann können Sie es in fünf Minuten selbst lesen.«
»Wunderbar. Ich war übrigens eben auf der Toilette. Es gibt ja nicht so viele Prinzipien, die ich nach all den Jahren bei der Polizei noch habe, aber eines habe ich mir auf alle Fälle bewahrt – ich nehme niemals das Handy mit auf die Toilette.«
»Verstehe«, erwiderte Kaasa und blickte dem breit grinsenden Bråten ins Gesicht.

Haugen hatte den Text zweimal gelesen und las ihn schließlich sogar noch einmal laut vor. Er ließ seinen Kugelschreiber auf dem Schreibtisch kreisen.
Bråten stand auf und trat ans Fenster. Einen Augenblick blieb er dort stehen und blickte hinaus, dann drehte er

sich wieder zu den anderen. »Ist es gestattet, laut zu denken?«

»Aber natürlich, ich bitte Sie«, sagte Haugen und sah ihn fragend an.

»Also erstens: Wurde das Geld gefunden, das Berg angeblich im Haus hatte?«

Haugen schüttelte den Kopf.

Bråten setzte sich wieder und deutete mit dem Kopf auf Kaasa.

»Ich gehe davon aus, dass er es in einem Bericht erwähnen oder immerhin erzählen wird, aber da ich gerade schon dabei bin …«

Er legte die Hand aufs Gesicht und zog die Nase hoch.

»Als wir zu Hause bei dieser Dame waren, da tauchte so ein Typ auf, der gut ihr Sohn hätte sein können, was er allerdings nicht war. Und bevor er uns entdeckte und sie etwas sagen konnte, stürmte er ihr freudig entgegen und sagte, der Wagen stehe auf der Straße und sie müsse mitkommen, um ihn anzusehen. Und als er uns dann sah, hat er einen richtigen Schrecken gekriegt. Stimmt doch, Kaasa, oder?«

»Stimmt.«

Bråten berichtete, was Anne-Lise Lie über diesen jungen Mann erzählt hatte. Mit dem Handrücken wischte er sich die Nase ab.

»Und dann dieser Blödsinn, dass sie wie eine Mutter für ihn sei … Ich hab's ja schon im Wagen gesagt: Diese angeblichen Muttergefühle gehen wohl noch ein ganzes Stück tiefer. Ich hab den Blick gesehen, den sie ihm zugeworfen hat, und ich kenne die Frauen gut genug, um sagen zu können, dass ›Hoppe-hoppe-Reiter‹ da eine ganz andere Bedeutung kriegt.«

Haugen verdrehte die Augen und nahm den Kugelschreiber vom Tisch. Dann erhellte sich sein Gesicht, und er stieß ein trockenes, schnaubendes Gelächter hervor. Er schaute zu Kaasa hinüber und richtete seinen Blick wieder auf Bråten.

»Sie meinen also, dass Anne-Lise Lie etwas mit dem Mord an Berg zu tun haben kann?«

»Wie gesagt: Ich denke nur laut«, erwiderte Bråten. »Streichen Sie einfach, was nicht passt.«

Haugen sah wieder Kaasa an, der mit den Achseln zuckte, und sagte, dass alles möglich sei.

»Ich habe es so verstanden, dass Berg anscheinend zu Tode gesessen wurde«, fuhr Bråten fort, »und diese Dame ist ja nicht eben ein Leichtgewicht. Haben Sie sie gesehen?«

»Nein, Tina hat mit ihr gesprochen.«

Bråten wandte sich an Kaasa.

»Achtzig Kilo?«

»Ja, so ungefähr.«

»Ihre Theorie ist also, dass …«, setzte Haugen an, wurde aber von Bråten unterbrochen.

»Dass sie eine einsame Seele ist, bei der die Männer nicht gerade vom Himmel fallen. Dann kommt also diese Testosteronbombe von Dachdecker mit trüber Vergangenheit daher, um ihr Ferienhaus zu reparieren. Und wie sie uns beim Abschied selbst erzählte, hat sie sich um ihn gekümmert – fast eine Woche haben sie da oben zusammen übernachtet.«

Er schlug mit der Faust auf den Tisch.

»Ja, muss ich denn da noch mehr sagen?«

»Aber was ist mit dem Altersunterschied«, warf Haugen ein.

»Hallo?! Jetzt sind Sie schon so lange bei der Polizei und haben immer noch solche Vorurteile, hm? Müssen Sie es denn in noch kleineren Portionen angereicht bekommen?«

Haugens normalerweise immer blasses Gesicht wurde plötzlich rot.

»Nicht nötig.«

Bråten richtete sich auf.

»Sie können sich ja ausmalen, wie sie da schwer und glänzend auf dem Rücken lag – nackt – und auf ihn wartete, einen knallgeilen, armen Dachdecker, nicht wahr?«

Er lehnte sich auf seinem Stuhl zurück und brummte vor sich hin.

»Endlich bekam sie das, wovon sie jahrelang geträumt hatte, und er begriff, dass er sie am Haken hatte. Man überlege sich mal, ein Mann in diesem Alter, der es noch nicht geschafft hat, sich einen vernünftigen Wagen zu verdienen – da hat er sie mit ziemlicher Sicherheit wissen lassen, was er sich am meisten wünschte. Und da lag nun das viele Geld bei Berg zu Hause und staubte langsam ein. Verstehen Sie?«

Haugen nickte. Er saß da, saugte an seinen Lippen und nickte.

»Nein, also ich muss jetzt mal pinkeln gehen«, sagte Bråten und stand auf.

»Ja, ja«, sagte Haugen, als er mit Kaasa allein im Büro saß.

»Dem Mann mangelt es weiß Gott nicht an Phantasie. Wie nennen Sie Stein Bråten noch mal unter den Kollegen?«

»Steif Bråten.«

»Das war's, richtig. Aber Phantasie ist genau das, was wir jetzt brauchen, denn nachdem Bo Vika als Verdächtiger ausscheidet, treten wir auf der Stelle. Und wo, um Himmels willen, ist bloß dieser Mossdal abgeblieben? Plötzlich ist er wie vom Erdboden verschluckt. Storvolden fährt täglich zu seiner Wohnung, um nachzusehen, ob das Siegel nicht aufgebrochen wurde. Mossdal arbeitet ja als Parkettschleifer, aber sein Wagen steht immer noch völlig unberührt da.«

Haugen schaute zur Tür.

»Über Bråten lasst sich sicherlich viel sagen, aber trotz seines Auftretens ist er alles andere als ein Dummkopf. Ich hab einige seiner Berichte gelesen, und die lagen weit über dem Durchschnitt.«

»Wir müssen den Besuch bei dieser Dame wohl schriftlich fixieren?«, fragte Bråten, als er zurückkam.

Haugen nickte.

»Wir müssen Anne-Lise Lie etwas genauer unter die Lupe nehmen, und dann schicke ich Tina dorthin, damit sie sie noch etwas eingehender vernehmen kann – natürlich weiterhin nur als Zeugin. Unter anderem müssen wir wissen, wer dieser Dachdecker ist. Und Bergs Hose werden wir bis auf weiteres im Archiv behalten.«

Kaasa und Bråten gingen ins Schreibzimmer.

»Ich hab gehört, dass du zu Hause bei der Samin warst«, sagte Bråten, als Kaasa sich an den PC setzte.

»Woher weißt du das?«

»Es gibt so Gerüchte …«

»Gerüchte … ja, ich hab ihr geholfen, nach ihrem Hund zu suchen, und den haben wir dann auch gefunden.«

Kaasa hatte Angst, dass Bråten ihn weiter ausfragen würde, und fing an, von all den Bezeichnungen zu reden, die die Samen für Schnee hatten.

»Schnee«, grunzte Bråten, »als ob man dafür viele Wörter brauchte. Schnee ist einfach nur kalt und eine verfluchte Hölle, wenn man mit dem Wagen unterwegs ist. Eine Frau, die ich kenne, hat mir zu Weihnachten ein Buch geschenkt, was ich mir gerade angesehen hab. Und darin gibt es zweihundertfünfzig verschiedene Bezeichnungen für Möse. Am besten hat mir *Honigkrug* gefallen, und wenn ich jetzt nicht jeden Morgen eine Brotscheibe mit Honig und eine richtig starke Tasse Kaffee bekomme, werde ich noch enthaltsam. Aber du weißt bestimmt nicht, wovon ich rede?«

Kaasa blickte zu ihm auf.

»Ja, ich sprach von Kaffee, nicht wahr«, sagte Bråten und grinste, »aber du trinkst ja keinen Kaffee, alter Mann.«

Kaasa klickte den Berichtsordner an.

15

Ein Wagen stoppte im Holmenkollveien nahe beim Gressbanen-Sportplatz. Der Fahrer hatte sich damit begnügt, auf der Frontscheibe ein kleines Guckloch in den Schnee zu kratzen. Es schneite kräftig; schon die ganze Nacht hatte es kräftig geschneit.

»Sind Sie nicht ein wenig zu alt, um in Schneehöhlen zu spielen?«, fragte Riitta und lächelte den Mann hinter dem Steuer an.

Der Fahrer hatte rote Wangen und zeigte mit einem seiner dicken Finger auf sie. »Von solchen wie Ihnen verbitte ich mir derartige Bemerkungen«, geiferte er.

Riitta Sara stemmte die Hände in die Hüften und fragte: »Was meinen Sie mit ›solchen wie mir‹?«

Der Fahrer sah zu Kaasa hinüber, der im Streifenwagen sitzen geblieben war, dann blickte er wieder zu Riitta auf. »Kleine, freche, unerträgliche Nordnorwegerinnen.«

Er unterstrich jedes Wort, indem er rhythmisch auf das Armaturenbrett klopfte, und bat sie um ihren Namen.

»Einen Namen bekommen Sie nicht«, sagte sie, »aber Sie können eine Nummer haben.«

Er glotzte sie an, bis sie schließlich auf das Schild an ihrer Brust deutete.

»Bitte schön«, sagte sie.

Er kramte in seinen Taschen und stöhnte.

»Da Sie Ihre Sekretärin nicht dabeihaben, kann ich's Ihnen auch gerne aufschreiben.«

Sie zog ihren Notizblock hervor, notierte die Nummer und riss den Zettel ab.

»Aber wenn es so ist, dass Sie keine Möglichkeit haben, den Schnee von den Fenstern zu entfernen, dann müssen Sie den Wagen stehen lassen, und wir kümmern uns ums Abschleppen.«

Zögernd stieg er aus dem Wagen.

»Liegt wohl an den kulturellen Verschiedenheiten«, sagte sie, als sie sich wieder in den Streifenwagen setzte. »In Finnmark hätte man so eine Bemerkung über Schneehöhlen mit Humor quittiert, doch hier … nein, beim nächsten Mal stelle ich lieber ein Strafmandat aus, denn das sollen wir ja in solchen Fällen machen. Ich mag es überhaupt nicht, Knöllchen zu verteilen, dafür habe ich nicht bei der Polizei angefangen. Aber wenn ich das nächste Mal so einem Pferdearsch begegne, trete ich ganz ›korrekt‹ auf, stelle ein Strafmandat aus, grüße höflich und wünsche noch einen schönen Tag.«

Kaasa nickte.

Sie fragte, wie es mit seinem Rücken ging, und er sagte, er spüre ihn noch immer.

»Wie ging's denn eigentlich mit dir und Henki?«

»Tja, wir haben zwei Stunden dagesessen und Kakao geschlürft. Ich hab mir aufgeschrieben, was er über den Drogenhandel an der Ris-Schule wusste, und hab's an die Drogenfahndung weitergegeben. Er kannte sich in dem

Milieu wohl besser aus, als er zunächst einräumen wollte, und nach einer Weile wurde er recht mitteilsam. Unter anderem wusste er auch etwas über diese Scheune oben in Sørkedalen, wo die Drogenfahndung eingegriffen hat. Und dann hat er mir versprochen, etwas mehr über den Händler an der Ris-Schule herauszufinden, denn ›er wohnt direkt unterhalb der Sprungschanze‹ war ja etwas dünn.«

Riitta legte den Sicherheitsgurt an und seufzte.

»Gestern hatte ich Besuch von einer Journalistin von der *Budstikka.* Sie hatte schon vor einer Woche über den Diebstahl geschrieben. Ich weiß nicht, wann es in die Zeitung kommt, aber sie hat Bilder von mir gemacht, mit Sussi auf dem Schoß und dem Blumenstrauß in der Hand. Sie hat auch die Karte gelesen, die dabeigelegen hat.«

Riitta blickte Kaasa an und lächelte.

»Sie fand es wohl ebenfalls in Ordnung, dass niemand verhaftet wurde.«

»Ja«, erwiderte Kaasa. »Er war anscheinend auch für mich viel zu schnell.«

Stein Bråten saß allein in der Kantine und kaute auf einem Butterbrot herum. Sie setzten sich an seinen Tisch, und Kaasa wickelte seine Brotzeit aus.

»Dann fahrt ihr jetzt also auch zusammen?«, sagte er.

»Was meinst du?«, fragte Kaasa und legte sein Butterbrot beiseite.

»Zusammen schlafen und zusammen fahren.«

Kaasa fiel die Kinnlade herunter, doch er erwiderte nichts.

»Ich glaube, du bist neidisch«, warf Riitta ein, »aber da

gibt es nicht viel zu beneiden, denn auf meinem Sofa kann man nicht besonders gut liegen, und du siehst ja, was mit seinem Rücken passiert ist.«

»Ja, so'n alter Mann kann sich schnell den Rücken verrenken«, gab Bråten zurück und grinste.

Kaasa fragte, von wem er das gehört habe.

»Ich habe es erzählt«, sagte Riitta. »Ich hab's zwei Kolleginnen erzählt, als ich mich heute Morgen in der Garderobe umgezogen habe. Was ist denn daran so schlimm? Ich hab nichts getan, was ich bereuen müsste, und«, sie fing Kaasas Blick auf »du, glaube ich, auch nicht.«

»Natürlich nicht«, erwiderte Kaasa zögernd.

»Verdammt, wer würde so was schon bereuen?«, sagte Bråten.

»Glaubst du etwa, dass Kaasa und ich miteinander gevögelt haben?«, fragte sie und blickte ihn scharf an.

Kaasa spürte plötzlich, wie sich sein Magen zusammenzog. Bråtens Grinsen fror ein, und sein Gesicht verfärbte sich rot. Er blickte auf seinen leeren Teller und schwieg.

»Du hast Kokos am Kinn«, sagte Riitta schließlich.

Bråten rieb sich mit der Hand übers Kinn. Er saß da und massierte sein Gesicht, bis die Röte verschwunden war. Er schluckte den letzten Bissen seines Pausenbrots und trank einen Schluck Kaffee. Dann holte er Luft und sammelte ein paar Krümel vom Teller auf.

»Zwei Samen saßen in einem Zelt oben im Hochgebirge, und einer fragte den anderen: ›Vögelst du lieber oder wichst du gerne?‹, und wisst ihr, was der andere antwortete?«

»Er antwortete, er würde lieber vögeln«, sagte Riitta, »denn dann träfe er zumindest Leute. Gar nicht so lange her, dass ich den Witz gehört habe. Es war auf einer Weihnachtsfeier, ich kann mich nicht erinnern, wie der Erzähler hieß, aber ich glaube, er wird wohl Steif Bråten genannt.«

»Ach, verflucht«, stieß Bråten hervor und rieb sich wieder das Kinn.

Riitta stieß Kaasa an und sagte, sie würde jetzt mit Sussi einen Spaziergang machen.

Haugen telefonierte und gab Kaasa ein Zeichen, dass er hereinkommen sollte. Kaasa setzte sich, während Haugen das Gespräch beendete.

»So weit besteht jetzt kein Zweifel mehr an der Todesursache dieser Dame mit dem Glitzerzeug. Sie hatte angeblich so viele Giftstoffe aus verschiedenen Pillen im Blut, dass man damit auch einen Elefanten hätte umlegen können. Ich hab aber wegen der Fingerabdrücke auf dem Papierbogen noch keine Antwort von der Kriminaltechnik bekommen. Ich muss noch mal anrufen und nachfragen, damit das Ganze dann an die Schriftexpertin geht. Tina hat mit der Tochter gesprochen, sie hatte von Ib Berg keinerlei Kenntnis, glaubte auch nicht, dass die Mutter ihn kannte. Zwar hat die Mutter als junge Frau in derselben Gegend gewohnt, aber das ist auch alles. Das ›niemals zurücksehnen‹ ist wohl ein Zufall.«

Haugen nahm den Kugelschreiber und kratzte sich damit hinter dem Ohr.

»Und dann dieser Mossdal, der einfach verschwunden bleibt«, sagte er und legte den Kugelschreiber weg. »Ich habe ihn beim Einwohnermeldeamt überprüft und bin dabei auf einen Cousin gestoßen. Dieser Cousin, mit dem ich da geredet habe, wohnt in Dänemark. Er hat bestätigt, dass er Mossdals einziger Verwandter ist, aber sie hatten seit dreizehn oder vierzehn Jahren keinen Kontakt.«

Kaasa fiel das Stückchen Pappe ein, das er und Sletten unter Mossdals Klingelschild gesehen hatten, und fragte, ob dies in Verwahrung genommen worden war, da man keine anderen Gegenstände mit Mossdals Handschrift in der Wohnung gefunden hatte.

»Pappschildchen? Nein, davon hab ich nichts gehört. Das kann sich auch unmöglich noch dort befinden, denn Storvolden fährt doch täglich an der Wohnung vorbei und überprüft die Plombierung.«

Kaasa berichtete, was auf dem Pappschildchen gestanden hatte.

»Seltsam, ich werde Storvolden davon erzählen. Aber kommen wir mal zu Anne-Lise Lie. Storvolden hat gestern mit ihr gesprochen. Er ist natürlich äußerst behutsam vorgegangen und hat den Besuch mit einer fehlenden Unterschrift auf dem Beschlagnahmeprotokoll begründet, das Sie verfasst haben. Als er dann mit der Frage herausrückte, die Tina ihr beim ersten Mal gestellt hatte – ob sie gehört oder selbst gesehen habe, dass Berg Bargeld in seinem Schreibtisch aufbewahrte, reagierte sie beleidigt und sagte, dass sie darauf bereits geantwortet habe.«

Haugen drückte mit dem Finger auf einen Punkt zwischen seinen Augen und fuhr dann fort:

»In gewisser Weise ist Bråtens Gedankengang, so wie er es selbst bezeichnet, ja ganz faszinierend, aber ich bin eher geneigt, das Ganze als Hirngespinst zu bezeichnen, auch wenn ich Anne-Lise Lie nie gesehen oder mit ihr gesprochen habe. Kann Leidenschaft wirklich so stark sein, dass man einen Mord begeht? Selbstverständlich gibt es viele Beispiele für so etwas. Also sagen wir mal, dass sie sich auf Berg gesetzt hat. Als ehemalige Krankenschwester wusste sie, dass ein bestimmter Druck auf die Herzgegend über eine gewisse Zeit ausreicht, damit das Herz zu schlagen aufhört. Und während sie auf ihm saß, wurde sie von seinem Hund angegriffen – dann muss sie doch Bisswunden haben. Natürlich wissen wir nicht, ob sie irgendwo solche Wunden hat.«

»Nein«, gab Kaasa zu.

»Und um das zu überprüfen, müsste sie eine Verdächtige sein. Eine DNA-Probe können wir nicht so ohne weiteres bekommen. Wenn sie rauchen würde, dann hätte Storvolden vielleicht die ›Pedersen-Methode‹ anwenden und ein paar Kippen sichern können. Na, auf alle Fälle hat jetzt die Schriftexpertin wieder was zu tun.«

Er deutete auf das Beschlagnahmeprotokoll mit ihrer Unterschrift.

»Apropos Pedersen, er ist immer noch nicht darüber hinweggekommen, dass Bo Vika nichts mit der Sache zu tun hatte. Es tut mir leid, das sagen zu müssen, aber es sieht so aus, als ob er jetzt keine Lust mehr hat.«

Kaasa stand auf und sagte, dass er vor Dienstschluss noch schnell etwas erledigen müsse.

»Mit wem fahren Sie?«

»Riitta Sara.«

»Übrigens, ganz im Vertrauen, es gibt hier Gerüchte im Haus, dass Sie die ganze Nacht bei ihr waren, und Vigdis hat gesagt, nein ..., ist ja auch egal.«

»Na, erzählen Sie schon. Was hat Vigdis Gulliksen gesagt?«

»Nun, es war die alte Leier. Das, was Frauen immer leicht sagen können: Wenn der Schwanz steht, ist der Verstand ausgeschaltet.«

Er blickte Kaasa fragend an.

»Es stimmt schon, dass ich bei ihr übernachtet habe«, sagte Kaasa und zog den Reißverschluss seiner Jacke hoch, »auch wenn ich etwas anderes gesagt habe, als ich hier bei Ihnen war. Aber ganz offen gesagt ... ich habe einen Sohn, der so alt ist wie sie.«

»Ja, das weiß ich. Und das Traurige ist ja, dass das für sie viel schlimmer ist. Überlegen Sie mal, sie ist ganz neu hier auf der Wache und kriegt gleich so einen Ruf. Da muss man schon ziemlich stark sein, um so was auszuhalten. Vielleicht können Sie ja was unternehmen, um das Ganze zu entkräften. Noch was anderes: Können Sie vor Dienstschluss zu Bo Vika nach Ullevål Hageby fahren und ihm die Stiefel zurückbringen, die bei der Spurensicherung waren?«

16

Der Funksprecher bat eine Fox-Patrouille, in die Vogts Gate zu fahren; eine verzweifelte Frau hatte eben angerufen und berichtet, dass ihr Mann sich mit einer Schrotflinte erschossen hatte.

Sletten deutete auf die Digitaluhr am Armaturenbrett, die 03:33 zeigte, und sagte, der Mann sei früh dran gewesen.

»Wie bitte?«

»Während des Samtids-Festivals im September habe ich ein Stück von Sarah Kane gesehen – Psychose 4:48. Darin hat sie ihren eigenen Selbstmord beschrieben. Gleich nachdem sie Psychose 4:48 fertiggestellt hatte, hat sie sich 1999 erhängt, noch während sie in Behandlung war. 4:48 Uhr ist angeblich die Tageszeit, zu der sich die meisten Menschen umbringen. Hast du mal was von ihr gehört?«

Kaasa schüttelte den Kopf.

Nach ein paar Minuten Stille schlug er vor, zur Wache zu fahren, um etwas zu essen.

Als sie in die Tiefgarage fuhren, klingelte das Telefon. Haugen sagte, er rufe von zu Hause an; er hatte eben einen Anruf aus dem Ullevål-Krankenhaus bekommen. Arvid Pedersen war mit einem Herzinfarkt eingeliefert worden.

Kaasa fragte, ob es ernst sei.

»Ein Herzinfarkt ist wohl immer eine ernste Sache, aber es ging ihm anscheinend so gut, dass er den Arzt gebeten hat, mich anzurufen und Bescheid zu geben. Ich wusste ja, dass Sie beide da draußen sind, da dachte ich, ich könnte Sie auch gleich informieren. Und wie Sie sicher verstehen, brauchen wir Sie jetzt umso dringender hier in der Abteilung.«

Kaasa sagte, er verstehe, worüber Haugen sich Sorgen machte, und beendete das Gespräch.

Kaasa und Sletten betraten die Wache und setzten sich vor den Fernseher, auf dem MTV lief.

»Laut Haugen war Pedersen ziemlich ehrgeizig und hat wohl schlechte Laune bekommen, als sich zeigte, dass Bo Vika nichts mit der Berg-Sache zu tun hatte«, erklärte Kaasa. »Aber dass jetzt so was passiert.«

»Kennst du den?«, fragte Sletten und zeigte auf den Rapper im Fernsehen.

»Na, klar. Ich hab einen elfjährigen Sohn zu Hause.«

»Tja, es gibt wohl nicht so viele, die von ihrer eigenen Mutter verklagt werden.«

»Wird er das?«

»Ja, Eminem rappt in diesem schmusigen Ton über das zerbrochene, amerikanische Familienleben. Er rappt über Hass. Ich glaube, kein anderer Künstler ist in ähnlicher Weise in der Lage, die Temperatur im derzeitigen amerikanischen ›White trash‹-Klima zu bestimmen. Er hasst alle, mit Ausnahme seiner Tochter, und in dem Video *When I'm gone* beschuldigt ihn die Tochter, dass er das Publikum mehr liebt als sie. Hast du *8 Mile* gesehen?«

»Nein, aber ich glaube, mein Sohn hat es auf DVD.«

»Sieh's dir mal an, wenn du von einer Abendschicht kommst und es zu Hause ruhig ist«, sagte Sletten und reckte sich. »Wir sollten jetzt wohl wieder los.«

Kaasa erwiderte, dass er zuerst auf die Toilette müsse.

Während der Nachtschichten meldete sich sein Bauch häufig um diese Zeit. Er betrat die Toilettenkabine und setzte sich. Ihm fiel ein, was er vor kurzem in einem Polizeiblatt gelesen hatte; Polizeibeamte standen ganz oben in der Statistik über Herzinfarkte und Gefäßleiden, und dasselbe galt für die Selbstmordstatistik. Das durchschnittliche Lebensalter von Polizisten lag sieben Jahre unter dem der restlichen Bevölkerung. Er hob den Kopf und sah, dass jemand KAASA VÖGELT RIITTA SARA auf die Klotür geschrieben hatte.

Bråten, dachte er. Der Teufel soll Bråten holen.

Er spuckte auf seinen Ärmel und versuchte, es wegzuwischen, doch das half nicht viel. Dann befeuchtete er Toilettenpapier und fing an, über den Schriftzug zu wischen. Er fluchte, stand da und wischte, doch das meiste blieb haften.

Verdammt, dachte er, dann soll's halt stehenbleiben. Er spürte, wie ihm heiß geworden war.

»Manchmal glaube ich, dass Hass jemanden stark machen kann«, sagte Sletten, als sie auf dem Weg hinunter in die Garage waren. »Sieh dir nur Arnold Schwarzenegger an, er wuchs damit auf, dass sein Vater ihn misshandelte. Dann fing er an, mit Gewichten zu trainieren, vielleicht unbewusst, um es seinem Vater irgendwann einmal heimzuzahlen. Kaum war er zwanzig, da kam er in die USA

und schlug sich als Bodybuilder durch, danach als Actionheld, und dann wurde er Gouverneur von Kalifornien.«
Typisch Sletten, dachte Kaasa und öffnete die Autotür, er muss wirklich alles psychologisieren.
Sletten meldete Bravo-drei-eins nach Pause und Bericht wieder frei und verfügbar.
»Und lass uns mal annehmen, Eminem wäre nicht in einem heruntergekommenen Campingwagen und mit einem alkoholisierten Flittchen von Mutter aufgewachsen«, fuhr Sletten fort, »wäre dann der größte Rapper unserer Zeit ein Weißer und hieße ausgerechnet Eminem? Oder wenn Schwarzenegger senior ein Vater mit Wärme und Empathie für seinen Sohn gewesen wäre, hieße dann der Gouverneur von Kalifornien Arnold Schwarzenegger?«
»Das kann wohl niemand beantworten.«
»Sicher nicht.«

»Das muss sein Wagen sein«, sagte Kaasa, als sie in die Ole Vigs Gate bogen, und deutete auf einen roten Audi Avant. Er bremste ab und berichtete von Ib Bergs Putzfrau und dem jungen Mann, der zu ihr gekommen war, als er und Bråten mit ihr gesprochen hatten.
Im nächsten Häuserblock hielt er an, setzte zurück und bat Sletten, das Kennzeichen zu notieren.
Nach Auskunft der Einsatzzentrale war der Wagen gerade auf einen neuen Halter angemeldet worden – Daniel Linde. Als der Funksprecher das Geburtsdatum durchgab, dachte Kaasa, dass er sein Alter nicht sehr gut geschätzt hatte – Linde war erst einundzwanzig Jahre alt. Und laut Haugen war Anne-Lise Lie zweiundfünfzig.

Er beugte sich vor und glaubte, eine Bewegung hinter einem Fenster in der zweiten Etage zu sehen.
»Interessante Information für Haugen«, sagte er, als Sletten den Zettel vom Notizblock abriss.
Das Diensthandy klingelte; es war Riitta. Sie befand sich am Polizeiposten vor der israelischen Botschaft und bat die Kollegen, vorbeizukommen, falls sie keinen Auftrag auszuführen hatten.
Riitta kam ihnen vor dem Eingang entgegen und sagte, in der »Bude« dort drinnen sei es viel zu voll.
»Ich hab einen Anruf von Henki bekommen«, sagte sie und holte ihr Notizbuch hervor. »Der Typ, der unterhalb der Sprungschanze wohnt, wird ›Neger‹ genannt. Er ist öfter in Thailand und schickt von dort aus Stoff hierher. Henki glaubt allerdings, dass er an der Schule nichts mehr verkauft, anscheinend hat er sich da die Finger verbrannt.«
»Ist er Afrikaner?«
»Dessen war er sich nicht ganz sicher, aber von seinem Spitznamen ausgehend, kann man wohl annehmen, dass er dunkelhäutig ist.«
Kaasa sagte, sie solle alles aufschreiben, wenn sie zur Wache käme, und es an die Drogenfahndung weiterleiten.
»Du bekommst dort bestimmt bald einen Job«, sagte er und stieß sie an. »Zwei Hinweise innerhalb weniger Tage, und außerdem hast du Sussi.«
»Ja«, erwiderte sie strahlend. »Sussi und ich sind prominent geworden, zumindest in Bærum, da kam nämlich gestern die Reportage in der *Budstikka.*«
Kaasa fragte, ob sie Arvid Pedersen kenne. Erklärend fügte

er hinzu, er habe gerade in der Abteilung für Gewaltverbrechen angefangen.
»Ja. Was ist denn mit ihm?«
»Mit Herzinfarkt in Ullevål eingeliefert.«
»Nein, so ein Mist. Ich hab erst vor ein paar Tagen in der Kantine mit ihm gesprochen. Und als uns dann klarwurde, dass wir beide neu in der Stadt sind, haben wir verabredet, mal zusammen ins Kino zu gehen. Ja, es war meine Idee, aber … so wie sich jetzt die Gerüchte da oben verbreiten, ist es vielleicht gut, dass bisher nichts daraus geworden ist.«
Sie sah Kaasa an und lächelte schwach.
»Geile Riitta vögelt alte Knacker.«
»Ach wo«, sagte Kaasa und dachte, dass es für sie vielleicht am schlimmsten war. »Junge neue Kollegin in einem männlichen Milieu.« Er war froh, dass Bråten nicht in der Damentoilette herumkritzeln konnte. Er räusperte sich und sagte, er könne die Sache bei der nächsten Dienstbesprechung erwähnen.
»Nein, mach das nicht. Die Leute sollen doch glauben, was sie wollen.«
Kaasa wusste nicht, was er erwidern sollte.
»Aber ich stehe in der Wache anscheinend ohnehin unter keinem guten Stern, denn heute Nachmittag hat mich der Stationsleiter zu sich beordert.«
»Wegen der Übernachtung?«
»Nein, das hat nichts damit zu tun. Es geht um diesen Typen, den wir am Gressbanen-Sportplatz angehalten haben und den ich gefragt habe, ob er nicht zu alt sei, um in Schneehöhlen zu spielen. Ich hab seine Beschwerde gele-

sen, und darin kannte er keine Gnade für eine ›freche, unverschämte Frau aus dem Norden‹. Wenn ich kein Disziplinarverfahren an den Hals kriege, so gibt es doch auf alle Fälle einen Eintrag in die Personalakte. Aber in meiner Familie sind schon schlimmere Dinge passiert. Einer meiner Vorfahren mütterlicherseits war 1852 am Kautokeino-Aufstand beteiligt. Der Lensmann und der Kaufmann wurden getötet, doch als gute Laestadianer verschonten die Rebellen den Pastor. Zwei der Aufrührer wurden auf dem Schafott hingerichtet. Mein Vorfahre kam mit sechs Jahren Zwangsarbeit in der Festung Akershus davon.«

Sie machte eine Pause, und sogleich breiteten sich die Lachfältchen über ihr kleines, rundes Gesicht.

»So gesehen bin ich also nicht die Erste aus unserer Familie, die hier in Oslo arbeitet.«

17

Jo Kaasa lief über die Brücke im Frognerpark. Im Schneegestöber waren die Enten auf dem Weiher fast nicht zu erkennen. Die Wasserrinne wurde jeden Tag kleiner und kleiner, und er fragte sich, was aus ihnen werden würde, wenn der Weiher wieder ganz zufröre.

Die Vormittagsschicht hatte er auf der Wache verbracht. Die meiste Zeit war vor dem PC vergangen. Die jüngeren Kollegen hatten mitleidig gelächelt, als er in dem einen oder anderen der Programme feststeckte, und ihm als erste Alternative geraten, die »Thorvald-Taste« zu drücken. Nach einer Weile hatte er verstanden, dass sie die ESC-Taste meinten. Als er bei der Polizei angefangen hatte, waren es die älteren Kollegen, die man bei Problemen um Rat fragte. Er schätzte, dass heutzutage neunzig Prozent der gesamten Polizeiarbeit mit dem Computer zu tun hatte; da kannten sich die Jüngsten am besten aus und fanden sich am schnellsten in den verschiedenen Systemen zurecht.

Haugen war zufrieden, dass Kaasa herausgefunden hatte, wer der Freund von Anne-Lise Lie war. Daniel Linde war ein alter Bekannter der Polizei; er war wegen Autodiebstahls sowie Gewalt gegen einen Beamten des öffentlichen

Dienstes verurteilt worden. Die Ermittler wurden damit beauftragt, ihn unter Beobachtung zu halten.

Kaasa war froh, dass es Freitag war und er ein freies Wochenende hatte. Ingvill hatte vorgeschlagen, am Samstag eine Skitour durch die Nordmarka zu machen. Er wusste nicht mehr, wann sie zuletzt gemeinsam etwas unternommen hatten.

Er verließ die Wache durch den Haupteingang und sah, wie der Schnee von einem Schneepflug aufgewirbelt wurde, der über den Kirkevei fuhr. Der Schneerekord von 1968 war kurz davor, gebrochen zu werden. In den Wetterprognosen aller Klimaforscher hatte es im Herbst geheißen, dass dieser Winter in Ostnorwegen so gut wie schneefrei ausfallen würde.

Als er seine Jacke an die Garderobe hängte, trat Ingvill in den Flur und schleuderte ihm die Abendausgabe der Aftenposten mitten ins Gesicht.

»Da steht was von dir und deinem Kollegen drin, Riitta Sara. Eigenartiger Name für einen Mann, aber noch eigenartiger ist, dass er auch gar nicht wie ein Mann *aussieht.*«

Er hob die Zeitung auf, und Riittas Gesicht strahlte ihm entgegen. Sussi saß auf Riittas Schoß und hatte ein Ohr gespitzt. Die Reportage war von der *Budstikka* übernommen worden.

»Und als es klingelte, sind wir nur im Schlafanzug hinausgestürmt«, zitierte sie. »Ach ja? Schlafanzug? Dann hattest du also einen Pyjama dabei? Oder wie? Ich hab dich noch nie im Pyjama gesehen«, fügte sie hinzu, nachdem sie zweimal tief durchgeatmet hatte. Schließlich schlug sie auf die Zeitung, die er noch immer in der Hand hielt. »Erzähl mal, hast du einen Pyjama in deinem Garderobenschrank auf der Wache?«

»Nein, natürlich nicht. Ich kann es dir erklären, wir …«

»Erklären! Willst du mir jetzt noch mehr Lügen auftischen? Bei einem von den Kollegen übernachtet. Sieh mal einer an! Ich habe gelesen, dass sich die weiblichen Wesen in diesem Landesteil da oben für Knöpfe und Glanzbilder an alte Säue verkaufen, noch bevor sie konfirmiert werden. Und jetzt verstehe ich auch, wieso du Rückenprobleme hattest und fast nicht laufen konntest, als du von dort zurückgekommen bist.«

Sie stampfte mit dem Bein auf.

Simen kam aus seinem Zimmer und bat sie, nicht so laut zu streiten; er versuchte sich an einem Aufsatz, den er in der kommenden Woche abgeben musste.

Ingvill drehte sich auf dem Absatz um und ging ins Wohnzimmer.

Kaasa lief ihr nach.

»Die letzte Bahn war schon weg, und sie wollte mich nach Hause fahren«, sagte er gerade laut genug, dass sie es hören konnte. »Aber dann waren die Reifen an ihrem Wagen platt, jemand hatte …«

»Hör bloß auf!«, rief Ingvill und setzte sich die Kopfhörer auf, die auf dem Boden neben der Musikanlage lagen. »Ich will nichts mehr hören. Du solltest endlich begreifen, dass du nicht lügen kannst. Platte Reifen, also wirklich, wie jämmerlich.«

»Ja, aber …«

Sie deutete auf Simens Zimmer und stellte die Lautstärke ein.

Kaasa ging in die Küche. Sie hatte nicht zu Ende gegessen. Die geschmolzene Butter über der halben Kartoffel und dem Fischgratin wurde schon wieder fest. Die Zeitungsbeilage lag neben ihrem Teller. Kaasa hatte keinen Appetit und wollte schon fragen, ob er aufräumen sollte, als das Telefon klingelte.

Ingvill nahm das Drahtlose, das vor ihr auf dem Tisch lag, und schob den Kopfhörer zur Seite.

»Einen Augenblick bitte«, sagte sie und reichte ihm den Hörer.

Haugen entschuldigte sich für die Störung, wollte jedoch Kaasa informieren, dass Storvolden einen letzten Versuch bei Mossdals Wohnung unternommen hatte, bevor sie ihn als vermisst meldeten. Dort hatte er im Postkasten einen Brief des norwegischen Touristenverbands gefunden, in dem man sich nach dem Schlüssel für ein Ferienhaus namens Myrseter erkundigte.

»Ich hab mit dem Touristenverband gesprochen und erfahren, dass Myrseter im Wald bei Krogskogen liegt. Wenn man kein Schneemobil zur Verfügung hat, kommt man am einfachsten dorthin, wenn man auf Skiern von By in Lommedalen startet. Also, um gleich zur Sache zu kommen, könnten Sie sich vorstellen, morgen zusammen mit einem Kollegen eine Tour dahin zu machen? Wie ich herausgefunden habe, sind es gut zehn Kilometer pro Strecke, und für Ihren Rücken ist so eine Tour das Beste, was Sie machen können. Es ist nicht mehr wie früher, als Leuten mit Rückenproblemen gesagt wurde, sie sollten auf einem Holzbrett liegen.«

»Tut mir leid, aber …«, setzte Kaasa an und fing Ingvills

Blick auf, »morgen bin ich leider mit etwas anderem beschäftigt.«

»Wenn du von der Skitour in die Nordmarka redest, so kannst du mit mir nicht rechnen. Ich habe andere Pläne.«

»Einen Moment«, sagte Kaasa und hielt die Hand über die Sprechmuschel. »Wäre so ein Ausflug nicht richtig gut für uns?«

»Überhaupt nicht, und wie gesagt – ich habe andere Pläne.«

Kaasa ließ die Hand sinken und sagte, dass er doch mitgehen könne.

»Hervorragend. Ich rufe später noch mal an und gebe Ihnen die Einzelheiten durch. Sie können natürlich Überstunden abrechnen. Bliebe dann nur noch, einen Kollegen für Sie zu finden. Hier in der Abteilung kann niemand, und Pedersen … Ich muss mir mal die Zeit nehmen und ihn besuchen. Aber wissen Sie selbst jemanden, mit dem Sie fahren könnten?«

Kaasa blickte zum Fenster und bemerkte, dass Ingvill ihn beobachtete. Er dachte an Riitta, die dort draußen wohnte, und versuchte, sich vorzustellen, was passieren würde, wenn er jetzt ihren Namen nannte. Ja, was, wenn er es wirklich sagte, wenn er Ingvill in die Augen sähe und sagte, dass er die Skitour morgen mit Riitta machen wollte? Er holte Luft, sah kurz zu Ingvill hinüber und sagte, er wolle mit Gunnar Sletten fahren, denn der kannte sich in Krogskogen bestimmt gut aus.

»Hervorragend«, wiederholte Haugen. »Rufen Sie ihn selbst an?«

»Ja. Aber reden wir hier von Festnahme, wenn wir auf Mossdal treffen sollten?«

»Nicht unmittelbar, aber es ist von der Situation abhängig. Wir müssen auf alle Fälle immer wissen, wo er sich aufhält, und ihn darauf vorbereiten, dass wir ihn im Laufe der kommenden Woche offiziell vernehmen müssen. Und fragen Sie ihn, wieso er in dieser einen Nacht bei der Polizei angerufen hat. Sein Wagen steht immer noch an Ort und Stelle, übrigens komisch, dass er ihn nicht benutzt hat. Wenn Sletten nicht kann, rufen Sie mich bitte gleich wieder an, damit wir jemand anderen finden. Wohnt Riitta Sara nicht irgendwo da draußen?«

»Doch, ja«, erwiderte Kaasa.

18

Wieso schläfst du denn hier, Papa?«

Kaasa erwachte ruckartig und sah den fragenden Ausdruck in Simens Gesicht. Er glaubte, dass er gerade erst eingeschlafen war, und versuchte, vom Sofa aufzustehen, spürte aber einen Stich im Rücken und sank zurück.

»Meine Nebenhöhlen sind verstopft«, sagte er, umfasste seinen linken Oberschenkel und setzte das Bein auf den Boden, »und da schnarche ich so, dass Mama nicht schlafen kann.«

»Jetzt hast du nicht geschnarcht.«

»Nein, tja«, sagte er und bemerkte, dass die Digitaluhr am Videospieler 08:13 zeigte. »Übrigens schön, dass du mich geweckt hast, ich muss nämlich zur Arbeit. Was hast du denn heute geplant?«

»Weiß nicht.«

Kaasa sah, dass Simens Pyjamahose ihm bis knapp unter die Knie reichte. Er betrachtete die dünnen weißen Beine und wollte seinen Sohn gerade bitten, sich neben ihn auf das Sofa zu setzen.

»Ich muss aufs Klo«, sagte Simen.

Kaasa bedauerte, seinen Sohn nicht öfter zu sehen. Im

letzten Jahr hatten sie nichts zusammen unternommen. Er hatte es versucht, aber auch wirklich mit ganzem Herzen?

»Du hast's gefunden«, sagte Sletten, als er aus der Tür seiner Einzimmerwohnung blickte.

»Wie du siehst.«

»Du hast ja wohl deinen Wagen geheizt? Dann können wir uns erst mal aufwärmen.«

»Du kannst deine Skier neben meinen an der Halterung befestigen«, erwiderte Kaasa und setzte sich ins Auto.

Sletten blickte Kaasa an, als er seinen Sicherheitsgurt umlegte.

»Hast du immer noch Rückenprobleme?«

»Ja, ich hab heute Nacht auf dem Sofa geschlafen, und das war keine gute Idee.«

»Hä? Schon wieder auf dem Sofa bei Riitta?«

»Nein, bist du verrückt?« Er bereute, das mit dem Sofa erwähnt zu haben. »Auch wenn in jener Nacht nichts zwischen ihr und mir passiert ist, so dachte ich trotzdem, dass es besser sei, meiner Frau zu erzählen, ich hätte bei einem männlichen Kollegen übernachtet. Aber dann hatte natürlich die Abendausgabe der Aftenposten die Reportage aus der Budstikka übernommen, wo genau beschrieben wurde, wie Riittas Hund wieder auftauchte.«

»Also wurde eine Lüge aufgedeckt, die eigentlich gar keine hätte sein müssen, und dann war die Hölle los?«

»Ja, so in der Art. Und bei der Arbeit werde ich schräg angeguckt. Vigdis Gulliksen, die stellvertretende Abteilungsleiterin, hat demonstrativ weggesehen, als ich ihr vor zwei Tagen auf dem Korridor begegnet bin. Sie war immer freundlich zu mir, und jetzt ist sie plötzlich angesäuert. Ich verstehe auch nicht, wieso Riitta es unbedingt auf der Wache herumerzählen musste.«

»Das bedeutet wohl nur, dass sie das reinste Gewissen der Welt hat. Für sie war es ganz natürlich, dass du bei ihr übernachtet hast. Sonst hätte sie es kaum herumerzählt. Eigentlich solltest du froh sein, dass sie es erzählt hat, da es doch jetzt schwarz auf weiß in der *Budstikka* und der Aftenposten steht.«

»Ich hab mit angezogener Hose auf ihrem Sofa gelegen, und dann hat sie der Journalistin erzählt, wir wären im Schlafanzug auf die Straße gerannt.«

Sletten fing an zu lachen.

»Es ist doch gar nicht sicher, dass sie es so gesagt hat. Du weißt doch, wie Journalisten sein können.«

In Gedanken sah Kaasa Riitta in ihrem dunkelblauen Nachthemd vor sich. Hatte sie es wirklich auf ihn abgesehen?

Er versuchte, nicht weiter darüber nachzudenken, doch so wie die Situation im Augenblick zu Hause und bei der Arbeit war, hätte genauso gut etwas zwischen ihnen geschehen können. Wie wäre dann das Verhältnis zu Riitta Sara geworden? Er schätzte sie als Kollegin, und das wollte er auch weiterhin tun. Wäre alles wie vorher gewesen, wenn sie miteinander geschlafen hätten? Er wusste nicht, wieso, doch irgendetwas sagte ihm, dass Riitta damit besser als er klargekommen wäre.

»Hier liegen die alten Arbeiterwohnungen vom Bærums Verk«, sagte Sletten und deutete auf zwei Hausreihen ganz unten an einem zugefrorenen Fluss. »Hat zu Beginn des siebzehnten Jahrhunderts als Eisenhütte angefangen und wurde dann gut zweihundert Jahre später zu einer Ofengießerei. Danach wurde dort auch ein Sägewerk betrieben. Die kleinen Holzhäuser sind zu Geschäften und Werkstätten umgewandelt worden, und die kleine Straße da unten ist jetzt für Weihnachtseinkäufe sehr beliebt und eine willkommene Alternative zum großen Einkaufszentrum in Sandvika.«

»Haugen glaubt, dass Mossdal sich entweder vor der Polizei verkriecht oder vor irgendwem, der hinter ihm her ist«, sagte Kaasa, als sie in den Lommedalsveien einbogen. »Oder vielleicht beides?«

»Ja, vielleicht trifft beides zu. Aber war es wirklich Mossdal, der in jener Nacht angerufen hat und mit der Polizei sprechen wollte? Haugens Theorie lautet, dass er im schlimmsten Fall schon erledigt ist. Selbst wenn wir hier eine blinde Spur verfolgen, so müssen wir ihn, falls wir ihn finden, mit diesem Drohbrief konfrontieren, der bei Berg gefunden wurde – ›du und diese Grünschnäbel, die das Virus verbreiten‹ … Berg war doch gar nicht infiziert.«

Nur drei Autos standen auf dem Parkplatz bei By, und als die beiden Polizisten gerade die Skier aus der Halterung nahmen, kam ein dünner Typ mit einem roten, verblassten Anorak in Pflugstellung angefahren. Sein Bart und die blaue Strickmütze waren von Schnee und Rauhreif überzogen. Er schnallte die Skier ab und wischte den Schnee von der Frontscheibe eines in der Nähe stehenden Autos.

»Seit sechs Uhr sind wirklich nicht mehr viele gekommen«, sagte er.

»Sind Sie um sechs hier gewesen?«, fragte Sletten.

»Um dem Verkehr hierher auszuweichen, fange ich an den Wochenenden etwas früher an. Auf dem Weg von Løvlia hab ich bloß zwei Leute und die Loipenmaschine gesehen. Ach ja, und einen Elch.«

»Dann waren Sie also schon in Løvlia, ungefähr vierzig Kilometer?«

»So in der Art«, sagte er und sah auf die Uhr. »Noch nicht zehn. Das Problem ist jetzt, was ich mit dem Rest des Tages anfangen soll.« Er schlug die Skier gegeneinander und warf sie auf den Rücksitz seines alten Fiat.

Sletten fragte, ob er an Myrseter vorbeigekommen sei.

»Die Loipe nach Løvlia geht dort entlang. Als ich da jetzt vorbeigekommen bin, stand ein kleiner, dunkelhäutiger Junge draußen vor der Tür. Es sah aus, als ob er grinste. Doch als er mich gesehen hat, hat er sich hinter einer Schneewehe versteckt.«

Die beiden Polizisten blickten einander an.

»Wirklich merkwürdig«, sagte er und knallte die hintere Tür zu, »aber ich musste mich ganz schnell um etwas anderes kümmern, denn gleich in der Nähe bin ich dem Elch begegnet. Ein schwerer Bulle stand auf der Loipe und glotzte mich an, aber als ich die Stäbe gegeneinandergeschlagen habe, ist er widerwillig in den Wald getrottet. Der Elch glaubte offensichtlich auch, dass es jetzt reicht mit dem Schnee.«

Sletten nahm eine Tüte mit Skiwachs aus der Seitentasche seines Rucksacks.

»Erst eine Schicht grün«, sagte der Mann und öffnete die Fahrertür, »und dann ein bisschen blau obendrauf.«

Kaasa hatte seine Skier in dieser Saison nur ein einziges Mal benutzt. Es war zwischen den Jahren gewesen; er hatte versucht, mit Simen eine Tour zum Ullevålseter zu machen, doch sein Sohn wollte nicht, und er musste allein losziehen.

Der Schnee fühlte sich ein wenig träge an, und Kaasa dachte, dass Sletten ruhig etwas mehr von dem grünen Skiwachs hätte nehmen können. Alter Mann geht voraus und bestimmt das Tempo, hatte er gesagt, als sie losfuhren. Hatte Mossdal sich versteckt, um mit einem kleinen, dunkelhäutigen Jungen allein zu sein? Vielleicht entwickelte es sich so, dass sie ihn dort drinnen festnehmen mussten und das Ganze gar nichts mit der Berg-Sache zu tun hatte? Er überlegte, Haugen anzurufen, entschied sich aber, erst einmal die Situation einzuschätzen.

Es fiel leichter Schnee, und es war Kaasa klar, dass sich im Laufe des Tages viele Leute auf den Loipen aufhalten würden. Für die kommende Woche war milderes Wetter angekündigt; vielleicht wären die guten Schneeverhältnisse am nächsten Wochenende schon wieder dahin. Hinter sich hörte er Sletten ein- und ausatmen und dachte, dass jetzt eigentlich Ingvill dort hätte gehen sollen. Sie hatte verkündet, andere Pläne zu haben, doch welche, wollte sie nicht sagen. Kaasa hoffte, dass diese Tour mit Sletten lange dauerte, denn ihm graute vor dem Abend. Allerdings wusste er, dass Riittas Vorschlag richtig war; er musste sich mit Ingvill ordentlich aussprechen.

Sletten fing an, von den alten Tagen und der damaligen Plackerei im Wald zu reden, und sagte etwas über einen verstorbenen Waldarbeiter aus Solør, der ein bekannter und beliebter Dichter geworden war. Kaasa hörte nicht richtig zu; er fand, dass sein Kollege eine Quasselstrippe war, doch eigentlich war das ganz in Ordnung. Wenn es während der Nachtschichten in der Stadt ruhig war, hielten ihn Slettens Vorträge immerhin wach. Außerdem war Sletten auch nicht jemand, der nur um des Redens willen redete. Schlimmer war es mit Bråten; Kaasa wurde es langsam leid, seine ständigen Bumsgeschichten und Berichte von willigen Frauen anzuhören, die ihre Nachttische voller Sexspielzeug hatten.

Slettens Handy klingelte, und er machte Kaasa ein Zeichen, weiterzugehen.

Kaasa blieb stehen, als er zu einer kreuzenden Loipe kam, die über eine Brücke auf der linken Seite führte.

»Tverrelva«, sagte Sletten, als er ihn wieder einholte. »Myrseter liegt zwei Kilometer nach rechts. Jetzt geht's überwiegend bergauf, aber deine Skier scheinen gut zu sitzen. Verdammt, wir hätten Riitta dabeihaben sollen. Ich hab mit einem der Mädels auf der Wache gesprochen. Sie war mit ihr auf einer Tour. Es muss wohl ein ästhetisches Erlebnis gewesen sein, Riitta auf Skiern zu sehen. Sie soll förmlich über die Loipen getanzt sein.«

Kaasa drehte sich um und fing Slettens Blick auf.

»Sorry«, sagte Sletten. »Vergiss es.«

Kaasa hoffte, dass er bald von etwas anderem reden würde, egal was, bloß nicht von Riitta, doch Sletten lief hinter ihm her und schwieg.

»Genau hier ist ein Elch entlanggetapst«, sagte Sletten und zeigte auf eine Spur, die die Loipe kreuzte und sich zwischen den Kiefernstämmen verlor. »Aber kann es denn stimmen, dass der Typ vorhin einen dunkelhäutigen Jungen da oben hinter einem Schneehaufen gesehen hat? Vielleicht ist Albert Mossdal ja ein richtiges Dreckschwein und hat sich einen Jungen in sein Häuschen gelockt?«

Kaasa hatte dasselbe gedacht und spürte ein Unbehagen. Das hatte er schon gespürt, seitdem sie sich die Skier angelegt hatten.

Sie begegneten einem älteren Ehepaar mit wettergegerbten Gesichtern, das freundlich nickte und vorbeifuhr. Kaasa grüßte zurück. Er nahm einen Geruch wahr und wusste im selben Moment, dass es der Geruch von brennenden Holzscheiten war.

»Myrseter«, sagte Sletten und zeigte mit dem Skistock. Kaasa entdeckte die Umrisse eines braungebeizten Häuschens zwischen den verschneiten Bäumen.

Die Skihütte lag auf einer kleinen Kuppe, nur ein paar Meter von der Loipe entfernt. Die dünne Rauchsäule aus dem Kamin stieg senkrecht empor und verlor sich im leichten Schneetreiben.

»Hast du dir überlegt, wie wir vorgehen?«, fragte Sletten und blieb stehen.

Kaasa wusste es nicht; dies war eine ungewohnte Situation für ihn, und er spürte, wie sein Unbehagen größer wurde.

»Wir müssen bloß hingehen und anklopfen«, sagte er zögernd. »Er wird uns ja wohl wiedererkennen. Wie schon gesagt, Haugen hat die Vermutung, dass Mossdal sich vor irgendwas verbirgt. Wir werden es ganz ruhig angehen lassen.«

Er blickte auf die frische Skispur, die hinauf zur Hütte führte. Dann blinzelte er angestrengt zu dem Sprossenfenster, das einigermaßen schneefrei war, und es schien ihm, als beobachte er einen Schatten hinter der Scheibe.

Sletten deutete auf ein Paar kurze Madshus-Skier, die an die Holzwand an der Rückseite des Häuschens gelehnt waren.

»Da sind die Skier von dem Jungen.«

Sie schnallten ihre Skier ab und stiegen die Stufen zum Windfang hinauf. Das Holz knirschte unter ihren Stiefeln; Kaasa schlich sich zu der Tür, und nachdem er ein paar Sekunden gelauscht hatte, klopfte er an. Er drückte sein Ohr an die Tür, dann zog er sich den Handschuh aus und klopfte noch einmal.

»Mossdal? Sind Sie da drinnen?«, rief er durch die Türritze. »Wir kommen von der Majorstua-Polizeistation und würden gerne mit Ihnen sprechen.«

Plötzlich hörten sie ein Brummen, und Kaasa drehte sich zu Sletten um. Das Brummen wurde lauter. Sletten deutete auf die Skiloipe. »Das ist bloß die Loipenmaschine«, sagte er.

Als es wieder still wurde, drückte Kaasa die Türklinke nach unten, und die Tür öffnete sich lautlos.

Er sah nichts, nur Dunkelheit. Wie in einem Reflex griff er nach seiner Taschenlampe, stand da und hielt die Hand an seine Gürteltasche. Dann trat er über die Türschwelle und erkannte, dass er in einem Vorraum stand.

»Hallo?«, rief er und bemerkte, dass Sletten ihm gefolgt war. »Hallo? Ist jemand da?«

Die Dunkelheit lichtete sich ein wenig. Kaasa entdeckte gleich vor sich eine weitere Tür und klopfte an.

»Hallo?«

Die Tür war nicht richtig geschlossen, und er schob sie mit dem Ellbogen auf. Die Hitze dort drinnen strahlte ihm entgegen, und er sah ein ordentliches Feuer in dem großen, offenen Kamin brennen, der mittig an der Wand angebracht war. Die Schreibmaschine auf dem langen Tisch war eine alte Remington und erinnerte Kaasa an die alte Maschine, auf der er vor über dreißig Jahren seinen ersten Polizeibericht getippt hatte.

»Herr Mossdal? Hallo?«

Nur das Geräusch der brennenden Scheite war zu hören. Ein Isländer-Pullover lag auf dem Sofa an der Querwand. Sletten ging zum Tisch und beugte sich über die Schreibmaschine. Er zog den Bogen heraus und schüttelte den Kopf.

Kaasa blickte ihn fragend an.

»Darum kümmern wir uns später. Hier steht nur was über den Mattisplass und die Waldfinnen.« Er deutete auf die beiden Türen an der anderen Querwand.

Kaasa öffnete die Tür neben der Essecke. Der Raum war so klein, dass er gerade eben Platz für ein Etagenbett bot. Auf dem oberen Bett lag ein zusammengerollter Schlafsack.

Sletten war hinter Kaasa getreten, beugte sich vor und schaute unter das Bett.

»Bloß alte Pantoffeln und ein paar fette Wollmäuse«, konstatierte er.

Die Tür zum anderen Raum war angelehnt. Dieses Zimmer war etwas größer und verfügte über einen Kleiderschrank, doch das Etagenbett war genau das Gleiche. Auf dem unteren Bett stand eine Buddhafigur. Kaasa öffnete den Kleiderschrank. Der Atem stockte ihm, als er eine Kinderhand erblickte, die aus einer zusammengerollten Bettdecke ragte. Er versuchte, den Klumpen in seinem Hals hinunterzuschlucken, und fasste nach der Hand. Sie war warm, und er tastete nach dem Handgelenk. Mit der Fingerspitze fühlte er den Puls. Er schlug schnell. Etwas in ihm löste sich, und er dachte an ein verschrecktes Tier.

»Hallo, du«, flüsterte er, nahm die Hand und zog vorsichtig daran, spürte jedoch Widerstand.

»Wir tun dir nichts«, sagte er ruhig, »wir sind von der Polizei, wir sind nicht gefährlich.«

Das Jaulen kam so plötzlich und unerwartet, dass er die Hand losließ.

Sletten hob einen Zipfel der Bettdecke an; sie blickten in zwei große, dunkle Augen, die ihnen entgegenstarrten.

Es war ein Junge von acht oder neun Jahren, dessen Kopf anscheinend vor kurzem geschoren worden war. Das dichte, rabenschwarze Haar war noch nicht wieder so weit nachgewachsen, um die Kopfhaut zu bedecken.

»Nicht gefährlich«, wiederholte Kaasa.

Der Junge strampelte mit den Beinen, als sie ihn behutsam hochhoben.

»Verstehst du, was wir sagen?«, fragte Kaasa und entdeckte einen dunklen Fleck im Schritt seiner Trainingshose. »Wir sind hier, um dir zu helfen.«

Der Junge schluchzte auf.

»Do you speak English?«, fragte Sletten.

Der Junge beachtete ihn nicht, er schluchzte immer noch, und sie trugen ihn in die Wohnstube und setzten ihn aufs Sofa.

»Wir sind hier, um mit Albert zu reden«, erklärte Kaasa.

Der Junge schüttelte energisch den Kopf.

»Ich heiße Gunnar«, sagte Sletten und zeigte auf sich selbst, »und er heißt Jo. Wie heißt du?«

Der Junge blickte rasch von einem zum anderen.

»Vielleicht ist es am besten, wenn wir ihn ein bisschen in Ruhe lassen«, sagte Kaasa und schaute aus dem Fenster. Die Sonne versuchte durch die dünne Wolkendecke zu dringen und brachte einen Eiszapfen vor dem Fenster zum Blitzen, doch noch immer war die Luft mit leichten Schneeflocken durchsetzt.

Der Junge drehte sich ebenfalls zum Fenster, und sein tränenfeuchtes Gesicht leuchtete auf, als er auf den Eiszapfen zeigte.

»Nam keng!«

Kaasa saß mit offenem Mund da.

»Ja«, sagte er sogleich, »nam keng.«

Sletten blickte ihn fragend an.

»Eis«, sagte Kaasa. »Nam keng ist thailändisch für Eis, oder direkt übersetzt – hartes Wasser. Kannst du dich an die Wickmann-Sache erinnern?«

»Ja, natürlich. Der Typ, der ermordet in einem Durchlass oben am Holmenkollen gefunden wurde.«

Kaasa nickte.

»Es war eine Freundin von Wickmann, die zur Aufklärung des Falls beitrug. Sie kam ursprünglich aus Thailand, und sie waren sich zum ersten Mal an einem bitterkalten Tag auf dem Bjørnsee bei Kikut begegnet. Und da hatte sie auf einen Eiszapfen gezeigt, der in seinem Bart hing, und genau dieses Wort gesagt: nam keng.«

»Wo du es jetzt erwähnst, erinnere ich mich daran.«

»Nam keng«, wiederholte der Junge, zupfte Kaasa am Arm und wollte ihn mit sich ziehen.

Kaasa folgte ihm und drehte sich gleichzeitig zu Sletten.

»Das gibt's doch gar nicht«, sagte er. »Ich kann nur ein einziges Wort Thailändisch, und das Erste, was er sagt, ist genau das.«

»Doch«, sagte Sletten und folgte ihnen, »so was passiert die ganze Zeit.«

Als der Junge vor der Tür in die Stiefel schlüpfte, dachte Kaasa, dass er mit der feuchten Hose nicht in die Kälte gehen sollte, doch er war nicht zu halten. Kaasa nahm eine Daunenjacke von einem Nagel und legte sie ihm um die Schultern.

Der Junge lief über den Trampelpfad an der Außenwand entlang; sie folgten ihm.

Als er an dem Eiszapfen stehen blieb, der fast bis zum Boden reichte, blickte er zu ihnen auf und lächelte. Dann strich er mit den Fingern am Eiszapfen entlang und flüsterte: »Nam keng.«

Kaasa spürte eine schwache Wärme von der Sonne im Nacken und sah, dass es aufgehört hatte zu schneien. Der dunkle Fleck in der Hose des Jungen war jetzt noch deutlicher erkennbar. Kaasa wollte gerade ein Zeichen machen, dass sie wieder hineingehen sollten, als er einen schlanken Mann entdeckte, der auf der anderen Seite der Loipe auf Skiern aus dem Wald kam. Er stieß Sletten an, der daraufhin in dieselbe Richtung blickte.

Der Mann überquerte die Loipe und nahm die Skispur zur Hütte herauf.

»Albert Mossdal?«, flüsterte Kaasa zögernd.

Sletten nickte. Sie sahen, wie der Mann innehielt, als er sie entdeckte.

Verwirrt blickte er umher und wollte umkehren, doch Kaasa rief ihm zu, dass sie von der Polizei seien und schon früher einmal miteinander gesprochen hatten.

Der Junge ließ den Eiszapfen los und zeigte auf Mossdal.

»Papa«, sagte er ruhig.

Sie trafen an der Treppe aufeinander, und Kaasa fragte, ob er sie wiedererkenne.

Albert Mossdal sah sie prüfend an und nickte.

»Aber was, um alles in der Welt, machen Sie hier?«

»Wir hatten die Befürchtung, dass Sie vielleicht in Schwierigkeiten stecken«, erwiderte Kaasa. »Deswegen war ein Fahnder bei Ihnen zu Hause, und dort fand er einen Brief vom norwegischen Touristenverband. Die fragen nach dem Schlüssel von diesem Häuschen hier, und da Sie nicht ans Telefon gehen, dachten wir, es sei am besten, der Sache mal nachzugehen.«

»Leerer Akku«, sagte Mossdal, »und hier gibt's keinen Strom. Hat das was mit Ib Berg zu tun?«

»In gewisser Weise.«

»Haben Sie herausgefunden, wer ihn ermordet hat?«

»Nein, aber wieso haben Sie sich so erschreckt, als Sie uns gesehen haben? Es sah aus, als ob Sie davonlaufen wollten.«

»Nein … Ich weiß auch nicht, woran ich da gerade gedacht habe«, sagte er zögernd.

»Aber wieso haben Sie vor ein paar Nächten die Polizei angerufen?«

»Wie? Ich habe die Polizei nicht angerufen. Was ist denn passiert?«

»Gar nichts. Der Anrufer war nicht mehr vor Ort, als die Polizei eintraf.«

Mossdal schüttelte den Kopf.

19

Albert Mossdal hatte zwei Birkenscheite in den Kamin gelegt. Alle saßen zusammen an dem großen Tisch. Mossdal faltete die Geburtsurkunde seines Sohnes zusammen, die aus dem Thailändischen ins Englische übersetzt worden war. Er starrte auf das gelbliche Papier.

»Ich hätte nicht gedacht, dass er dreizehn Jahre alt ist«, sagte Sletten.

Mossdal blickte zur Tür, die sein Sohn gerade hinter sich geschlossen hatte.

»Tomm ist klein für sein Alter. Aber das ist vielleicht nicht so verwunderlich, denn in dem buddhistischen Kloster, wo er die letzten Jahre verbrachte, gab es kaum mehr als Wasser und Reis. Dort hoffen sie anscheinend, diesen Mangel mit geistiger Nahrung zu kompensieren.«

Er spielte mit dem Tischläufer vor sich.

»Sind Sie vor irgendwem oder irgendwas geflüchtet?«, fragte Kaasa und versuchte, Mossdals Blick aufzufangen. »Halten Sie sich deswegen hier auf?«

»Nein«, erwiderte er, ohne aufzusehen, »ich verdiene mein Geld als Parkettschleifer, ich arbeite allein, aber das Schreiben ist ein alter Traum. Was nun genau daraus werden wird, weiß ich noch nicht. Ich bin eigentlich hierhergekommen, um einen historischen Roman zu schreiben, und näher als an genau diesem Ort kann man dem Stoff kaum kommen.«

Er griff nach der Streichholzschachtel, die vor ihm auf dem Tisch lag, befreite den Docht an einer alten Stumpenkerze und zündete ein Streichholz an. Dann saß er da und schaute in die kleine Flamme. Er räusperte sich und begann, vom Mattisplass zu erzählen, den er jeden Tag besuchte. Der Platz war Mitte des 17. Jahrhunderts von dem Finnen Mattis Eriksen gerodet worden. Während des Transports von Holzkohle zum Bærums Verk tötete er 1671 Lars Monsen aus Monsebråten. Mattis verließ seine Frau und seine acht Kinder und kam niemals zurück.

Mossdal stocherte in dem fest gewordenen Stearin herum. »Ein Finne namens Sefre hat dann später die Frau und die Kinder rausgeworfen und den Mattisplass übernommen. Das sind alles historische Fakten, die ich entdeckt habe, als ich mehr oder weniger zufällig anfing, Ahnenforschung zu betreiben. Und bis jetzt bin ich also bis zu diesem Waldfinnen Mattis Eriksen vorgestoßen, den ich wohl als meinen Stammvater bezeichnen kann. Mit anderen Worten – ich stamme von einem Mörder ab.«

»Das tun wir wahrscheinlich alle«, sagte Sletten. »Es kommt nur darauf an, auf welchen Familienzweig man sich konzentriert und ob es gelingt, weit genug zurückzugehen. Und anscheinend lesen die Leute gerne Mordgeschichten, insbesondere, wenn sie noch mit ein bisschen Liebe angereichert sind.«

Mossdal blickte Sletten verwundert an und nickte schwach. Kaasa dachte daran, was in den Schnee auf Mossdals Wagen geschrieben worden war, und überlegte, ihn damit zu konfrontieren. Doch er kam zum Schluss, dass das wohl keinen Zweck hatte.

»Als wir das erste Mal miteinander gesprochen haben«, sagte er, »fragte ich Sie, ob Sie andere Freunde von Berg kannten. Sie wussten von niemandem, mit Ausnahme von diesem Onkel Otto.«

»Stimmt, konnten Sie Kontakt mit ihm aufnehmen?«

»Ja. Er wusste nicht, was mit Berg geschehen war, da er offenbar weder viel Zeitung liest noch viel fernsieht. Aber zu Hause bei Berg wurde ein Drohbrief gefunden, und diese Drohung war gegen ihn und die Grünschnäbel gerichtet, die das Virus verbreiten.«

»Was?!«, rief Mossdal und stand auf. »Das ist ja völlig absurd. Berg hatte nichts Derartiges.«

Er lief einmal um den Tisch herum; als er sich wieder setzte, schien es, als ob seine Lippen zitterten.

»Nein«, sagte Kaasa und fragte nach weiteren Bekanntschaften, die Berg vielleicht gehabt hatte.

»Abgesehen von den Nachbarn gab es nur die Putzfrau.«

»Haben Sie irgendwann mal mit ihr gesprochen?«

»Ja, natürlich. Berg hat uns zusammengebracht, um es so zu sagen. Sie brauchte jemanden, der ihre Böden abschliff, und da hat er mich empfohlen.«

»Dann sind Sie also bei ihr zu Hause gewesen?«

»Das war wohl nicht zu umgehen, ich habe drei Tage lang dort gearbeitet. Und bei dieser Gelegenheit hab ich auch ihren Sohn kennengelernt, zumindest nahm ich an, dass es ihr Sohn war.«

»Wie sah er aus?«

»Dunkelhäutig, hat offenbar einen Vater, der nicht aus Norwegen stammt. Der Junge müsste so Anfang zwanzig sein.«

»Haben Sie mit ihm gesprochen?«

»Gesprochen ... Er war gerade mit seiner Dachdeckerlehre fertig, hatte aber noch keinen festen Job. Und da er sich vorstellen konnte, in der Zwischenzeit als Parkettschleifer zu arbeiten, hab ich ihn manchmal mitgenommen, so dass er sich alles anschauen und sich informieren konnte. Wir haben auch ein paar kleine Aufträge zusammen erledigt.«

Er lächelte schwach.

»Ein guter Parkettschleifer muss sensible Hände haben. Bei dem dünnen Parkett braucht's nicht viel, bevor alles im Chaos endet.«

»Tatsächlich«, sagte Kaasa.

Sletten nickte.

Tomm kam aus seinem Zimmer. Er hatte sich eine Jeans angezogen. Mossdal sah kurz zu den beiden Polizisten, bevor er seinen Blick auf dem Jungen ruhen ließ.

»Was ist mit seiner Mutter?«, fragte Kaasa. »Wohnt sie in Thailand?«

»Sie starb, als er zwei Jahre alt war. Seitdem hat er mehr oder weniger nur im Kloster gelebt.«

Er fing an, von seinen verschiedenen Reisen nach Thailand zu erzählen. Es war ein Land, das ihn faszinierte, besonders gern fuhr er in den Norden des Landes. Während einer Reise dorthin hatte er dann die Frau getroffen, die Tomms Mutter werden sollte.

Sletten fragte, ob sie zusammengelebt hatten oder verheiratet gewesen waren.

»Nein, ich wusste gar nicht, dass ich Vater geworden war, bis ich drei Jahre später das Dorf wieder besuchte. Und da war Tomms Mutter bereits gestorben.«

»Wodurch starb sie?«

»Schlangenbiss.«

Er lächelte Tomm an, der sich im Lotussitz vor dem Kamin niedergelassen hatte.

»Und ob er nun wirklich mein Sohn ist ..., heutzutage kann man so was ja ganz leicht herausfinden, aber das ist für mich überhaupt nicht wichtig. In meinem Herzen ist er mein Sohn, und deswegen hab ich der Familie auch ökonomisch geholfen. In den letzten Jahren hab ich ihn regelmäßig angerufen. Für mich ist das auch eine schöne Gelegenheit, dass bisschen Thailändisch, das ich mal gelernt habe, nicht zu vergessen. Ich hab ihm von Schnee und Eis erzählt, und er war ganz fasziniert davon. Konnte gar nicht glauben, dass es möglich war, auf dem Wasser zu gehen, wie er es ausdrückte. Daher habe ich arrangiert, dass er herkommen und mich besuchen konnte. Seine Tante, die in Norwegen wohnt, war in Thailand zu Besuch und wollte wieder nach Hause fahren. Da passte es gut, dass er mit ihr gefahren ist.«

»Wohnt sie in Oslo?«

»Nein, in Vikersund.«

»Ach so«, sagte Sletten und sah zu seinem Kollegen. »Übrigens ist ein gewisser Bo Vika vor kurzem an Ihrer Tür gewesen. Zwei Kollegen waren zufällig da, doch als Sie ihn ansprechen wollten, hat er sich verdrückt.«

»Vika?«, fragte Mossdal und riss die Augen auf. »Was wollte er denn von mir?«

»Das hat die beiden Beamten auch interessiert«, erwiderte Kaasa, »und deswegen haben sie ihn verfolgt und angehalten. Er sagte, er habe nur mal vorbeikommen wollen, weil sie Kumpel wären. Stimmt das?«

»Kumpel«, wiederholte Mossdal, nachdem er sich gesetzt und einen Augenblick nachgedacht hatte. »Wir kennen uns. Tomms Mutter und Vikas frühere Ehefrau waren Zwillingsschwestern. Ich hab ihn auch bei ein paar kleineren Aufträgen mitgenommen, nachdem er seinen Job in der IT-Branche verloren hatte.«

»Dann sind sie also jetzt geschieden?«

»Sie ist ebenfalls gestorben.«

»In Thailand?«

»Nein, sie hat sich umgebracht, als sie hier in Norwegen lebte. Vor ungefähr einem Jahr ist sie von einer Brücke gesprungen.«

Er seufzte und schob die Kerze weiter in die Tischmitte.

»In gewisser Weise ist wohl der letzte Todesfall die Vollstreckung einer Sache, die gleich nach ihrer Geburt hätte durchgeführt werden müssen.«

»Vollstreckung?«

»Ihre Familie gehörte einem Stamm an, der seinerzeit aus China einwanderte. Sie nannten sich Iko, und in ihrem Glauben sind Zwillinge eine Ausgeburt des Teufels. Deshalb soll die Mutter gleich nach der Geburt ihren Kindern heiße Asche einflößen, damit sie schnell sterben. Die Aufgabe des Vaters ist es dann, den ganzen Besitz, also Kleidung, Hausgeräte, Hütte und Haustiere zu verbrennen. Danach sollen Mann und Frau in den Dschungel gehen und dort vierzig Tage leben. Wenn sie überleben, dürfen sie zu ihrem Stamm zurückkehren. Doch die Eltern weigerten sich, dieses Ritual auszuführen, und mussten aus dem Dorf fliehen. Sie hatten auch den Eindruck, indirekt dafür bestraft zu werden, denn nach dieser Geburt bekamen sie ausschließlich Töchter. Das wurde als Bestrafung angesehen, und die beiden Zwillingsschwestern sind jetzt tot.«

Das Sonnenlicht drang durch die verstaubte Scheibe; eine Fliege kroch mühsam über das Fensterbrett. Tomm saß mit geschlossenen Augen vor dem Kamin.

Kaasa überlegte, wie es wohl mit Simen gegangen wäre, wenn sie hier tagelang gewohnt hätten; in einer stromlosen Hütte tief im Wald – ohne Fernsehen, Video, DVD, Playstation oder Computer.

Er sah zu Tomm hinüber, der wie ein kleiner Buddha aussah, und wusste, dass es niemals dazu kommen würde. Ingvill hätte bloß den Kopf geschüttelt und irgendeine Bemerkung darüber gemacht, wie albern diese Idee wäre, und er hätte ihr sicher recht gegeben. Was hätten sie hier drinnen tun sollen?

Ihm fiel ein, wie er damals öfter mit seinem Großvater zu dessen Ferienhaus gefahren war – er hatte sich immer schon Tage vorher auf so einen Ausflug gefreut.

Kaasa deutete mit dem Kopf auf Tomm, der vor dem Kamin saß und in sich hineinzulächeln schien, und fragte, ob er sich hier nicht langweile.

»Nein«, sagte Mossdal und schüttelte den Kopf, »er meditiert, liest buddhistische Literatur und zeichnet. Doch ich weiß nicht, ob der Buddhismus etwas für mich ist. Dort heißt es ja, dass alles *dukha* – Leiden – ist.«

»Wie ich schon sagte, fragt der Touristenverband nach dem Schlüssel für diese Hütte hier«, fuhr Kaasa fort. »Warum haben Sie den Aufenthalt hier ausgedehnt?«
Ein schwaches Lächeln erschien auf Mossdals Gesicht, und er rutschte ein wenig auf seinem Hocker herum.
»Tomm hat ein paar Zeichnungen von dem Eiszapfen da draußen angefangen, war aber nie richtig zufrieden. Er sagte, er könne nicht von hier weggehen, bevor ihm nicht eine ordentliche Zeichnung gelänge. Die will er nämlich mitnehmen und im Kloster vorzeigen.«
»Wäre es da mit einem Foto nicht einfacher?«
»Nicht für ihn. Er ist schon etwas eigenartig und sagt, um die Zeichnung hinzukriegen, müsse er den Eiszapfen auch in sich selbst sehen können. Thailändisch ist nicht einfach, aber ich glaube, das war es, was er meinte. Deswegen verbringt er auch viel Zeit mit Meditation.«
»Um den Eiszapfen in sich sehen zu können?«, fragte Sletten.
»Ja, so hab ich das verstanden.«
Kaasa wusste, dass Sletten Acem-Meditation betrieb, und hoffte, er würde jetzt nicht davon anfangen.
»Der einzige Grund, warum Sie also hier sind, ist diese Schreiberei und Tomms Faszination für Eis?«, fragte er und sah auf die Uhr.
Mossdal zögerte einen Augenblick und sagte dann:
»Ja, Eis und Schnee. Das Einzige, was er sich an neumodischen Dingen wünscht, ist ein Handy. Ich hab ihm eines versprochen, wenn wir wieder in die Zivilisation zurückkommen.«
Kaasa wusste nicht recht, was sie tun sollten. Er nickte

Sletten zu und sagte, sie müssten draußen miteinander sprechen.

»Wir müssen den Jungen wohl mitnehmen und das Jugendamt einschalten«, sagte Kaasa, als sie sich in das Sonnenlicht gestellt hatten. »Der Mann ist schwul und hält sich hier zusammen mit einem Jungen auf, von dem er behauptet, er sei sein Sohn, obwohl er selbst das nicht mal mit Sicherheit weiß. Es sieht nicht so aus, als ob der Junge besonders viel nordische Gene in sich hat.«
»Niemand kann sich ohne Test bei so etwas sicher sein, und außerdem darfst du jetzt nicht Homosexualität und Pädophilie oder in diesem Fall Inzest miteinander verwechseln.«
»Ja, aber so eine Geburtsurkunde kann man sich sicher in Thailand auf der Straße kaufen. Und diese Finnen-Sache, an der er da schreibt, wirkt auch ziemlich unseriös. Er redet ja wie ein Wasserfall. Es kommt mir vor, als hätte er Angst, dass wir ihn unterbrechen und Fragen stellen. Ich schätze, es ist nur ein Vorwand, um mit dem Jungen hier allein zu sein. Stell dir mal die fette Schlagzeile in den Zeitungen vor: ›Polizei lässt homosexuellen Mann in einer Hütte in Kroskogen allein mit einem 13-jährigen thailändischen Jungen, der nicht für sich selbst sprechen kann‹.«
»Viel zu lang«, erwiderte Sletten.
»Wovon redest du?«
»Keine Zeitung würde so eine Schlagzeile bringen, die ist viel zu lang. Aber Spaß beiseite, lass uns das Ganze mal umdrehen. Würdest du so reagieren, wenn sich ein heterosexueller Mann hier mit einem Mädchen aufhielte und be-

weisen könnte, es sei seine Tochter? Oder, wie in dieser Situation, eine lesbische Mutter? Wärst du da in Bezug auf die Geburtsurkunde genauso skeptisch?«

»Aber allein die Tatsache, dass er die Geburtsurkunde mit hierhergenommen hat?«

»Wenn du genau überlegst, war das vielleicht gar nicht so unpassend. Es hat sich ja gezeigt, dass er sie brauchte. Ich finde auch, dass Mossdal irgendwie nervös wirkt, aber ich glaube, es bedeutet, dass er sich vor irgendwem fürchtet und sich genau deswegen hier aufhält. Den Gedanken haben wir doch auch schon länger gehabt. Ob das mit der Ahnenforschung nur ein Vorwand ist oder nicht, darüber will ich gar nicht spekulieren, aber das ist meiner Meinung nach auch gar nicht so interessant. Ich finde, wir sollten uns eher fragen, vor wem er sich fürchtet. Bo Vika war bei ihm zu Hause, hat sich aber verdrückt, als die Polizei kam.«

»Und das hat er damit begründet, dass er wegen einer nicht abgesessenen Strafe gesucht wurde.«

Kaasa biss sich auf die Lippe und sagte, sie müssten wieder hineingehen.

»Wenn Sie da vorn weiter in den Wald hineingefahren wären«, sagte Mossdal und zeigte in die Richtung, »dann wären Sie nach zwei Kilometern nach Monsebråten gekommen.«

Sletten erwiderte, dass er die Strecke schon ein paarmal entlanggegangen sei.

»Zum Mattisplass ist es nicht weit, aber von hier aus gibt es keine Loipe dorthin, die muss ich mir dann selbst machen.

Ich finde es immer ein bisschen unheimlich, wenn ich mich dort oben aufhalte.«

Er setzte ein schiefes Lächeln auf.

Kaasa hielt seinen Notizblock in den Händen; er schrieb Haugens Nummer auf, riss den Zettel ab und reichte ihn Mossdal.

»Bitte rufen Sie diese Nummer an, um einen Termin für eine formelle Zeugenvernehmung im Laufe der nächsten Woche zu vereinbaren. Und der Ordnung halber rufen wir, sobald wir wieder zur Polizeistation kommen, Thi Dal unter der Nummer an, die Sie uns gegeben haben.«

Mossdal nickte.

»Sie können sagen, dass ich in ein paar Tagen mit Tomm zu ihr komme, aber ich rufe sie erst an. Und könnten Sie so freundlich sein und den Touristenverband anrufen und sagen, dass ich am Mittwoch die Schlüssel zurückbringe? Ich hoffe nicht, dass es Probleme gibt. Als ich mit denen gesprochen habe, hatte ich den Eindruck, dass sonst niemand daran interessiert war, hier zu dieser Jahreszeit zu wohnen.«

Als Kaasa seine Skier angelegt hatte, versuchte er, Mossdals Blick aufzufangen.

»Glauben Sie, dass Vika irgendetwas über Berg wusste?«

»Dazu kann ich nichts sagen.«

Kurz bevor sie zum Parkplatz zurückkamen, flitzte ein Eichhörnchen ein paar Meter vor ihnen über die Loipe.

»Doch den Elch haben wir nicht gesehen«, sagte Sletten.

Kaasa klappte die Sonnenblende herunter, als sie sich ins Auto setzten.

»Eichhörnchen, tja«, sagte Sletten leise. »Du hast da drinnen von nam keng gesprochen.«

»Ja, ich war ganz überrascht.«

Sletten begann von einem tschechischen Mädchen zu erzählen, das er auf einer Interrail-Tour kennengelernt hatte und das nur ein einziges Wort in seiner Muttersprache gesagt hatte – *veverka.* Sie hatte es ganz spontan gesagt, als sie an einem Bahnhof ein Eichhörnchen über den Bahnsteig rennen sahen. Ein paar Jahre später hatte Sletten ein Buch mit dem Titel »Austerlitz« gelesen. Darin kommt die Hauptperson, ein tschechischer Jude, nach fünfzig Jahren zurück in das Land seiner Geburt. Er war noch ein kleines Kind, als er zu Pflegeeltern nach Wales geschickt worden war, und hatte Tschechisch vergessen. Nach einigem Hin und Her gelingt es ihm schließlich, sein altes Kindermädchen in Prag aufzuspüren. Während sie einen Spaziergang durch die Stadt machen, entdeckt er ein ausgestopftes Eichhörnchen in einem Schaufenster. Da bleibt er stehen und ruft *veverka,* das einzige Wort, an das er sich in seiner Muttersprache erinnern konnte.

Sletten reckte sich.

»Ich war auch ziemlich erstaunt, denn es war bloß dieses eine Wort, das ich im Tschechischen kannte. Aber solche Dinge passieren.«

Kaasa fragte ihn, ob er gleich nach Hause wolle.

»Nein, ich komme mit zur Wache, nehme dort ein Bad und entspanne mich. Es war meine Freundin, die anrief, als wir in den Wald gelaufen sind. Sie sagte, sie wollte lieber auf den Polterabend einer Freundin als mit mir ins Kino gehen.«

Er stellte seinen Rucksack zwischen seine Beine und blickte aus dem Fenster.

»Irgendein kluger Mann hat mal gesagt, dass man unbedingt heiraten sollte, denn wenn man eine gute Ehefrau bekäme, würde man glücklich. Bekäme man hingegen eine schlechte Ehefrau, würde man Philosoph. Und da frage ich dich: Was ist besser? Glücklich zu sein oder Philosoph zu werden?«

Kaasa nahm sein Handy und öffnete das SMS-Menü. Er gab Ingvill Bescheid, dass er in circa zwei Stunden nach Hause käme.

Er erhielt keine Antwort.

»Bei der Nummer, die Mossdal uns gegeben hat, geht niemand ran«, sagte Sletten. »Ich überprüfe das mal im Telefonbuch.«

Kaasa hatte eine halbe Seite seines Berichts geschrieben. Er versuchte, nicht daran zu denken, verspürte jedoch ein Unbehagen wegen der Tatsache, dass der Junge sich da draußen zusammen mit Mossdal aufhielt. Er wählte Haugens Nummer, doch nur die Mailbox antwortete. Er fühlte sich ein wenig erleichtert und legte auf. Er war unsicher, wie er diese Sache formulieren sollte.

»Name und Telefonnummer stimmen überein«, sagte Sletten und tippte mit dem Finger vorsichtig auf die Maus. Nach einer Weile fing er zu schreiben an, seine Finger tanzten über die Tastatur. Soweit Kaasa wusste, war Sletten der einzige Polizist, der mit zehn Fingern schrieb.

Kaasa las das durch, was er geschrieben hatte, und bat Sletten, einen Blick darauf zu werfen, bevor er es ausdruckte.

Sletten blieb hinter ihm stehen und sah ihm über die Schulter.

»Sieht gut aus, aber man merkt schon, dass es dir nicht so ganz passt, dass Tomm da draußen allein mit Mossdal ist.«

»Vielleicht ist es einfach so«, sagte Kaasa. »Ich kann nichts dafür.« Er schaute zu dem anderen PC hinüber. »Und woran arbeitest du?«

Sletten ging hinüber, griff nach der Maus, und schon fing der Drucker an, ein paar Bögen auszuspucken. Dann reichte er sie seinem Kollegen – fünf dicht beschriebene Bögen mit anderthalbfachem Zeilenabstand.

Kaasa las erst leise für sich, doch nach zwei oder drei Sätzen las er laut vor: »›All work and no play makes Jack a dull boy.‹ Immer wieder derselbe Satz?«

Er sah zu Sletten hinüber, bevor er alle Bögen durchblätterte.

»Hä? Fünf Bögen mit immer demselben Satz? Bist du jetzt völlig übergeschnappt?«

»Auf alle Fälle ist das nicht mit Mossdal geschehen. Meine perverse Phantasie hatte es ein wenig befürchtet, als ich den Bogen in seiner Schreibmaschine und die anderen Blätter auf dem Tisch gesehen habe. Aber das wäre ja eigentlich echt der Hammer gewesen, wenn wir in einer anscheinend menschenleeren Hütte tief im Wald, auf der Suche nach einer womöglich zweifelhaften Person, einen Haufen dicht beschriebener Seiten mit einem solchen Text gefunden hätten.«

»Ich fürchte, ich komme nicht mehr mit.«

Kaasa starrte auf die Bögen.

»Wenn du Stephen Kings Buch nicht gelesen hast, so hast

du doch vielleicht Jack Nicholson in dem Film gesehen, wo er in einem geschlossenen und abseits liegenden Hotel schreibt und schreibt, und draußen tobt ein Schneesturm, und dann kommt seine Frau und entdeckt zufällig, woran er tagelang gesessen und geschrieben hat?«

»Äh, ja …?«

»Genau. Na, komm schon. Da fängt doch der Irrsinn da drinnen erst richtig an.«

»Shining?«

»Na, du bist ja wirklich von der schnellen Sorte.«

Kaasa stand ein paar Sekunden draußen vor der Tür in der Jacob Aalls Gate, bevor er den Schlüssel ins Schloss steckte. Er passte. Irgendwie fühlte er sich erleichtert. Als er von der Wache weggefahren war, musste er an einen Kollegen denken, der nach einer Nachtschicht die Tür zu Hause aufschließen wollte, aber nicht hineinkam, weil seine Frau das Schloss ausgewechselt hatte.

Ingvill stand im Flur und setzte ihre Fellmütze auf den Kopf.

»Du bist ja früh dran«, sagte sie und blickte in den Spiegel.

Er schaute auf die Uhr.

»Eine halbe Stunde früher, als ich es in der SMS geschrieben habe. Ist das ein Problem?«

»Ich habe nur damit gerechnet, schon weg zu sein, bevor du nach Hause kommst.«

»Wo willst du hin?«

»Als ob dich das interessieren würde, aber wenn du schon fragst – ich fahre zu Gro, ein Damenabend. Ich komme erst morgen zurück.«

»Wo ist Simen?«

»Gott, wie sehr du dich plötzlich für uns interessierst. Er ist mit Fredrik im Kino.«

Sie rauschte an ihm vorbei, und er roch, dass sie mehr Parfüm als gewöhnlich aufgelegt hatte.

Er wollte gerade sagen, sie solle sich amüsieren, ließ es aber sein, da er begriff, dass es sie nur provozieren würde.

»Mach's gut«, sagte er und schloss die Tür hinter ihr.

Er stand da und lauschte ihren Schritten die Treppe hinunter.

Er dachte, dass er noch einmal billig davongekommen war.

20

Aber ich verstehe das nicht so ganz«, sagte Vigdis Gulliksen. »Albert Mossdal ist offensichtlich schwul, und dann ist er in Thailand zu einem Kind gekommen?«

»Hallo?«, warf Tina ein, »man hat doch wohl das Recht, sich zu verändern, oder etwa nicht?« Mit beiden Händen strich sie durch ihr langes, rötliches Haar. »Es gibt sogar Leute, die meinen, dass Abwechslung Spaß macht.«

»Ja, bis zu einem gewissen Grad kann ich das verstehen, aber trotzdem …«

»Oder vielleicht hat er sich überhaupt nicht verändert«, unterbrach Tina und streckte ihre Brüste unter dem engen Pullover vor. »Vielleicht mochte er beide Seiten gleich gern. Was für ein Glückspilz, wenn Sie mich fragen. Man stelle sich mal *die* Möglichkeiten vor. Und was Mossdal anbetrifft, so scheint er die ganze Zeit so gewesen zu sein. Erst schwängert er diese Zwillingsschwester, und nachdem er ein Verhältnis mit Berg angefangen hat, gelingt es ihm auch noch, ein Kind mit dieser thailändischen Frau zu zeugen.«

Vigdis Gulliksen verdrehte die Augen.

»Jetzt bringen Sie wohl einiges durcheinander«, warf Haugen ein und lächelte. »Es war *Berg*, der ein Verhältnis mit dieser Zwillingsschwester hatte. Aber wie dem auch sei, meine Damen, das lassen wir jetzt mal beiseite.«

Er richtete seinen Blick auf Kaasa.

»Wirklich großartig, dass Sie am Samstag diese Tour nach Krogskogen gemacht haben. Nachdem ich Ihren Bericht gelesen habe, ist mir einiges klargeworden. Sobald wir hier fertig sind, rufe ich diese Thailänderin in Vikersund an. Übrigens sehr interessant, dass Mossdal den Freund von Anne-Lise Lie kennt.«

Er sah auf die Uhr und dankte Kaasa, dass er sich die Zeit genommen hatte und vorbeigekommen war, obwohl er Streifendienst fuhr.

»Die da vorn ist echt schlimm«, sagte Stein Bråten.

Er zeigte auf eine Frau in den Vierzigern, die mit einer Tragetasche zwischen den Beinen auf dem neugepflasterten Fußgängerweg im Enkepark stand. Als sie eine Bierflasche an den Mund setzte, bremste Bråten ab.

»Als ich sie das letzte Mal in die Zelle gesteckt hab, hat sie sich als Erstes die Hose runtergezogen und mitten auf den Boden gepisst. Und dann fing sie an, über meinen Schwanz zu reden, und schrie herum, sie könnte an der Größe meines Daumens sehen, dass ich nur einen kleinen Schwanz hätte.«

Er lenkte den Wagen über die Bordsteinkante und blieb auf dem Gehweg stehen. »Frech wie eine Filzlaus«, sagte er und zog die Handbremse an.

Kaasa fragte, was er jetzt mit ihr vorhabe.

»Sie zurechtweisen. Wenn's jemanden gibt, der das braucht, dann sie. Aber bleib nur hier sitzen, ich regle das schon.«

Kaasa seufzte und sah seinen Kollegen über den Schnee davoneilen. Er war überrascht, denn normalerweise lag Bråten nicht viel an der Einhaltung einer Null-Toleranz-Politik. Er vermutete, dass es wohl an dem Kommentar in Bezug auf seine Männlichkeit lag. Wahrscheinlich war sie ziemlich auf Draht und hatte es geschafft, Bråtens schwächsten Punkt zu treffen.

Er ließ das Fenster herunter und beobachtete, wie die beiden Männer, die ein paar Meter neben der Frau standen, ihre Flaschen im Schnee zu verstecken versuchten, als sie Bråten entdeckten. Die Frau hingegen setzte provozierend ihre Flasche an den Mund, als er auf sie zuging.

»Ausgießen«, schrie er.

»Hä? Jetzt mach ma' keinen Stress, Alter!«, knurrte sie zwischen zwei Schlucken.

Ein klirrendes Geräusch ertönte, als sie mit dem Fuß an ihre Tüte stieß.

»Ausgießen«, wiederholte Bråten.

»Nein, verflucht! Außerdem hab ich das alles ganz offiziell da vorn bei Rimi gekauft.«

»Okay, dann gibt's 'ne Geldbuße«, sagte er und drehte sich in Richtung Streifenwagen.

Geldbuße, dachte Kaasa. Bråten hatte in den letzten fünf oder sechs Jahren kaum eine Verwarnung mit Geldbuße ausgestellt.

»Offiziell gekauft«, schnaubte Bråten. »Man kann auch da unten an der Straße in die Apotheke gehen und sich so viele Kondome kaufen, wie man will. Aber deswegen legt man sich noch lange nicht gleich mitten auf die Straße und treibt es dort.«

Die Frau wollte eben die Flasche hochheben, um einen weiteren Schluck zu nehmen, hielt jedoch inne. Einen Augenblick starrte sie Bråten an, dann drehte sie die Flasche um und goss das Bier aus.
Die beiden Männer in der Nähe sahen einander an und begannen, im Schnee herumzustapfen.
»Jetzt sind wir quitt«, sagte Bråten, als er sich wieder neben Kaasa in den Wagen setzte. »Eins zu eins. Deshalb war ich auch so großzügig und hab ihr das gelassen, was sie in der Tüte hatte.«
Er gab Gas, und der Wagen rutschte mit durchdrehenden Rädern vom Bordstein.
Kaasa sah auf die Uhr. Er war froh, dass er nur noch zwei Stunden bis zum Schichtende vor sich hatte.
Bråten begann von einem Ausflugslokal zu erzählen, wo er am letzten Wochenende gewesen war.
»Teufel, Jo, da hat's vor Weibern nur so gewimmelt, die saßen da aufgereiht mit feuchten Blicken und zitternden Gebärmuttern. Also ganz klar, dass Sex nicht aus der Mode gekommen ist.«
»Gebärmuttern?«
»Ja, es waren mehrere. Eine Mutter und mehrere Muttern, oder nicht? Mütter wird's ja wohl nicht heißen.«
»Ich muss gestehen, dass ich bis jetzt noch nicht so viel darüber nachgedacht habe«, erwiderte Kaasa.
Das Diensthandy klingelte. Haugen berichtete, er habe endlich Kontakt mit Thi Dal aufnehmen können. Sie hatte Mossdals Angaben bestätigt.
Kaasa fühlte sich erleichtert.
»Kommst du kurz mit, bevor du nach Hause fährst?«

»In Ordnung.«

»Gott, da läuft ja mein Onkel«, rief Bråten und zeigte auf einen dünnen Mann in den Sechzigern, der eine Schiebermütze trug. Er lief über den Bürgersteig im Bogstadveien. Bråten winkte ihm zu, als der Mann stehen blieb und zu ihnen herübersah. Der Mann zog eine Hand aus der Tasche seiner braunen Lederjacke und grüßte zurück.

»Ein jämmerlicher Kerl«, sagte Bråten. »In den Siebzigern hat er sich bei der Frauenbewegung angebiedert. Ging auf die Demos und hat alles mitgemacht. Danach ist er dann nach Hause gefahren und hat Morgan Kane gelesen oder in den Herrenmagazinen geblättert, die er unter dem Bett hatte. Ja, ich hab sie mir auch angesehen. Als er dann so eine von diesen Frauen heiratete, hat er mir alle Morgan-Kane-Bücher gegeben und die Magazine verbrannt. Aber die Frau hat sich anscheinend nicht so gut mit ihm vertragen, denn nach drei Jahren und zwei Kindern ist sie's leid geworden, hat die Kinder genommen und ihn verlassen.«

Er wollte weitererzählen, wurde aber vom Funksprecher unterbrochen, der sie bat, in die Oscars Gate zu fahren, wo ein älterer Mann die Schlüssel im Inneren seines Autos hatte stecken lassen.

»Verstanden«, sagte Kaasa.

21

Wahnsinn«, sagte Tina Thune, als sie im Korridor der Polizeistation an Kaasa vorbeilief.

»Wie bitte?«

»Du und die kleine Samin. Ich hab schon daran gedacht, als du vorhin bei der Besprechung aufgetaucht bist, aber ich hatte noch keine Gelegenheit, es zu sagen. Du gehörst bestimmt noch nicht zum alten Eisen.«

Sie lächelte verschmitzt und zwinkerte ihm zu.

»Sugar Daddy«, fügte sie hinzu und steuerte auf ihr Büro zu.

Kaasa blieb stehen und sah ihr nach. Noch nie zuvor hatte er bemerkt, dass sie auf diese Weise die Hüften schwang. Er lief ihr nach, wollte in ihr Büro gehen und die Tür hinter sich schließen, ihr sagen, dass *die kleine Samin* einen Namen hatte und dass nichts zwischen ihnen passiert war. Ein für alle Mal wollte er ihr sagen, was wirklich geschehen war.

Er schaute zu Haugen hinein, dessen Bürotür angelehnt war. Haugen sah von seinen Papieren auf und winkte ihn zu sich.

Kaasa blieb stehen und blickte einen Moment zu Tinas Büro. Dann ging er zögernd zu Haugen hinein.

»Arvid Pedersen kommt wahrscheinlich in ein paar Tagen wieder aus dem Ullevål-Krankenhaus heraus«, sagte Haugen. »Ich fahre morgen hin und besuche ihn. Ich schätze, er wird wohl länger krankgeschrieben.«

Kaasa nickte.

Haugen faltete die Hände hinter dem Kopf zusammen und reckte sich. »Wahrscheinlich müssen Sie sich keine Sorgen machen, dass Sie den Jungen mit Mossdal zusammen zurückgelassen haben. Seine Tante Thi Dal spricht gut Norwegisch und konnte berichten, dass Albert ›ein sehr netter Mann‹ sei. Ich habe übrigens wie geplant den Touristenverband angerufen, um die Leute zu informieren, dass er noch ein paar Tage länger in der Hütte bleibt, doch dann erfuhr ich, dass er gerade seine Schlüssel abgeliefert hat. Er geht noch immer nicht ans Telefon, und laut Thi Dal wollte er erst in frühestens zwei Tagen zu ihr kommen. Also wo, zum Teufel, sind Mossdal und der Junge denn jetzt wieder abgeblieben? Ich weiß, dass Sie auf dem Heimweg sind, aber könnten Sie kurz bei seiner Wohnung vorbeifahren und nachsehen, ob die Versiegelung aufgebrochen wurde und ob er vielleicht sogar zu Hause ist? Storvolden und ein Kollege von der Fahndung versuchen, Daniel Linde, den Liebhaber von Anne-Lise Lie, zu beschatten, und dann bleiben nur Sie und Tina.«

»Tina?«

»Jetzt gucken Sie doch nicht so erschreckt. Tina ist zahm wie ein Lamm.«

»Ja, sicher. Schon gut.«

»Hervorragend. Und Sie schreiben sich natürlich Überstunden auf. Wie geht's übrigens zu Hause?«

Kaasa nickte.
»Aber wenn Ihre Frau mit dem Essen wartet, sollten Sie ihr Bescheid geben.«
»Sie ist wohl erst in einer Stunde zu Hause, und der Abstecher zum Åsaveien dauert bestimmt nicht lange.«

Tina Thune ließ den zivilen Sierra an, den sie sich von der Fahndungsabteilung ausgeliehen hatten, und legte eine CD ein.
»Ich hoffe, du hast nichts gegen Musik.«
»Schon in Ordnung«, erwiderte Kaasa.
Es war Rap; sie fuhren schweigend.
Sie stellte die Lautstärke höher, worüber Kaasa nur froh war.
Tina blickte zu ihm hinüber.
Er sah starr geradeaus und entschied sich, mit ihr zu reden, wenn sich die passende Gelegenheit bot.
»Ich hab ihn angefasst«, sagte Tina.
»Wie bitte?«
Sie drehte die Lautstärke herunter.
»50 Cent. Als er das letzte Mal in Oslo war, bin ich bis ganz vorn zur Bühne gekommen, und da konnte ich ihn anfassen. Ich weiß nicht wieso, aber irgendetwas *ist* da an diesem Kerl. Die Texte drehen sich ja hauptsächlich darum, dass er potenziellen Feinden erzählt, wie leicht es ihm fiele, sie umzubringen. Und dann verkündet er noch, wie überaus zufrieden die Frauen mit seinem Schwanz sind. Vielleicht ist es deswegen.«
Sie stellte die Musik wieder lauter.
In der Jacob Aalls Gate mussten sie hinter einem Räum-

fahrzeug herfahren. Kaasa entdeckte plötzlich einen dunkelhaarigen Jungen, der seine Mütze verkehrt herum aufgesetzt hatte und aus einem Laden an der Ecke zum Trudvangveien lief.

Er erschrak und klopfte mit der Hand gegen die Scheibe.

»Das ist Tomm«, rief er. »Es muss Tomm sein, Mossdals Sohn.«

Er stieß die Tür auf und wollte hinausspringen, zögerte jedoch, als er bemerkte, dass sie zu schnell fuhren.

»Stopp!«

Tina schaffte es nicht, den Wagen anzuhalten, bevor er auch schon hinausgesprungen war. Kaasa fiel nach hinten, war aber schnell wieder auf den Beinen. Er spürte einen stechenden Schmerz im Handgelenk und sah, dass der Junge über den Trudvangveien lief. Er machte einen Satz über den aufgeschaufelten Schnee, um auf den Bürgersteig zu kommen.

»Hallo!«, rief er. »Hallo, Tomm. Warte mal.«

Der Junge drehte schnell den Kopf und fing an zu rennen. Kaasa rieb sich das Handgelenk und stürzte ihm nach.

»Hallo, Tomm. Ich bin's nur. Aus der Hütte im Wald.«

Ihm wurde klar, wie albern das klang, und er bemerkte, dass zwei Frauen auf dem gegenüberliegenden Bürgersteig auf ihn aufmerksam geworden waren. Der Junge verschwand in einem Hauseingang kurz vor dem Kirkevei. In Kaasas Jackentasche klingelte das Handy, aber er ging nicht dran. Die Haustür war angelehnt. Als er in den Hauseingang kam, hörte das Klingeln auf. Er entdeckte die Mütze des Jungen auf dem ersten Treppenabsatz. Kaasa blieb stehen und lauschte. Er hörte, wie jemand in der

Etage über ihm atmete, und begann, die Treppe hinaufzugehen.

Der Junge drückte mit einer Hand auf den Klingelknopf und hämmerte mit der anderen an die Tür. Mit dunklen Augen blickte er Kaasa verschreckt an. Kaasa sah, dass seine Haare in der Mitte gescheitelt waren.

»Tut mir leid.« Er stöhnte. »Aber du hast große Ähnlichkeit mit jemand anderem.«

Die Tür wurde geöffnet. Eine blonde Frau, die ihm bis zu den Schultern reichte, schaute ihn fragend an. Der Junge schlüpfte hinein und versteckte sich hinter ihr. Er flüsterte etwas, das Kaasa nicht verstand.

Kaasa spürte, wie sein Puls in den Schläfen hämmerte. Er versuchte, wieder zu Atem zu kommen, und sagte, er sei Polizist und dass es sich um ein bedauernswertes Missverständnis handele.

»Polizei? Nein, das glaube ich nicht. Können Sie sich ausweisen?«

Er griff nach seiner Brieftasche und zog den Dienstausweis hervor, der hinter einem Foto von Simen steckte.

Die Frau stand ein paar Sekunden da und schaute angestrengt auf seinen Ausweis.

»Ich wünschte, Sie würden bluffen und wären nur ein ganz normaler Scheißkerl«, sagte sie und seufzte resigniert. »Ich wünschte wirklich, die Polizei würde sich nicht so aufführen. Hier herumlaufen und unschuldige Kinder zu Tode erschrecken. Ich begreife nicht, wie man so einen Job machen kann – in den Straßen herumrennen und Kindern mit anderer Hautfarbe hinterherjagen, in der Hoffnung, sie aus dem Land werfen zu können.«

»Aber, nein«, setzte Kaasa an, »so ist es doch gar nicht.« Er wollte gerade die Situation erklären, fand aber nicht die richtigen Worte. Er schluckte.

»Und wenn Sie es unbedingt wissen wollen, Kim André ist mit neun Monaten in dieses Land gekommen und wohnt jetzt seit zehn Jahren hier. Und jetzt verlange ich, dass Sie gehen.«

Kaasa begriff, dass es keinen Sinn hatte, etwas zu erwidern, er hatte sich ohnehin schon blamiert. Er nickte und blickte die Treppe hinunter.

»Er hat seine Mütze da unten verloren. Soll ich sie holen?« Der Junge lugte hinter ihrem Rücken hervor und schüttelte energisch den Kopf.

Die Warnblinkanlage des Sierra war eingeschaltet, als Kaasa zurückkam. Ein weiterer Schneepflug kam angefahren und hupte zweimal kräftig, bevor er in einem Bogen herumfuhr.

»Es war nicht Tomm«, sagte Kaasa, als er sich in den Wagen setzte. »Aber er war ihm unglaublich ähnlich. Ich war zu hundert Prozent sicher. Seine Mütze hat mich getäuscht.«

Im Schneckentempo fuhren sie hinter dem Räumfahrzeug her, und Tina fing an, mit den Fingern auf das Lenkrad zu trommeln.

»›It's a hard place to live, and an easy place to die‹«, rappte sie.

Sie wiederholte den Satz, und Kaasa beobachtete das gelbe, sich drehende Warnlicht auf dem Schneepflug.

»Sletten, mit dem ich manchmal fahre, ist auch ganz begeistert von Rap«, sagte er. »Einmal hat er mir einen Vortrag über Eminem gehalten. Wahrscheinlich faszinieren ihn die Texte, er studiert schließlich Literatur.«

»Toll«, erwiderte sie. »Auf jeden Fall kann man sagen, dass weder 50 Cent noch Eminem mit ihren Müttern besonders viel Glück hatten. Und Väter gab es keine, so ist das eben. Die Mutter von 50 Cent arbeitete als Crackdealerin, während er aufwuchs.«

Der Schneepflug blieb stehen. Tina fluchte und zwängte sich aus ihrer Steppjacke, die sie auf den Rücksitz warf. Sie trug jetzt einen anderen Pullover als bei der Besprechung am Vormittag. Er schien, wenn das überhaupt möglich war, noch enger zu sein.

»Aber man kann sich fragen: Wären die beiden Jungs jetzt da, wo sie heute sind, wenn sie in einem normalen Zuhause aufgewachsen wären?« Tina machte mit den Fingern Gänsefüßchen in die Luft.

Der Schneepflug fuhr wieder weiter.

»Tja«, sagte Kaasa und dachte daran, dass Sletten sich auch immer solche Fragen stellte.

Sein Handy klingelte; er zog es aus der Jackentasche und sah auf dem Display, dass es seine eigene Festnetznummer war.

»Warum gehst du nicht dran, wenn ich anrufe? Und wo bleibst du überhaupt?«, fragte Ingvill. Ihre Stimme klang scharf. »Du musst hier einen Job übernehmen. Wir sitzen hier und warten auf dich.«

»Einen Job? Aber ich wusste überhaupt nicht, dass du schon so früh zu Hause bist.«

»Ja, einen Job. Und ich bin in der Tat zu Hause. Simen hat morgen in der Schule seinen Skitag, und Fredrik kommt in einer Stunde mit seinem Vater hierher. Der Plan ist, dass sie zum Sognsvann fahren, damit die Jungs ihre Ausrüstung testen können. Seit dem letzten Jahr haben sie sie nicht mehr benutzt.«

»Das ist ja schön«, sagte Kaasa.

»Schön? Ich habe eben seine Skier ganz hinten im Keller gefunden, aber die sind voll mit altem Wachs. Es ist dein Job, das Wachs da runterzukriegen, und deswegen musst du sofort herkommen.«

»Ja, aber …« Er sah zu Tina und erwiderte, er würde sich etwas verspäten, da er noch eine Adresse im Zusammenhang mit der Berg-Sache überprüfen müsse.

»Aber verstehst du denn nicht, dass es wichtig für Simen ist, heute Nachmittag diesen Ausflug mit Fredrik zu machen?«

»Natürlich«, sagte er und sah auf die Uhr. »Wir müssen nur eben in den Åsaveien, das geht schnell. Dann schaffe ich es noch, mich um die Skier zu kümmern.«

»Du fährst also mit einem Kollegen herum, nur um eine Adresse zu überprüfen?«

»Ja.«

Die Haustür im Åsaveien war verschlossen. Kaasa klingelte. Einige Sekunden standen sie da und warteten, dann klingelte er noch einmal.

»Mit ihm hab ich das letzte Mal gesprochen, als wir hier waren«, sagte er und zeigte auf das Klingelschild von Are Høymoe. »Ich versuch's mal bei ihm.«

Im selben Moment, als Kaasa klingelte, antwortete eine entfernt klingende Männerstimme. »Hallo?«

»Wir sind von der Polizei«, sagte er. »Wir wollen zu Herrn Mossdal, aber er ist anscheinend nicht zu Hause. Ich hab vor ein paar Tagen schon mal mit Ihnen gesprochen. Können wir reinkommen?«

Tina drückte die Tür auf, als es im Schloss zu summen begann.

»Zweite Etage«, sagte Kaasa, als sie in den Hausflur getreten waren.

Are Høyemoe stand vor seiner Tür und wartete.

»Da sind Sie heute mit einem neuen Partner unterwegs«, konstatierte er, schielte auf Tinas Brüste und zog den Bauch ein.

Kaasa nickte und stellte fest, dass die Plombe an Mossdals Tür aufgebrochen war.

Høymoe zeigte mit dem Daumen nach hinten.

»Ich habe Besuch. Es passt gerade schlecht, dass Sie hereinkommen. Aber ich habe gesehen, dass Sie seine Wohnung versiegelt haben. Was ist denn jetzt mit Albert?«

»Wir würden gerne mit ihm sprechen«, erwiderte Kaasa und entdeckte, dass das Pappschildchen an der Klingel fehlte. »Die Versiegelung ist aufgebrochen. Glauben Sie, dass er zu Hause sein könnte?«

Høymoe holte Luft und entspannte vorsichtig seinen Bauch.

»Nein, er ist jetzt nicht zu Hause, aber ich hab gestern Abend mit ihm gesprochen, und da hatte er es offenbar eilig. Er hat auch nicht verstanden, wieso seine Tür versiegelt war, und meinte, er wolle Sie anrufen.«

»War er allein?«

»Tja, n-e-e-i-n …«

»War er mit seinem Sohn zusammen?«

»Dann wissen Sie es also?«

»Ja, wir hatten Kontakt mit ihm, als die beiden zusammen waren.«

»Aber ist es sein Sohn?«

»Nach den Beweisen, die er uns gezeigt hat, ja. Sind Sie da anderer Meinung?«

»Nein, nein, aber ... Ich muss gestehen, dass ich diesen niedlichen Jungen, von dem Albert sagte, er sei sein Sohn, schon gesehen habe, bevor Sie letztes Mal hier waren. Ich habe aber versäumt, es Ihnen zu erzählen, da ich fürchtete, es könnte ihm Probleme bereiten. Ich hab mich da nicht ganz korrekt verhalten, aber nun weiß ich Gott sei Dank, dass ich keine Gewissensbisse haben muss, oder?«

»Tja, wir haben wohl alle unsere Vorurteile«, warf Tina ein.

Kaasa versuchte es mit einem Kopfnicken. Über Funk hörte er, dass in der Tøyengata ein Feuer ausgebrochen war, und fragte, ob Mossdal gesagt habe, wo er hinwollte.

»Nein.«

»Das Komische ist, dass er nicht an sein Handy geht«, sagte Kaasa und zog seinen Notizblock hervor.

»Er hat diese Nummer schon früher bekommen, aber vielleicht hat er sie verloren. Falls er auftauchen sollte, sagen Sie ihm bitte, dass er sofort anrufen soll.«

Er schrieb Haugens Nummer auf, riss den Zettel ab und entschuldigte sich für die Störung.

Als sie wieder auf der Straße waren, ging Kaasa zu Mossdals Wagen, der noch immer an derselben Stelle stand. Es schien ihm, als ob unter dem Schnee auf der Frontscheibe etwas hervorragte. Mit bloßen Fingern fing er an zu graben und stieß auf einen der Scheibenwischer. Darunter lag ein zusammengepresstes Überraschungsei. Als er es auseinanderzog, fiel eine Feder heraus; sie wirbelte langsam durch die Luft und landete im Schnee. Kaasa betrachtete die Farben; dunkelblau mit gelben Sprengseln. Einen Augenblick stellte er sich vor, es handele sich um eine Blume, eine seltene Blume, die aus dem Schnee hervorgebrochen war.

»Da ist noch mehr drin«, sagte Tina und zupfte einen Post-it-Zettel aus dem Ei, das Kaasa immer noch festhielt. Sie faltete ihn auseinander und las: »›*Alle die armen, süßen Küken. Die Vogelgrippe ist auf dem Anmarsch und wird garantiert schlimmer als DER SCHWARZE TOD*‹.« Sie räusperte sich. »Und ›Schwarzer Tod‹ steht hier in Großbuchstaben.«

Sie sahen sich kurz an, und Kaasa hob die Feder auf.

Als sie wieder am Streifenwagen waren, steckte Kaasa alles zusammen in einen Wegwerfhandschuh, band ihn zu und sagte, sie müssten das mit zu Haugen nehmen. Dann fragte er, ob sie irgendwann mal gehört hätte, welche Farbe der Wellensittich von Berg hatte.

Tina schüttelte den Kopf.

Als sie an einer roten Ampel im Bogstadveien hielten, klingelte das Diensthandy. Haugens Stimme klang heiser. Er hatte gerade einen Anruf aus dem Ullevål-Krankenhaus erhalten; ein bewusstloser Mann ohne Ausweis war vom Kongleveien in Nordberg zum Krankenhaus gebracht worden, offenbar von einem Auto angefahren. Das

Krankenhaus hatte angerufen, weil in der Tasche des Patienten ein Zettel mit Haugens Telefonnummer gefunden worden war.

»Was für ein Zettel?«, fragte Kaasa.

»Was für ein Zettel. Herrgott …«

»Ich hab doch Mossdal Ihre Telefonnummer gegeben, als wir da in Krogskogen waren.«

»Und Sie glauben, es könnte sich um Mossdal handeln?«

»Vorläufig glaube ich gar nichts, aber rufen Sie noch mal an und fragen, ob da vielleicht eine Zeichnung auf dem Zettel ist. Eine kleine Zeichnung, die vielleicht einen Eiszapfen darstellen könnte.«

»Was? Einen Eiszapfen?«

»Ja, oder was Ähnliches.«

»Bleiben Sie dran, ich gehe an eine andere Leitung.«

Kaasa hörte, dass jemand in Haugens Büro kam; ein Besucher, der sogleich wieder weggeschickt wurde. Haugen fluchte, dann wurde es still. Bis sie schließlich ein intensives Trommeln hörten, gefolgt von einem dumpfen Schlag.

»Besetzt.« Haugen stöhnte. »Aber bleiben Sie dran, ich versuch's noch mal.«

»Noch ein bisschen Rap, während wir warten?«, fragte Tina.

»Lieber nicht.«

Sie hörten, dass Haugen endlich durchgekommen war.

»Hallo«, sagte er nach ein paar Sekunden.

»Sprechen Sie.«

»Auf dem Zettel gibt es eine Zeichnung, die durchaus ein Eiszapfen sein könnte, sagt zumindest die Krankenschwester.«

»Wie ist denn sein Zustand?«

»Ich weiß nur, dass er beatmet wird. Wir haben da also nichts zu suchen. Es ist natürlich reine Spekulation, ob es hier einen Zusammenhang gibt, aber ich hab vor einer knappen Stunde mit Storvolden gesprochen, und da war Daniel Lindes Wagen nicht zu entdecken, weder bei ihm zu Hause noch bei Anne-Lise Lie. Ich rufe ihn noch mal an und erkundige mich, ob sie mittlerweile wieder Kontakt mit Linde haben. Aber kommen Sie jetzt besser her, ihre Arbeit ist getan.«

»In Ordnung.«

Kaasa erinnerte sich daran, dass er nach Hause musste, um sich um Simens Skier zu kümmern, und bat Tina, in die Jacob Aalls Gate zu fahren.

Als sie die Valkyriegate kreuzten, klingelte wieder das Diensthandy.

»Hallo!« Haugens Stimme klang jetzt noch eine Oktave höher. »Jetzt überschlagen sich hier die Dinge. Das Handy, das Mossdal oder die Person, von der wir annehmen, dass es Mossdal ist, bei sich hatte, hat plötzlich geklingelt. Ein Kind war dran und hat in einer fremden Sprache geredet. Offenbar war das Kind ganz verzweifelt. Das Krankenhaus hat immer noch Kontakt, aber sie wissen nicht, was sie tun sollen.«

»Fragen Sie nach, ob im Krankenhaus jemand Thailändisch spricht«, sagte Kaasa.

»Ach ja, natürlich.«

Das Gespräch wurde unterbrochen.

Die beiden Polizisten blieben im Wagen sitzen und hörten über Funk, dass alle freien Einheiten aus Oslo in die

Tøyengata fahren sollten, da es dort mittlerweile in zwei großen Wohnhäusern brannte und Hunderte von Menschen evakuiert werden mussten.
Haugen war wieder am Telefon und informierte sie, dass es gelungen war, eine Frau aus Thailand zu finden, die in der benachbarten Abteilung arbeitete. Er sagte ›einen Augenblick‹, und sie hörten ihn heftig atmen.
»Hallo, sind Sie noch dran?« Er wartete die Antwort nicht ab und fuhr fort: »Der Junge sagt, er heiße Tomm und liege im Kofferraum eines roten Wagens. Viel kriegt man wohl nicht aus ihm raus, anscheinend ist er in einem Schockzustand, aber er wiederholt dauernd das Wort ›Papa‹. Er konnte nicht sagen, wo er gekidnappt wurde, redet aber von Schnee, großen Haufen von Schnee, aber davon ist die Stadt ja geradezu übervoll. Dann hat er von Eiszapfen geredet – dass er draußen gewesen ist, um Eiszapfen anzusehen. Sie haben immer noch Kontakt zu ihm, wir müssen uns was einfallen lassen. Vielleicht das Gespräch orten? Aber das wird jetzt sicher viel zu lange dauern.«
»Geräusche«, schlug Tina vor.
»Woran denken Sie?«
»Sirenen. Wenn Sie die Einsatzzentrale anrufen und die Situation schildern, können die vielleicht einen Wagen mit eingeschalteten Sirenen in die Gegend schicken, wo Mossdal gefunden wurde.«
»Brillant. Ich rufe gleich an, damit sie einen Wagen schicken. Ich lege jetzt auf.«
Nach zwei Minuten rief Haugen wieder an und erklärte, dass der Leiter der Einsatzzentrale keinen Wagen für die-

sen Auftrag abkommandieren konnte, weil sämtliche Patrouillen in die Tøyengata beordert worden waren.

»Dann übernehmen wir das«, sagte Tina, »wir haben Blaulicht und Sirene im Sierra.«

»Ja, fahren Sie los«, stimmte Haugen zu. »Ich rufe die Funkleitstelle an und bitte den Funksprecher, eine Meldung herauszugeben, dass alle im akuten Einsatz befindlichen Einheiten ihre Position durchgeben. Ambulanzen und Feuerwehr sollen auch informiert werden. Und dann schicke ich Leute von der Unfallverhütung los, um den Unfallort im Kongleveien abzusperren und alarmiere auch die Spurensicherung.«

Tina beugte sich nach vorn, griff nach dem Blaulicht, das unter dem Sitz angebracht war, und befestigte es mit einem dumpfen Geräusch auf dem Wagendach.

»Ich hoffe, der Magnet da oben hält«, sagte sie, steckte das Kabel in die Kontaktbuchse und drehte die Lautstärke der Sirene auf.

Kaasa gab über Funk durch, dass der zivile Sierra aus der Majorstua nun wegen des Vorfalls im Kongleveien vom Kirkevei in Richtung Nordberg ausrückte.

»Dann sind Sie die Einzigen, die in dieser Gegend einen Einsatz fahren«, ließ sie der Funksprecher wissen, »alle anderen Einheiten sind in die Tøyengata beordert.«

Als sie bei Tåsen von der Stadtautobahn abfuhren, klingelte das Diensthandy, und Haugen gab durch, dass der Junge jetzt in einiger Entfernung eine Sirene hören konnte.

»Verstanden«, sagte Kaasa, »dann bleiben wir über Telefon in Kontakt. Die Funksprecher haben mehr als genug mit dem Feuer in Tøyen zu tun.«

»Wieder mal typisch, dass so etwas ausgerechnet jetzt passiert. Ich werde die Einheit von der Unfallverhütung bitten, eine Tür-zu-Tür-Aktion durchzuführen, sobald die Spurensicherung sie entbehren kann. Es kann ja gut sein, dass jemand vielleicht von einem Fenster aus etwas beobachtet hat, ohne die Polizei zu benachrichtigen. Und laut Krankenhaus hatte Mossdal keinen Mantel an, also hat er sich wahrscheinlich in einem der Häuser dort oben aufgehalten.«

»Gut«, sagte Kaasa. »Es wäre schön, wenn Sie etwas langsamer und direkt ins Telefon sprechen könnten, die Sirene macht hier einen Höllenlärm.«

»Das höre ich. Übrigens hat Storvolden noch keinen Kontakt zu Daniel Linde bekommen. Er ist jetzt auf dem Weg zu Anne-Lise Lie. Mit dieser Dame stimmt irgendwas nicht, und vielleicht weiß sie ja, wo Linde sich aufhält. War sein neuer Wagen nicht rot?«

»Doch, ja.«

»Könnte es ein, dass sie selbst diesen Brief geschrieben hat, der in Bergs Hosentasche gefunden wurde?«

»Daran habe ich auch schon gedacht.«

»Warten Sie mal«, sagte Haugen. »Jetzt wird durchgegeben, dass der Junge die Sirene deutlicher hört. Wo sind Sie jetzt gerade?«

»Im Nordbergveien. Wir kreuzen in diesem Moment den Nils Bays Vei.«

»Jetzt ist es so laut, dass sogar die Krankenschwester die Sirene über Telefon hören kann. Achten Sie auf alle roten Autos und besonders auf einen Audi. Aber …, nein, Moment mal, jetzt wird die Sirene angeblich leiser, und der

Junge sagt, der Wagen habe angehalten. Drehen Sie um und fahren Sie dieselbe Strecke wieder zurück.«

Tina wendete an der Stelle, wo der Kongleveien nach rechts abbog, und fuhr langsam wieder den Nordbergveien hinunter. Ein älteres Paar blieb auf dem Bürgersteig stehen und blickte ihnen nach.

»Hört er jetzt etwas?«, fragte Kaasa.

»Nein, er hört nichts, und der Wagen hat sich wieder in Bewegung gesetzt. Ich rufe die Leitstelle an und frage nach, ob andere Einheiten im Einsatz sind. Bleiben Sie dran.«

Sie fuhren hinunter zum Einkaufszentrum Tåsen.

»Wir können uns wohl kaum hier mit eingeschalteten Sirenen hinstellen«, sagte Tina und deutete auf eine Gruppe Jugendlicher, die vor einem Kiosk stand und zu ihnen herüberglotzte. Sie wendete den Wagen ein weiteres Mal. »Sieht schon komisch genug aus, wie wir uns hier mit Blaulicht und Sirene vor- und zurückschleichen.«

»Laut Funksprecher ist vor ein paar Minuten ein Krankenwagen von der Brandstelle in der Tøyengata zum Krankenhaus Aker gefahren«, sagte Haugen am Telefon. »Die Fahrstrecke ging über die Finnmarksgata und den Trondheimsveien. Vielleicht war es das, was der Junge gehört hat. Jetzt hört er nichts mehr, aber dafür ist nicht zu überhören, dass Sie immer noch mit voll aufgedrehter Sirene herumfahren. Einen Moment. Okay. Das Krankenhaus hat keinen Kontakt mehr zu dem Jungen, entweder wurde aufgelegt oder der Akku ist leer. Sie können jetzt auf jeden Fall die Sirene abstellen, aber achten Sie weiter auf rote Autos, besonders Audis, und fahren Sie zum Trondheimsveien.«

Kaasa schaute auf die Uhr. In zwanzig Minuten sollten Fredrik und sein Vater vorbeikommen, um Simen auf eine Skitour mitzunehmen.

»Ich muss jetzt erst mal nach Hause«, sagte er und bat Tina, so schnell wie möglich zu fahren. »Wir können ja unterwegs und später noch nach entsprechenden Autos suchen.«

»Meinst du mit Blaulicht und allen Schikanen?«

Kaasa wusste, dass er irgendwo im Keller noch Skiwachsentferner hatte, konnte sich aber nicht erinnern, wo genau. Er verspürte ein mulmiges Gefühl, als er an den Keller dachte. Dort war alles ein einziges großes Chaos.

»Was wird's denn jetzt?«

»Volles Paket«, erwiderte er.

»Ja, dein Wunsch sei mir Befehl«, erwiderte Tina.

Als sie am Ullevål-Krankenhaus vorbeikamen, griff Kaasa zum Handy und rief zu Hause an.

Als Ingvill antwortete, stellte er die Sirene ab.

»Ich bin in ein paar Minuten da. Stehen die Skier immer noch im Keller?«

»Ja«, sagte sie. »Aber wieso hat's denn so lange gedauert, diese Adresse im Åsaveien zu überprüfen. Das liegt doch gleich hier in der Nähe.«

Er erwiderte, dass noch etwas anderes hinzugekommen sei, und drückte auf die Aus-Taste. Er schaltete die Sirene wieder ein und dachte, dass er wahrscheinlich der einzige Polizist war, der jemals mit Blaulicht und Sirene nach Hause gefahren war, um Wachs von einem Paar Skiern zu kratzen.

Er fand die Spraydose mit dem Skiwachsentferner gleich hinter dem Beerenpflücker, benutzte einen Eiskratzer, den er vom Boden aufhob, und bekam das meiste Wachs herunter. Da er nichts zum Abtrocknen fand, benutzte er schließlich ein altes Mickymausheft.

Das frische Skiwachs lag in einer Rimi-Plastiktüte, die an einem Nagel an der Kellertür hing. Er rieb die Skier mit zwei Schichten blauem Wachs ein, bevor er nach oben ging.

Ingvill öffnete, als er gerade die Skier und Skistöcke vor der Tür abstellte.

»Deine Kollegin steht draußen vor dem Wagen und raucht. Es sieht so aus, als ob sie in diesem dünnen Pullover ziemlich friert. Sie hofft bestimmt, dass du bald zurückkommst.«

Kaasa dachte, dass er zum ersten und wahrscheinlich auch letzten Mal mit Tina unterwegs war, und da musste es natürlich ausgerechnet so kommen, dass sie in einem engen Pullover vor seiner Tür stand und rauchte.

»Ah ja, ich muss gleich wieder los. Wir suchen nach einem roten Wagen«, sagte er.

»Ach … diesmal also ein roter Wagen. Ja, ich muss wirklich sagen, du hast einen spannenden Job.«

22

Die Presse ist ja völlig aus dem Häuschen. In einer Tour haben sie angerufen, was allerdings auch vielleicht nicht so verwunderlich ist, da es sich um ein entführtes Kind handelt«, psalmodierte Haugen.

Kaasa nahm auf dem Besucherstuhl Platz und bemerkte, dass Haugen noch blasser war als gewöhnlich.

»Laut Anne-Lise Lie ist Linde angeblich nach Sjusjøen gefahren, um dort Schnee von einem Ferienhaus zu schaufeln«, fuhr Haugen fort, »doch das stimmt nicht, da sein Auto registriert wurde, als es die Mautstation am Mosseveien passierte. Und letzte Nacht wurde seine Bankkarte in Göteborg verwendet. Die Polizei dort ist schon alarmiert.«

Kaasa erkundigte sich, wie es Mossdal gehe.

»Stabil, aber er ist immer noch nicht zu Bewusstsein gekommen. Das Komische ist, dass sich die betreffende Person, bei der Mossdal und sein Sohn in Nordberg gewesen sein müssen, noch nicht gemeldet hat, obwohl wir mit der Sache an die Medien gegangen sind. Zwei Beamte von der Unfallverhütung sind da oben gewesen, und es gab drei Haushalte, wo niemand zu Hause war. Das steht alles im Bericht, aber ich habe heute noch niemanden dorthin schicken können. Die Spurensicherung ist erst nach zwei Stunden da gewesen, und da es heftig geschneit hat, ist das gesicherte Material wohl eher bescheiden. Und die Spur zu diesem sogenannten Zwillingsbruder von Bergs ehemaliger Flamme konnten wir auch noch nicht näher untersuchen. Allerdings muss dieser Brief, den Anne-Lise Lie angeblich in Bergs Hosentasche gefunden hat, ja gar nicht unbedingt von diesem Zwillingsbruder stammen, wie ich gestern schon am Telefon erwähnte. Sie wusste ja ebenfalls, dass Berg sich manchmal von diesem Zwillingsbruder bedroht fühlte. Ich habe jetzt die Untersuchung der Fingerabdrücke vorliegen, und das Interessante an diesem Brief ist, dass Bergs Fingerabdrücke nicht darauf gefunden wurden, sondern nur die von Lie sowie zwei nicht identifizierte Abdrücke. Wahrscheinlich wurde der Brief also *nach* Bergs Tod in seine Tasche gesteckt. Was Sie unter den Scheibenwischern auf Bergs Wagen gefunden haben, wird jetzt auch auf Fingerabdrücke untersucht und geht danach wohl an die Schriftexpertin. Laut Anne-Lise Lie gab's viel Blau bei den Federn von Bergs Wellensittich, aber an irgendwas Gelbes konnte sie sich nicht erinnern. Aber was stand da noch mal? Dass die Vogelgrippe schlimmer würde als der Schwarze Tod? Tja, da nimmt jemand wirklich kein Blatt vor den Mund. Übrigens, mit wem fahren Sie heute Nacht?«

»Sletten.«

»Ich war übrigens mit der Mutter von Jack Lillebøen in Kontakt, dem Zeitungsboten«, sagte Haugen und deutete auf eine Tragetasche am Garderobenschrank. »Sie geht nicht vor ein Uhr schlafen. Könnten Sie ihr vielleicht die

Stiefel vorbeibringen, die ich heute von der Spurensicherung zurückbekommen habe?«
»In Ordnung. Das übernehmen wir.«

»Heißt es Gebärmuttern?«
»Hä?«, gab Sletten zurück und legte seinen Sicherheitsgurt an.
»Bråten hat was von ein paar Frauen und ihren Gebärmuttern gefaselt.«
»Gebärmuttern? Nein, warte mal, da muss ich erst mal nachdenken.«
Er saß da und klopfte sich mit einem Finger gegen die Schläfe. »Nein, ich glaube hier biegt die Grammatik ein wenig von der Hauptstraße ab und begibt sich auf einen kleinen Waldweg. Ich meine, der Plural von Gebärmutter müsste tatsächlich Gebärmütter lauten. Anders als bei beispielsweise Löwenzahn, wo es gar keinen Plural gibt. Sicher kannst du Löwenzahn auch im Plural verwenden, dann hieße es Löwenzähne. Aber das ist was völlig anderes und hat nichts mit Pflanzen zu tun. Wolltest du noch was wissen?«
»Nein, und ich weiß eigentlich nicht, wieso ich dich das überhaupt gefragt habe. Vielleicht musste ich bloß mal an was anderes denken. Ich finde es einfach nur schrecklich, dass der Junge verschwunden ist. Simen ist fast im gleichen Alter. Er hat was darüber gelesen, und er weiß auch, dass ich mit der Ermittlung zu tun habe. Heute Abend hat er mich gefragt, was ich tun würde, wenn er gekidnappt worden wäre. Ich habe ihm wahrheitsgemäß geantwortet, dass ich das nicht wüsste – dass ich, verdammt noch mal,

nicht wüsste, was ich dann tun sollte. Und wie die meisten Jungs ist er natürlich von spannenden Geschichten und von Waffen fasziniert, und er hat mich gefragt, was ich tun würde, wenn jemand versuchte, ihn zu entführen, und ich mit einer Waffe in den Händen in der Nähe wäre. Ich habe gesagt, dass ich schießen würde, was ich auch, wie die meisten anderen, tatsächlich tun würde, wenn es eine realistische Chance gäbe. Ich konnte sehen, dass ihm meine Antwort gefiel.«

Sletten reckte sich und gähnte.

»Ja, so lassen sich die Nachtschichten wirklich gut aushalten. Die Polizeibeamten fahren herum, lassen den Gedanken freien Lauf und reden über Dinge, für die sie an einem geschäftigen Tag sonst keine Zeit haben, während sie auf etwas warten, dass am besten erst gar nicht passiert.«

Kaasa stutzte einen Moment und dachte dann, dass das mal wieder so eine typische Sletten-Formulierung war.

»Aber es passieren ja auch positive Dinge«, fuhr Sletten fort. »Ein alter Schulkollege von mir hat sich 'ne Zeitlang ziemlich rumgetrieben. Sie waren zu zweit unterwegs und haben Einbrüche verübt, und das Ergebnis war, dass er in der ständig wachsenden Reihe von Leuten landete, die darauf warten, ihre Strafe anzutreten. Jetzt ist er wieder herausgekommen. Ob unsere gemeinsame Angeltour auf dem Mjøsa-See den Ausschlag gegeben hat, weiß ich nicht. Wie dem auch sei, wenn man ihn nach all diesen Jahren seine Strafe hätte absitzen lassen, wäre das völlig sinnlos gewesen, denn er war in seinem Leben schon ganz woanders angelangt. Hier hat tatsächlich die Vernunft gesiegt, denn das Urteil wurde in die Ableistung von Sozialstunden umgewandelt, und im Sommer waren er und zwei andere mit ähnlichem Hintergrund damit beschäftigt, die verschiedenen Leuchttürme im Oslofjord neu anzumalen.«

Sie parkten vor dem Haus in der Sofies Gate; Kaasa nahm die Tasche mit den Stiefeln.

Wie vereinbart, war die Haustür nicht abgeschlossen.

Das Namensschild mit ›Lillebøen‹ – schwarze Schrift auf weißem Grund – war direkt unter dem Türspion angebracht. Erst als Kaasa angeklopft hatte, entdeckte er den gelben Zettel am Klingelknopf.

Die Tür wurde von einer Frau geöffnet, die matt lächelte.

»Der Zettel«, sagte Kaasa, »ich hoffe, er war nicht für uns gedacht. Ich hab meine Brille nicht dabei, also ...«

»Nein, der ist für meinen Sohn«, erwiderte sie und strich sich über ihren mageren, faltigen Hals.

Sletten beugte sich zu dem Zettel hinunter.

»Vielen Dank«, sagte sie leise, als Kaasa ihr die Tasche reichte.

»Ihr Sohn schläft wohl? Er muss ja früh raus.«

Sie nickte.

»Wohnen nur Sie beide hier?«

»Ja«, antwortete sie und blickte zu ihm auf.

Kaasa wollte gerade sagen, dass sein Sohn auch einmal Zeitungen ausgetragen habe und er daher wisse, wie anstrengend das sein könne. Wenn es etwas gäbe, was er bewunderte, dann so etwas. Doch etwas an ihrem Blick ließ ihn verstummen. Er war nicht hasserfüllt, signalisierte jedoch ihren Wunsch, dass sie jetzt gehen sollten.

»Na, dann können Sie ja jetzt schlafen gehen«, sagte er.

Behutsam schloss sie die Tür.

»Vor zwei Tagen haben Riitta und ich ein paar Schuhe bei Bo Vika in Ullevål Hageby abgegeben«, sagte Kaasa, als sie die Treppe hinunterstiegen. »Da war's auch die Mutter, die sie entgegengenommen hat.«

»Hast du eigentlich gesehen, was da auf dem Post-it-Zettel stand?«, fragte Sletten, nachdem sie sich wieder in den Wagen gesetzt hatten.

»Nein.«

»Genau das Gleiche wie auf diesem Pappschildchen bei Mossdal. ›Klopfen Sie noch mal an, vielleicht bin ich ja doch zu Hause.‹ Ich glaube, das ist ein Gedicht von Jan Erik Vold. Ist das jetzt Zufall, oder kennen sich Mossdal und Lillebøen?«

»Tja«, erwiderte Kaasa, »das Pappschildchen wurde übrigens von Mossdals Tür entfernt. Wir können ja heute Nacht mit Lillebøen reden. Wir kennen seine Route und wissen ungefähr, wann er wo ausliefert. Ganz schön hart, mitten in der Nacht aufzustehen, um dann bei jedem Wetter unterwegs zu sein. Mein ältester Sohn hat das auch fünf Jahre lang gemacht, und er hatte nicht mal ein Auto und ist mit einer Sackkarre herumgelaufen.«

»Was macht er jetzt?«

»Arbeitet in einer Speditionsfirma in Trondheim.«

»Er hatte also keine Lust, in die Fußstapfen seines Vaters zu treten?«

»Eine Zeitlang vielleicht, aber glücklicherweise konnte ich es ihm ausreden.«

Als sie in die Josefines Gate einbogen, kam ihnen ein roter Audi entgegen.

»Verdammt«, rief Kaasa. »Daniel Linde fährt so ein Auto. Hast du den Fahrer erkannt?«

Sletten schüttelte den Kopf und wendete. Sie folgten dem Wagen dichtauf, und Kaasa fragte Sletten, ob er sich an das Kennzeichen von Lindes Audi erinnern konnte.

»Fing auf jeden Fall mit KF an«, gab Sletten zurück und blickte angestrengt auf den Wagen direkt vor ihnen.

»Aber ich kann nicht sehen, was da vorn auf dem Schild steht.«

»KF«, sagte Kaasa und schaltete das Blaulicht ein.

Der Wagen fuhr kurz vor dem Bislettstadion an den mit Schnee überhäuften Straßenrand. Sie blieben direkt dahinter stehen. Kaasa stieg aus und griff nach seiner Taschenlampe.

Der Fahrer, es war eine Frau, kurbelte das Fenster ein Stück herunter. Verschreckt blickte sie zu ihm auf.

Noch jemand, dem ich einen Schrecken einjage, dachte Kaasa und fühlte sich unbehaglich. Er räusperte sich, sagte, es handele sich um eine Routinekontrolle, und bat um Führerschein und Wagenpapiere.

»Routinekontrolle?«, stammelte die Frau und hielt die Hand vor den Mund. Dann beugte sie sich zum Handschuhfach.

Nachdem Kaasa festgestellt hatte, dass alles in Ordnung war, wünschte er ihr eine gute Weiterfahrt.

Langsam ging er auf den Streifenwagen zu und dachte, dass er sich auf irgendeine Weise beruhigen müsste. Es gab viele Wagen dieses Typs auf den Straßen. Außerdem hatte Daniel Linde erst kürzlich seine Bankkarte in Göteborg benutzt.

Er drehte sich um und sah dem Audi nach, der die Thereses Gate hinauffuhr, und erst in diesem Moment wurde ihm klar, dass es aus dem Wageninnern nach Alkohol gerochen hatte. Er seufzte und dachte, dass ihm wohl gerade eine betrunkene Fahrerin begegnet war.

Als er sich in den Streifenwagen setzte, sagte Sletten, dass sie den Auftrag bekommen hatten, in die Snorres Gate zu fahren; eine verzweifelte alte Dame hatte angerufen, weil ihr Mann aus dem Bett gefallen war und sie es nicht schaffte, ihn wieder hineinzuheben.

»Klingt nach einem der angenehmsten Aufträge, die wir bekommen können«, fuhr Sletten fort. »Aber wenn wir die Besoffenen und das Gemecker der Leute erst richtig leid sind, ist das Beste wohl ein Besuch im Kindergarten.«

»Vielleicht.«

»Doch, ganz bestimmt, denn treuere Fans findet man wohl kaum.«

23

Als Kaasa und Sletten ankamen, leuchteten die Augen der Frau in der Snorres Gate auf, und bevor sie wieder gehen mussten, wechselte Sletten dem Mann noch die Windeln. Die Frau bestand darauf, ihnen eine Flasche Cognac mitzugeben, doch sie lehnten höflich ab.

»Welchen Sinn hat das?«, hatte der Mann gestöhnt. Obwohl die Frau versuchte, ihn zu beruhigen, hatte er es in ihrer Anwesenheit die ganze Zeit wiederholt.

Der Funkverkehr war ruhig. Kaasa freute sich auf das Schichtende. Wenn er noch eine Extrarunde durch den Frognerpark drehte, das wusste er, dann wäre Ingvill bei seiner Rückkehr schon zur Arbeit gegangen. Wenn er dann Simen aufweckte und ihm das Frühstück machte, könnte er sich danach endlich ins Bett legen. Er spürte, dass die Nachtschichten allmählich an seiner Gesundheit zehrten. Doch im Augenblick sah er nur die Vorteile; er könnte ins Schlafzimmer gehen und sich in sein eigenes Bett legen.

»Tja, der Sinn«, sagte Sletten und seufzte. »Vielleicht wurde das Leben erst dann kompliziert, als wir zu Menschen wurden. Nachdem wir aus den Fluten an Land gekrochen kamen, war das Motto immer ganz einfach: Eat, survive and reproduce, um es mal auf Englisch zu sagen, da klingt es irgendwie prägnanter. Doch dann tauchte der Mensch auf und fragte sich: What's all about? Und da fingen die Probleme erst eigentlich an.«

Kaasa blickte auf die Uhr und stellte fest, dass es an der Zeit war, in den Tuengveien zu fahren, um mit Jack Lillebøen zu sprechen.

Am Volvat-Krankenhaus entdeckten sie zwei Männer, die ein paar Zeitungsbündel über den Schneewall warfen. Kaasa bat Sletten, anzuhalten. Er ließ die Fensterscheibe herunter und fragte, was die beiden dort trieben.

»Schwarzarbeiten«, erwiderte der größere Mann und grinste.

Kaasa stieg aus dem Wagen und wollte wissen, worin denn die Arbeit bestand.

Die beiden fingen an zu lachen.

»Aber lieber Onkel Polizist, haben Sie denn keinen Humor?«, fragte der Kleinere und richtete den Kragen seines langen Mantels. »Jetzt benutzen Sie mal Ihre Phantasie und stellen sich das erstaunte Gesicht dieses Boten vor, wenn er hierherkommt und kein einziges Zeitungsbündel vorfindet.«

Er stieß seinen Kumpel an, der dastand und nickte.

»Ja, es dauert bestimmt einige Minuten, bevor er endlich seine Zeitungen hier wiederfindet.«

Kaasa dachte daran, wie genervt Karsten nach einer Weile von diesem Job geworden war. Er selbst war sogar ein paarmal eingesprungen.

»Legen Sie die Zeitungen zurück«, sagte er.

»Was?!«, fragten sie wie aus einem Mund.

Kaasa wiederholte den Satz mit deutlicher Betonung auf jeder Silbe.

»Nein, also wissen Sie, wir kommen direkt von einer Party, und mit diesen Schuhen können wir nicht durch den Matsch da vorn laufen«, sagte der Größere.

»Aber der Zeitungsbote kann das dann machen, ja?«

»Also wirklich, das ist typisch für dieses Land. Man darf nicht mal ein bisschen Spaß haben«, fuhr der Mann fort, und als Sletten aus dem Wagen stieg, rief er: »Oh, Verstärkung! Hilfe! Man könnte meinen, wir sind ein paar schäbige Diebe.«

»Ich habe in der Tat mehr Respekt vor einem Drogensüchtigen, der einen Einbruch begeht, denn der macht es zumindest nicht, um sich auf Kosten anderer zu amüsieren«, entgegnete Kaasa.

Die beiden sahen ihn mit halboffenem Mund an.

Kaasa wiederholte zum dritten Mal, dass sie die Zeitungen zurücklegen sollten.

»Nun, wir können ja ein Geschäft machen. Wir legen die albernen Zeitungen zurück, und Sie fahren uns schön nach Hause. Was meinen Sie? Dann bekommen wir immerhin ein *bisschen* für unsere Steuergelder zurück.«

»Vergessen Sie's. Und muss ich es jetzt noch mal sagen?«

Der Kleinere machte ein paar Schritte auf Kaasa zu, zog sein Handy aus der Tasche und hielt es vor Kaasa.

»Ich hab mir immer schon was gewünscht, womit ich meine Kinder erschrecken kann, wenn sie sich nicht benehmen«, sagte er, »und jetzt hab ich endlich was gefunden – ein Bild von einem hässlichen und wütenden Polizisten.«

Kaasa gab dem Mann mit der flachen Hand eine Ohrfeige

und sah das Handy durch die Luft fliegen. Noch bevor es im Schneehaufen gleich hinter ihnen landete, wurde ihm klar, dass dies das Dümmste war, was er in seiner Dienstzeit je gemacht hatte.

Der junge Mann zog seinen Handschuh aus, strich sich über das Kinn und setzte ein schiefes Grinsen auf.

»Zufälligerweise bin ich Anwalt«, sagte er. »So etwas nennt man wohl Missbrauch von Polizeigewalt. Ich werde dafür sorgen, dass Sie sich einen neuen Job suchen können. Zum Glück habe ich Zeugen.«

Er trat ein paar Schritte zur Seite, hob das Handy auf und sagte etwas über Schadensersatz. Dann richtete er seinen Blick auf Sletten.

»Auch wenn unser Rechtsprofessor seinerzeit darauf hinwies, dass man Zeugen von der Polizei nicht unbedingt trauen könne, so will ich doch annehmen, dass sie in einem Gerichtssaal meist die Wahrheit sagen.«

Er nahm einen Kugelschreiber aus der Jackentasche und richtete seinen Blick auf Kaasas Dienstnummer, die auf einem an seiner Jacke befestigten Schild stand. Dann fummelte er an seiner Brille herum und notierte Slettens Dienstnummer.

»So«, sagte er, »Ihre Namen interessieren mich nicht. Außerdem erfahre ich die vor Gericht sowieso.«

Plötzlich hielt er eine Hand hoch, und ein Taxi, das aus dem Kreisverkehr gefahren kam, hielt blinkend auf sie zu.

»Verdammt«, sagte Sletten, nachdem sie die Zeitungsbündel schweigend zurückgelegt hatten und wieder im Wagen saßen. »Was soll ich jetzt sagen?«

»Du sagst nichts anderes, als was du gehört und gesehen hast.«
»Ja, natürlich.«

Im Neuschnee waren frische Wagenspuren zu sehen; vor den Postkästen im Tuengveien war der Schnee plattgetreten worden.
»Anscheinend sind wir zu spät«, sagte Kaasa. »Aber weit kann er nicht gekommen sein, vielleicht können wir ihn noch einholen?«
Die Wagenspuren führten den Charlotte Andersens Vei hinunter.
»Nein«, sagte Kaasa, als sie wieder zum Sørkedalsveien gekommen waren, »aber fahr mal zurück, ich glaube, ich habe auch bei Bergs Postkasten Spuren gesehen.«

»Das verstehe ich nicht«, sagte Kaasa und zog die Morgenausgabe der Aftenposten aus dem Postkasten.
»Jack Lillebøen weiß doch, dass Berg tot ist.«
»Nur eine Zeitung?«
»Ja, die Nachbarn gegenüber haben sich bereit erklärt, auf alles zu achten, was in den Postkasten gelegt wird. Falls Briefe kommen, sollen sie sich melden und Bescheid sagen. Jemand aus der Abteilung geht zwei- oder dreimal pro Woche vorbei und holt alles ab.«
»Vielleicht hat Lillebøen ja einen Stellvertreter«, sagte Sletten, »und niemand hat daran gedacht, das Abo zu kündigen. Dann wäre es doch ganz normal, dass die Zeitung in seinem Postkasten landet.«
Kaasa biss sich auf die Lippen und nickte.

»Aber es ist erst ein paar Stunden her, dass seine Mutter gesagt hat, er liege im Bett und schlafe und müsse bald zur Arbeit.«

Kaasa sah auf die Uhr und sagte, er würde eine Notiz schreiben und sie Haugen auf den Schreibtisch legen, bevor er nach Hause ging. Er gähnte.

»Ich sag jetzt Bescheid, dass wir zur Wache fahren und einen Bericht schreiben.«

Er griff nach dem Mikrofon und wollte die Meldung gerade an die Einsatzzentrale durchgeben, als der Funksprecher mit einer Einheit aus der Majorstua sprechen wollte, die über die Entführungsgeschichte aus Nordberg informiert war.

»Bravo-drei-eins«, antwortete Kaasa.

Der Funksprecher informierte sie, dass eine Frau bei der Polizei angerufen habe, nachdem sie über die Sache in der Zeitung gelesen hatte und nun sehr aufgeregt war. Er gab eine Telefonnummer durch, unter der sie zu erreichen war.

»Verstanden, wir sind gleich in der Wache und rufen von dort aus an.«

»Du verfluchte samische Fotze!«

Die schrille Stimme schallte durch den Korridor. Kaasa lief vor zum Arresttrakt und sah, dass Riitta gerade die Zellentür schloss.

Sie blickte Kaasa an, öffnete die Luke in der Tür und rief: »Ich *bin* keine samische Fotze, aber ich *habe* eine samische Fotze.«

Dann sagte sie etwas auf Samisch, bevor sie die Klappe mit einem Knall wieder zumachte. Einen Augenblick stand sie da und schüttelte den Kopf. Dann drehte sie sich zu Kaasa um und setzte ein schiefes Grinsen auf.

»Fast schade, dass du kein Samisch kannst.«

»Was hast du zu ihm gesagt?«

»Ach, nee …«, sagte sie zögernd, »aber wenn du versprichst, nichts zu verraten: Und diese samische Fotze ist so gut, dass sie für deinen ekligen kleinen Schneckenschwanz nur ein Traum bleiben kann.«

Sie holte tief Luft.

»Hab ich zu ihm gesagt.«

Kaasa spürte, dass ihm heiß wurde.

»Verstehe. Aber wo ist denn eigentlich dein Kollege?«

»Er hat einen akuten Diarrhö-Anfall bekommen und sitzt da vorn«, sagte sie und deutete auf die Toilette. »Aber ich bin schon allein klargekommen. War bloß so'n wildgewordener Besoffener, der sein Taxi nicht bezahlen konnte. Übrigens, kurz bevor wir hierherkamen, hat mich Henki Ivar Vormlie noch mal angerufen.«

»Ach ja?«

»Er sagte, dass dieser sogenannte Neger, der angeblich Stoff per Brief aus Thailand herschickt, womöglich gar kein Neger ist. Er wollte sich weiter um die Sache kümmern. Tja, das muss wohl der Extraschuss Sahne im Kakao gewesen sein, der das Ganze in Fahrt gebracht hat. Und es scheint, als ob die Drogenfahndung meine Hinweise zu schätzen weiß, denn im Mai wird dort eine Stelle frei, und der Chef hat mir geraten, mich zu bewerben.«

»Bestimmt gut für dich, aber schade für uns hier in der Division«, sagte Kaasa, schloss die Tür zum Arrestbereich und ging auf das Schreibzimmer zu.

»So, also ich hab jetzt mit Tomms Tante in Vikersund gesprochen«, sagte Kaasa, als Sletten hereinkam und sich setzte. »Ich hab leider keinen Grund gesehen, ihr zu verheimlichen, dass es so gekommen ist, wie sie befürchtet hat. Haugen hätte ihr in ein paar Stunden sicher dieselben Informationen gegeben. Sie hatte große Angst, dass Mossdal womöglich nicht mehr zu Bewusstsein kommt, sie hat viel davon gesprochen, aber sie hat so schnell geredet, dass ich auch nicht alles verstanden habe. Und als wir auf Tomm zu sprechen kamen, fing sie zu weinen an und konnte nur noch stammeln, dass sie nicht weiterreden könne. Ich hab allerdings keinen Grund gesehen, ihr zu erzählen, dass sich der Kerl, der Mossdal angefahren und den Jungen entführt hat, anscheinend jetzt in Göteborg aufhält. Ich schreibe noch eine Notiz für Haugen, dann soll er entscheiden, welche Informationen freigegeben werden.«

Kaasa blickte aus dem Fenster und stellte fest, dass es ein klarer Tag werden würde; mit einer Sonne, die sich wieder ein Stückchen höher über den Himmel bewegte.

»Welche Bekannte von Mossdal kennen *wir* eigentlich?«, fragte Sletten.

»Bo Vika«, erwiderte Kaasa. »Und der hat versucht, Arvid Pedersen zu entkommen. Er hat das damit begründet, dass er sich weigerte, ein Bußgeld wegen Wilderei zu bezahlen, und dann von der Polizei gesucht wurde, weil er seine Strafe absitzen sollte. Als Verdächtiger in der Berg-Sache ist er unter anderem wegen einer Schriftprobe und wegen Fingerabdrücken ausgeschieden, und ein verwendbares DNA-Profil gibt es vom Täter bisher nicht.«

Kaasa sah wieder auf die Uhr und wusste, dass Ingvill bereits zur Arbeit gegangen war, wenn er nach Hause kam. Er fühlte sich erleichtert und loggte sich im PC in den Dokumenten-Ordner ein.

»Vergiss nicht, dass die Morgenzeitung in Bergs Postkasten lag«, sagte Sletten.

24

Im Schlaf hörte er ein Geräusch. Er erwachte und lauschte. Er nahm ein fernes Dröhnen von einem Auto wahr, das unten in der Jakob Aalls Gate den Motor auf Touren brachte. Kaasa fokussierte seinen Blick auf die Digitaluhr auf dem Nachttisch und versuchte auszurechnen, wie lange er geschlafen hatte. Nach ein paar Sekunden der Konzentration kam er auf bald vier Stunden, dann wurde ihm klar, dass das Geräusch von einem Mobiltelefon stammte. Er ging ins Wohnzimmer und nahm das Handy vom Tisch. Er öffnete die Nachricht und sah, dass Haugen ihn bat, schnellstmöglich zurückzurufen.

Haugen nahm sofort ab.

»Ich hoffe, ich hab Sie nicht geweckt. Im Gegensatz zu mir sind Sie doch wohl so schlau und stellen Ihr Handy ab, wenn Sie schlafen wollen?«

»Ja, in der Regel schon. Aber was ist denn passiert?«

»Eine Frau hat aus Kopenhagen angerufen, sie hatte im Internet von der Entführung und dem Unfall gelesen. Sie erzählte, dass Mossdal und Tomm bei ihr im Kongleveien gewohnt haben, als das alles passiert ist.«

»Aber wieso hat Mossdal denn dort gewohnt?«

»Er hatte sie angerufen und gefragt, ob er und sein Sohn

eine Zeitlang in ihrer Einzimmerwohnung wohnen könnten. Er wusste, dass sie leer stand, da er zwischen den Jahren dort die Fußböden abgeschliffen hatte. Die beiden hatten sich bei einem Schreibkurs im letzten Herbst kennengelernt. Als Grund gab er an, dass die Nachbarwohnung im Åsaveien renoviert wurde und sein Sohn nicht richtig meditieren konnte, weil es zu viel Lärm gab. Er selbst habe auch Ruhe gebraucht, um sich auf ein Schreibprojekt zu konzentrieren. Die Frau hatte nichts dagegen einzuwenden. Praktisch gesehen, passte es ihr gut, da sie gerade kurz vor dem Aufbruch nach Kopenhagen stand, um dort eine Weile zu wohnen, und gerne wollte, dass jemand auf das Haus aufpasste. In erster Linie war sie natürlich wegen Mossdal und des Jungen beunruhigt, doch als ich ihr erzählte, dass Mossdal keinen Mantel getragen hatte und daher wahrscheinlich aus dem Haus gerannt war, machte sie sich Sorgen, weil die Tür nun nicht abgeschlossen war. Storvolden ist jetzt auf dem Weg dorthin, um das zu überprüfen. Die Frau erzählte außerdem, dass Mossdal ihr auffallend nervös vorgekommen sei. Also wahrscheinlich ist das mit dem ›Ruhebedürfnis‹ nur vorgeschoben, und ich glaube, dass er sich deswegen auch eine Weile in dieser Hütte in Krogskogen aufgehalten hat – ein Ort, den er allerdings schnell wieder verlassen hat. Gab es vielleicht jemanden, der inzwischen herausgefunden hatte, dass er sich dort aufhielt – jemanden, der das nicht wissen sollte? Der tragische Vorfall im Kongleveien bestätigt natürlich die Annahme, dass ihm irgendwer auf den Fersen war. Meine Schlussfolgerung ist, dass sich Mossdal in der Zeit nach Bergs Ermordung auf der Flucht befand, aber das war jetzt eigentlich nicht der Grund, weswegen ich um Ihren Rückruf gebeten habe. Die Polizei in Göteborg hat nämlich letzte Nacht das Auto von Daniel Linde observiert. Sie haben versucht, ihn anzuhalten, aber er konnte sich verdrücken. Das soll in einer Gegend mit vielen Bars und Restaurants passiert sein, die Frage ist also, ob er sich noch immer in dieser Gegend aufhält. Ich hatte gehofft, dass Sie vielleicht dort hinfahren und diese Orte überprüfen könnten, denn Sie haben ihn ja getroffen und wissen, wie er aussieht.«

Haugen wurde von einem anderen Telefonklingeln unterbrochen und bat um einen Augenblick Geduld.

Nach einer knappen Minute war er wieder am Apparat.

»Die thailändische Frau, mit der ich früher schon Kontakt hatte und mit der Sie letzte Nacht gesprochen haben«, erklärte Haugen, »also Tomms Tante. Sie hat gleich gefragt, wie es um Mossdal steht und ob es etwas Neues von dem Jungen gibt. Sie wollte, dass wir nach Vikersund kommen und mit ihr sprechen, aber dort gibt es doch auch Polizeibeamte. Ich werde da mal anrufen und mit denen reden, sobald sich das hier etwas beruhigt hat. Ach, was ich noch sagen wollte: Ich habe bereits mit Ihrem Divisonsleiter gesprochen und die Erlaubnis bekommen. Wenn Sie also nach Göteborg fahren, dann nehmen Sie Storvolden mit, sobald er aus dem Kongleveien zurück ist.«

Storvolden war schon zurückgekehrt, als Kaasa die Tür zu Haugens Büro öffnete.

»Im Kongleveien scheint also alles in Ordnung zu sein«, konstatierte Haugen.

Storvolden nickte.

»Aber es war trotzdem gut, dass ich da hingefahren bin. Die Tür war nämlich nicht abgeschlossen, der Schlüssel hing neben dem Sicherungskasten. Auf dem Rückweg bin ich noch mal im Åsaveien vorbeigefahren, um zu prüfen, ob die neue Versiegelung intakt ist«, sagte er und zog einen Brief aus der Jackentasche. »Das ist der Brief vom Touristenverband, den ich selbst geöffnet habe, als ich das letzte Mal dort war. Aber ich kann mich nicht erinnern, dass ich ihn in den Postkasten zurückgelegt habe.«

Haugen nahm den Kugelschreiber, der neben der Kaffeekanne lag, und drehte ihn zwischen den Fingern.

»Aber sehr wahrscheinlich haben Sie das getan, und vielleicht ist jemand in der Nähe gewesen und hat es gesehen. Vielleicht jemand, der das absolut nicht hätte sehen dürfen, und sich dann in Krokskogen Mossdal irgendwie zu erkennen gab. Das könnte zumindest erklären, wieso er seinen Aufenthalt dort abgebrochen hat.«

Er legte den Kugelschreiber beiseite.

»Übrigens ist Tina jetzt gerade bei Anne-Lise Lie. Zum vierten Mal, glaube ich. Sie hat anscheinend inzwischen Sympathie für die Dame entwickelt. Es kann ja auch gut sein, dass Anne-Lise Lie mit dem Mord an Berg direkt nichts zu tun hat, aber in Bezug auf dieses Geld vielleicht etwas zu redselig war.«

Haugen stand auf.

»Storvolden hat die Telefonnummer einer Kontaktperson bei der Polizei in Göteborg. Ich schlage also vor, dass Sie gleich losfahren.«

Er sah auf Storvoldens lange Beine hinunter.

»Leider habe ich keinen großen Wagen beschaffen können, Sie müssen sich also mit dem Corsa begnügen.«

Gerade als sie in den Kreisverkehr an der Wache einbogen, klingelte Storvoldens Handy.

»Okay«, sagte er, »dann fahren wir da hin.«

Er gab Gas, und der Wagen kam ins Schleudern. Mit ruhiger Hand bekam Storvolden ihn wieder unter Kontrolle und fuhr auf die linke Spur.

»Ich möchte dich ja nicht enttäuschen«, sagte er, »aber aus Göteborg wird nichts. Statt dreihundert Kilometer nur ein paar hundert Meter. Während Tina bei Anne-Lise in der Ole Vigs Gate war, ist Daniel Linde dort aufgetaucht. Er hat sich verdrückt, als er Tina gesehen hat. Sie ist ihm nachgelaufen, aber gleich nachdem er um die Ecke der Sorgenfrigata rannte, war er verschwunden.«

Kaasa wollte eben die Meldung durchgeben, verstand aber, dass Haugen bereits mit der Zentrale gesprochen hatte, als die Funksprecherin die Neuigkeiten verkündete, und nach einer kurzen Personenbeschreibung von Daniel Linde alle Patrouillen in der Gegend bat, an der Suche teilzunehmen.

Die Ampel an der Majorstua-Kreuzung sprang auf Gelb und wechselte zu Rot, als sie zwei Wagenlängen entfernt waren. Storvolden fluchte und gab Gas. Eine ältere Dame war bereits zwei Meter auf den Fußgängerübergang im Bogstadveien hinausgetreten, und Storvolden fuhr in einem kleinen Bogen um sie herum. Im Spiegel sah Kaasa, dass sie ihnen mit erhobenem Stock drohte.

In der Jacob Aalls Gate stießen sie auf zwei Streifenwagen

mit eingeschaltetem Blaulicht und entdeckten Tina, die die Sorgenfrigata entlanggelaufen kam. Storvolden lenkte den Wagen an den Straßenrand. Tina hatte keine Jacke an und rieb sich die Arme, als sie sich zu ihnen in den Wagen vorbeugte.

»Mist, ich war schon so nah dran«, sagte sie und trat gegen einen Schneeklumpen, »doch dann bin ich über einen Eisbuckel gestolpert und hingefallen.«

Eine Hundepatrouille kam vorbeigefahren, und Tina atmete zweimal tief durch.

»Aber sein Auto steht draußen in der Ole Vigs Gate. Ob er sich wohl zurückschleicht und abzuhauen versucht?«

»Wir fahren gleich hin und beobachten ihn«, erwiderte Storvolden. »Aber jetzt spring erst mal rein, bevor du dir den Hintern abfrierst. Im Moment sind hier genügend Leute zum Suchen.«

»Solange ich mich bewege, ist es in Ordnung«, sagte sie und begann auf der Stelle herumzutrippeln. »Ich dreh noch mal 'ne Runde und sehe mich um. Wir treffen uns dann an seinem Wagen.«

Storvolden und Kaasa hielten direkt hinter Daniel Lindes Auto. »Wir sehen am besten mal nach«, sagte Storvolden und öffnete die Tür.

Kaasa kam hinterher.

»Der Wagen ist abgeschlossen.«

Zwei leere Colaflaschen und eine halbvolle Tüte Kartoffelchips lagen auf dem Rücksitz.

Kaasa klopfte mit der Faust auf den Kofferraumdeckel. »Hallo«, sagte er und horchte einen Moment lang. Dann sah er Storvolden an. »Wir müssen das hier überprüfen.«

Storvolden nickte und erwiderte, dass sie vielleicht ein paar Minuten warten könnten.

Kaasa drückte sein Ohr auf den Kofferraumdeckel und rief noch einmal »Hallo«. Er klopfte mit zwei Fingern, hörte jedoch nur das Rauschen in seinem rechten Ohr.

»Hoffentlich kriegen wir ihn bald, dann kann er hier selbst aufschließen«, sagte Storvolden.

Tina kam um die Ecke der Schultz Gate und lief ruhig auf sie zu.

»Er ist einfach verschwunden, aber irgendwo hier in der Nähe muss er doch sein. Ich geh noch mal hoch und erkundige mich, welchen Kommentar die Dame zu dieser Flucht hier abgeben möchte. Und ihr müsst irgendwie das Auto überprüfen.«

Storvolden griff zum Funkgerät und fragte nach, ob eine der an der Suche beteiligten Einheiten in der Ole Viks Gate Neuigkeiten über den Verschwundenen hatte. Als er nach ein paar Sekunden des Wartens keine Antwort erhielt, bat er eine Einheit von der Hundepatrouille, zu ihnen zu kommen.

Der Fahrer von Victor-drei-eins nahm einen Notfallhammer und schlug damit auf das Seitenfenster des Audi. Nichts passierte. Er versuchte es erneut – härter dieses Mal. Das Fenster verwandelte sich in Hunderte kleine Glasstückchen, und gab nach. Das klirrende Geräusch ließ Kaasa an Wasser denken, das über Nacht zugefroren war und wieder aufbrach. Der Kollege entriegelte die Tür von innen, öffnete sie und zog an dem kleinen Hebel am Fahrersitz.

»Jetzt könnt ihr hinten aufmachen«, sagte er.

Kaasa nickte Storvolden zu und hob den Kofferraumdeckel vorsichtig an. Er sah etwas, das in eine rotkarierte Decke eingewickelt war. Kaasas Hals zog sich zusammen, und zögernd strich er mit der Hand über die Decke. Er spürte etwas Hartes, hob einen Zipfel der Decke an, und irgendein Apparat kam zum Vorschein. Er zog die Decke weg und kam zu dem Schluss, dass es sich wohl um eine Schleifmaschine handelte. Mossdal hatte Daniel Linde beigebracht, wie man Fußböden abschliff. Er entdeckte, dass gleich neben der Maschine irgendetwas ausgelaufen war, strich schnell mit dem Finger darüber und sah, dass es eingetrocknet war. Hoffentlich war es Öl.

»Dann versuchen wir's mal mit dem Hund«, sagte der andere Beamte von der Victor-Patrouille und öffnete den Transportkäfig. Er befestigte eine Leine am Halsband des Schäferhunds und ließ ihn in den Wagen hineinschnüffeln.

»Das sollte reichen«, sagte er nach einer knappen Minute und zog an der Leine. »Ja, such den Mann.«

»Ich werde veranlassen, dass der Wagen abgeschleppt wird«, sagte Kaasa und sah dem Hund nach, der mit den Beamten im Schlepptau eifrig den Bürgersteig abschnüffelte.

25

Vikersundbakken«, sagte Sletten und zeigte aus dem Autofenster. »Da vorn gibt es ganz schön viele Sprungschanzen. Sind das jetzt zusammen drei oder vier? Auf der kleinsten bin ich als Junge übrigens mal ordentlich gestürzt.«

Kaasa sah schräg nach rechts und entdeckte auf der anderen Seite des vereisten Sees die über den Höhenrücken verteilten, dicht nebeneinanderliegenden Sprungschanzen. Die größte, eine Skiflugschanze, grenzte die Anlage nach Süden ab.

»Mein Vater hat dort in den sechziger Jahren zwei Weltrekorde miterlebt. Erst Bjørn Wirkola mit 146 Metern, und dann ist Reinhold Bachler 154 Meter weit gesprungen. Na, du bist ja alt genug, dass du dich vielleicht daran erinnern kannst?«

Kaasa erwiderte, er sei sich nicht sicher. Er spürte eine Anspannung in der Magengegend; Thi Dal hatte Haugen zum zweiten Mal angerufen und gefragt, ob nicht jemand, der mit Tomms Verschwinden beschäftigt war, vorbeikommen und mit ihr reden könne. Da nun nichts aus der Tour nach Göteborg geworden war, hatte Kaasa sich bereit erklärt.

»Gut, dass du mich angerufen hast«, sagte Sletten und bog in die Vikersundgata ein, »denn das ist wirklich besser, als in einer Vorlesung zu sitzen. Vikersund im Winterkleid, herrlich.«

Langsam fuhren sie an einer Art Strandpromenade entlang; ein Güterzug ratterte vorbei, und die Straße führte weiter über eine schmale Brücke.

»Die Sandgata geht hier rechts hoch«, sagte Kaasa.

Thi Dal füllte Tee in die Tassen und schob ihnen eine Platte mit Brötchen zu.

»Es passieren so viele schreckliche Dinge«, sagte sie, stellte die Teekanne auf den Tisch und setzte sich den beiden Polizisten gegenüber. »Und jetzt passieren sie die ganze Zeit. Ich glaube, dass vielleicht eine schreckliche Sache mit der anderen zusammenhängt. Und Tomm sollte jetzt doch bei mir sein, ich habe keine Kinder. Wenn es ihm hier gefallen und er die Erlaubnis der norwegischen Behörden bekommen hätte, dann hätte er hier vielleicht dauerhaft wohnen können. Ich habe mich so darauf gefreut, und Albert dachte auch, es sei eine gute Idee. Tomm ist sehr klug, und ich hätte ihm Norwegisch beibringen können.«

Mit ihrer schmalen, sehnigen Hand rieb sie über ihre verweinten Augen.

»Ich hab im Radio gehört, dass Sie bei der Polizei wissen, wer Tomm entführt hat.«

»Wir sind nicht ganz sicher«, erwiderte Kaasa, »aber wir verdächtigen eine bestimmte Person.«

»Wie heißt er?«

»Das können wir leider nicht sagen, noch nicht, aber wenn

es uns nicht gelingt, ihn im Laufe von ein oder zwei Tagen zu schnappen – oder er sich nicht selbst meldet –, wird sein Name sicherlich veröffentlicht.«

»Und was bedeutet das?«

»Dass sein Name und sein Bild in den Zeitungen erscheinen.«

»Wohnt er hier?«

Sletten fragte, ob sie damit Vikersund meinte.

Sie nickte.

»Nein, das wohl nicht. Aber haben Sie irgendeine Vermutung, warum Albert Mossdal angefahren und Tomm entführt wurde?«

»Ich glaube, Albert weiß ganz viel«, entgegnete sie, »und dass er jemanden kennt, der sehr böse war.«

»Böse zu wem?«, fragte Kaasa.

Sie schluckte hart und schüttelte den Kopf.

»Ib Berg?«

»Wer?«

»Haben Sie etwas von einem Mord an jemandem gehört, der in Oslo wohnte und Ib Berg hieß?«

»Ja, ich glaube … da war einiges im Fernsehen, aber ich kann mich nicht so genau erinnern.«

Kaasa erwiderte Slettens Blick und seufzte. Er trank einen Schluck von dem Tee, der immer noch warm war.

»Aber Sie wissen, *wer* böse gewesen ist?«

»Vielleicht weiß ich es.«

Sie kniff die Augen zusammen, doch die Tränen bahnten sich ihren Weg und liefen ihr über die glatten Wangen. Aus ihrer weit geschnittenen Jeans zog sie ein Taschentuch.

»Meine Schwester«, sagte sie und räusperte sich, »gestern vor einem Jahr ist sie gestorben.«

Kaasa nickte unmerklich. »Das tut uns leid. Albert Mossdal hat uns von dem traurigen Geschehnis berichtet. Aber wissen Sie, wieso sie sich das Leben genommen hat?«

»Ich glaube ..., ich glaube, dass es gar nicht so war, sondern dass jemand anderes ihr das angetan hat.«

»Aber sie soll doch von einer Brücke gesprungen sein. Wo ist denn diese Brücke?«

»Da unten«, sagte sie und zeigte aus dem Wohnzimmerfenster.

»Hier in Vikersund?«

»Ja, die Brücke, die da rüberführt, nach Tangen.«

»Ist das passiert, als sie hier zu Besuch war?«

»Nein, sie wohnte hier.«

»Aber hat sie denn nicht mit ihrem Mann zusammengewohnt, Bo Vika?«

»Doch ja, er wohnt auch hier.«

Kaasa drehte sich zu seinem Kollegen.

»Ich bin doch mit den Stiefeln zu ihm nach Ullevål Hageby gefahren. Das hab ich dir doch erzählt, oder? Es war zwar seine Mutter, die sie entgegengenommen hat, aber er ist nur unter dieser Adresse angemeldet.«

Sletten nickte bestätigend.

Vorsichtig nahm Kaasa einen Schluck Tee und fragte, was ihrer Meinung nach mit ihrer Schwester passiert war.

»Ich glaube, dass jemand etwas gemacht hat, damit sie von der Brücke fiel.«

»Aber wenn Albert Mossdal das weiß, wieso erzählt er es uns dann nicht?«

»Weil er große Angst hat, so wie ich.«

»Aber wenn Sie es wissen, können Sie es uns denn jetzt nicht erzählen?«

»Ja, ich glaube schon«, sagte sie und versuchte, den Rücken durchzustrecken. »Meine Schwester kam zu mir und sagte, dass sie schwanger sei und sich sehr darüber freue, da sie sich seit langem ein Kind wünschte. Aber sie war auch sehr niedergeschlagen.«

»Weshalb?«

»Weil ihr Mann Sachen aus Thailand herschickte, die nicht gut waren. Sie wollte nicht, dass der Vater ihres Kindes so etwas machte.«

»Drogen?«

Sie nickte. »Meine Schwester war wütend auf ihren Mann und sagte, wenn er nicht damit aufhörte, würde sie es der Polizei erzählen. Sie wusste auch, an wen er die Sachen hier in Norwegen schickte.«

»Sie meinen also, dass Bo Vika Drogen aus Thailand an eine bestimmte Person hier in Norwegen geschickt hat?«

»Ja.«

»Hat sie Ihnen erzählt, wer diese Person war?«

»Nein, denn am Tag danach war sie tot, und ihr Mann sagte, sie sei von der Brücke gesprungen, weil sie wegen des kalten Winters hier völlig deprimiert gewesen wäre. Ich wollte zur Polizei gehen, habe aber zuerst mit meinem Mann gesprochen, und er meinte, ich sollte warten. Er hatte große Angst, dass, wenn ich zur Polizei ginge, jemand kommen und mir etwas antun könnte. Er sagte, was auch immer ich täte, es würde mir Paveena nicht zurückbringen.«

»Also befürchteten Sie, dass vielleicht Bo Vika kommen und Ihnen etwas antun würde?«

Ihre Lippen fingen an zu zittern.

»Alles war so schwierig, denn mein Mann konnte nicht auf mich aufpassen, weil er draußen auf der Ölbohrinsel war.«

Sie zitterte am ganzen Körper und stammelte nur, es fiele ihr schwer, weiterzureden.

Nachdem sie sich ein wenig beruhigt hatte, fragte Sletten, ob sie von einem Mann namens Daniel Linde gehört hätte.

Sie schüttelte den Kopf.

»Aber hören Sie zu«, sagte er und versuchte, ihren Blick einzufangen. »Das wichtigste für uns alle ist jetzt, Tomm zu finden, und deshalb bitte ich Sie, uns alles zu erzählen, was Sie wissen.«

»Bo weiß etwas. Vielleicht nicht, wer böse Dinge getan hat, aber er weiß etwas. Und ich weiß von Freunden aus Thailand, dass er immer noch Sachen herschickt. Albert weiß es auch, aber ich glaube, er will es nicht wissen. Albert hasst Drogen, denn er hatte einen Bruder, der daran gestorben ist. Bo weiß das, und ich glaube, dass er jetzt Angst davor hat, dass Albert mit der Polizei spricht. Und jetzt hat jemand Albert überfahren und Tomm entführt.«

»Kann es sein, dass geplant war, Tomm zu entführen, um Alberts Schweigen zu erzwingen?«, fragte Sletten.

»Weiß nicht«, erwiderte sie und deutete auf die Platte mit Brötchen. »Sie müssen essen.«

Sletten nahm ein Brötchen und biss hinein.

»Ich habe einen Vorschlag«, sagte er. »Wir rufen die hiesige Polizeidienststelle an, erzählen, dass wir hier bei Ihnen sind, und fragen, ob wir zu denen kommen und über den Tod Ihrer Schwester sprechen können.«

»Aber die glauben doch, dass sie gestorben ist, weil sie es selbst wollte.«

»Ja, und da Sie denen nicht erzählt haben, was Sie uns gerade gesagt haben, ist das nicht weiter verwunderlich.«

»Aber … ich habe Angst, und mein Mann ist jetzt nicht zu Hause. Er kommt in zwei Wochen, und dann wollen wir nach Thailand fahren und vier Wochen bleiben.«

»Sie möchten also, dass wir erst mit denen reden, wenn Sie nach Thailand gefahren sind?«

»Ja, und wenn Sie nicht … wenn Sie Tomm nicht finden, bleibe ich vielleicht ziemlich lange dort.«

Sie schloss die Augen und hielt sich die Hand vor den Mund.

26

Eine ziemlich delikate Situation«, sagte Sletten und startete den Wagen. »Aber wir müssen unser Versprechen halten und die Polizei in Vikersund bis auf weiteres raushalten. Die Glücklichen haben ja noch keine Ahnung, dass sie in einer Woche einen alten Selbstmordfall wieder hervorkramen und als mögliche Mordsache neu aufrollen müssen.«

Kaasa blickte zu dem kleinen roten Haus hinter den schneebeladenen Ästen hinüber, wo Thi Dal mit ihrem Mann wohnte. Er fand, dass der Anblick ein schönes Motiv für eine Weihnachtskarte sein könnte, und klappte die Sonnenblende herunter.

»Ist das möglich? Bo Vika wohnt also auch hier und schickt Drogen aus Thailand? Sein einziger Eintrag im Strafregister stammt von dieser Wilderei in der Nordmarka. So ein Mist, wir haben eine heiße Sache für die Drogenfahndung und vielleicht einen Mord für die hiesige Polizei, aber in der Berg-Sache kommen wir keinen Schritt weiter.«

»Jetzt ist immerhin klar, warum Mossdal sich bedroht fühlte: Der Drogenhandel und seine Kenntnis von dem angeblichen Mord an This Schwester. Aber ich verstehe nicht, wie Daniel Linde hier ins Bild kommt, er ist doch derjenige, der auf der Flucht ist.«

»Es ist ja nicht unwahrscheinlich, dass Linde und Vika einander kennen, beide haben schließlich für Mossdal gearbeitet. Und alles deutet darauf hin, dass es nur geplant war, Tomm zu entführen. Er sagte ja am Telefon, dass er draußen gewesen sei, um sich diese Eiszapfen anzusehen, als es passierte. Mossdal hatte keinen Mantel an, wahrscheinlich hat er das Ganze von einem Fenster aus beobachtet und ist hinausgelaufen. Und als Daniel Linde ihn gesehen hat, hat er Panik bekommen, weil er fürchtete, erkannt zu werden, und hat dann Mossdal überfahren, um ihn zu töten.«

Sletten bog in eine kleine Straße ein und hielt den Wagen an.

»Aber noch immer gibt es eine Menge unbeantworteter Fragen«, sagte er. »Wie, zum Beispiel, konnte jemand wissen, dass Mossdal und Tomm sich in dieses Häuschen in Krogskogen geflüchtet hatten?«

»Storvolden meinte, er könnte vielleicht den Brief vom Touristenverband in Mossdals Postkasten vergessen haben, und daraus ging ja hervor, wo er sich aufhielt. Einiges deutet auf jeden Fall darauf hin, dass jemand dort im Wald gewesen ist und sich zu erkennen gegeben hat, denn Mossdal ist ja früher von dort aufgebrochen, als er uns gesagt hat.«

»Aber was machen wir jetzt? Haugen anrufen?«

»Tja, es wird ihn ganz schön runterziehen, wenn er erfährt, dass Daniel Lindes Flucht wohl mit der Berg-Sache nichts zu tun hat und dass es hier in der Stadt einen ganz anderen Mordfall aufzuklären gilt, plus diese Drogengeschichte. Vielleicht sollten wir das alles erst mit ihm besprechen, wenn wir zurück sind. Aber abgesehen von der Aufklärung oder Nichtaufklärung der Mordsache, das Wichtigste ist jetzt, den Jungen zu finden. Gibt es irgendwas, dass wir hier und jetzt tun können?«

»Ja«, erwiderte Sletten, »wir fahren zu Bo Vika.«

»Aber dann brechen wir unser Versprechen, denn Thi war sich sicher, dass er kapieren würde, wer die Informationen weitergegeben hat, wenn wir jetzt Kontakt zu ihm aufnehmen.«

»Ja, aber wir können mal vorbeifahren und ein bisschen rumschnüffeln. Vielleicht entdecken wir etwas Interessantes. Überleg doch mal: Was wäre, wenn Tomm jetzt bei Bo Vika ist. Angesichts unserer Informationen ist das ja nicht *so* unwahrscheinlich.«

»In Ordnung, aber wir müssen vorsichtig sein. Was hat Thi noch mal gesagt – ein kleiner Hof fast genau unterhalb des Vikersundbakken, und an einer Aluminiumgarage von der Landstraße abbiegen und dann ungefähr hundert Meter weiter.«

Sletten setzte den Blinker. Langsam fuhren sie durch das Zentrum von Vikersund, was eine knappe Minute in Anspruch nahm. Dann führte die Straße auf eine Brücke zu.

»Das ist wohl die Brücke, die sie meinte.«

»Ja, bestimmt nicht schwierig, eine zart gebaute Person über *dieses* Geländer da zu werfen«, sagte Kaasa, als sie in der Mitte der Brücke angelangt waren. Der Fluss unter ihnen war still und dunkel – wie Öl.

Nach ein paar Minuten Fahrt durch dichten, schneeverhangenen Wald zu beiden Seiten der Straße, öffnete sich die Landschaft, und auf einer Anhöhe zur Linken sahen sie eine Kirche. Gleich daneben ruhte still und majestätisch die große Skiflugschanze des Vikersundbakken, die kleineren Sprungschanzen lagen wie folgsame Kinder dicht nebeneinander.

Die Aluminiumgarage ragte gerade noch ein Stückchen aus einem Schneehügel heraus. Sletten blinkte und lenkte den Corsa auf den freigeschaufelten Platz gleich davor. Sie schauten zu dem kleinen Hof hinauf – ein weißgestrichenes Wohnhaus mit einem kleineren Haus gleich dahinter, und eine verwitterte Scheune.

Kaasa wischte mit dem Ärmel über die Frontscheibe und sah zu dem braunen Postkasten an der Garage; er fokussierte seinen Blick auf das Namensschild, las ›Reiulf Vika‹ und verspürte eine wachsende Beunruhigung.

»Überall Schneeverwehungen.« Sletten seufzte. »Von hier aus kann man den Hof unmöglich beobachten.«

»Wonach suchen wir eigentlich?«, fragte Kaasa und bereute schon, dass sie hierhergefahren waren.

»Gute Frage. Wohl nicht sehr wahrscheinlich, dass Vika und Tomm da oben im Schnee spielen. Wollen wir aussteigen und uns Übersicht verschaffen, oder bleiben wir lieber im Auto?«

Nach einiger Diskussion einigten sie sich, den Weg ein Stückchen hinauf bis zu einer Art Ausweichstelle zu fahren; von dort aus wäre ein eventueller Rückzug leichter zu bewerkstelligen.

Der Weg war schlecht geräumt, und ein paar Meter oberhalb der Garage blieb der Wagen stecken.

»Mist!«, rief Sletten, »aber es sieht doch so aus, als sei hier vor kurzem ein Wagen entlanggefahren.«

Er legte den Rückwärtsgang ein, ließ vorsichtig die Kupplung kommen, und der Wagen bewegte sich ein Stückchen zurück. Dann blieb er wieder stecken, und die Räder drehten durch.

»Nein, verflucht!«, brüllte Sletten und schlug sich mit der Handwurzel an die Stirn.

»Ich geh raus und schiebe«, sagte Kaasa und öffnete die Tür, »wir verziehen uns am besten so schnell wie möglich wieder nach unten.«

Als er die Hände auf die Motorhaube legen wollte, sah er einen großen dunklen Wagen vom Hof oben herunterkommen. Kaasa stockte der Atem. Der Wagen fuhr langsam auf sie zu, und Kaasa erkannte, dass es ein Großraumtaxi war.

Er gab Sletten ein Zeichen, Vollgas zu geben, und drückte sich mit seinem ganzen Gewicht gegen den Corsa. Er fluchte und schob, doch das Auto blieb mit rotierenden Reifen stehen und grub sich tiefer in den Schnee hinein. Er wandte den Kopf und sah, dass der Wagen näher gekommen war. Er wusste nicht, was er machen sollte. Er fing Slettens verzweifelten Blick hinter der Frontscheibe auf und verspürte plötzlich den Impuls, zu verschwinden – sich hinter das Auto zu werfen und den Weg hinunterzulaufen, zu laufen und zu verschwinden.

Als der Wagen direkt oberhalb von ihnen anhielt, holte Kaasa tief Luft und richtete sich auf. Er versuchte, ruhig zu atmen.

Der Fahrer öffnete die Tür und kam heraus.

»Hier brauchen Sie wohl Allradantrieb, klarer Fall«, sagte er und grinste. »Bo ist gerade im Schafstall, aber Reiulf sitzt in seiner Stube und schnitzt. Ich weiß ja nicht, mit wem Sie sprechen wollen.«

Kaasa bemerkte, dass eine Frau auf dem Beifahrersitz saß, und glaubte, ein paar Kinder auf der Rückbank zu sehen. Er schluckte und sagte, dass sie sich wohl verfahren hätten.

»Wir wollten uns den Vikersundbakken anschauen«, sagte Sletten, während er aus dem Corsa stieg.

»Da haben Sie sich etwas vertan«, erwiderte der Fahrer, »aber wir kriegen Sie schon wieder runter auf die Straße, und da vorn gibt's dann auch ein Hinweisschild.«

»Schön«, sagte Sletten.

»Versuchen Sie's noch mal«, sagte der Fahrer und legte seine kräftigen Hände auf die Motorhaube.

Kaasa stellte sich neben ihn und hörte, wie die Schiebetür des Taxis geöffnet wurde. Er drehte sich um und sah die Kinder in ihrer Freizeitkluft aus dem Wagen strömen.

»Schieben, schieben«, riefen sie im Chor und stritten darum, ihre kleinen Hände auf die Motorhaube zu legen.

»Passt auf, dass ihr den Männern nicht im Weg steht«, rief die blonde Frau im roten Overall, als sie aus dem Wagen kam.

»Schon gut«, erwiderte der Fahrer, »zusammen schaffen wir das bestimmt.«

Es gelang ihnen, den Corsa ein Stück vor und zurück zu bewegen, bis er schließlich freikam.

Kaasa richtete sich auf und entdeckte, dass ein Mann vom Hof her auf sie zulief. Er sah zu Sletten, der sich auf seinem

Sitz zurückgelehnt hatte. Der Mann lief schneller, er hatte den Kragen seiner Windjacke hochgestellt, seine blonden, halblangen Haare wehten im Schneegestöber. Kaasa erkannte, dass es Bo Vika war. Einen Augenblick blieb er ratlos stehen, dann schlitterte er auf den Corsa zu, klopfte an die Scheibe und zeigte in die Richtung, begriff aber im selben Moment, dass Sletten nichts sehen konnte, weil ihm der andere Wagen die Sicht nahm.

»Er kommt«, versuchte es Kaasa trotzdem.

»Ja, jetzt geht es gut«, sagte Sletten und schaute zu ihm heraus.

Kaasa bedeutete ihm, die Scheibe runterzukurbeln.

»Ich meine Vika, er kommt da entlanggelaufen.«

Er wollte die Tür öffnen und ins Auto springen, doch der Weg war zu schmal.

»Sieh zu, dass du verschwindest, ich komm schon wieder da runter.«

Mit den lachenden Kindern im Schlepptau lief Kaasa hinter dem Auto her.

Eifrig darum bemüht, schnell wegzukommen, verlor Sletten die Kontrolle über den Corsa; das linke Hinterad rutschte über den aufgehäuften Schnee am Wegrand, und der Wagen steckte wieder fest.

»Das müssen wir wohl ganz ruhig angehen«, sagte der Taxifahrer und kam ihnen hinterhergeschlittert.

Kaasa lief hinter den Wagen und versuchte, den Schnee wegzutreten. Er bemerkte, dass Bo Vika sie eingeholt hatte und ebenfalls die Hände auf die Motorhaube legte. Der Wagen kam frei, und Sletten ließ ihn vorsichtig zurückrollen.

»Das habt ihr *so* toll gemacht«, sagte die Frau und klatschte in die Hände. »Aber jetzt müsst ihr euch wieder hinsetzen. Denkt dran: Er hat uns versprochen, dass wir ihn im April wieder besuchen können, wenn die kleinen Lämmer geboren werden.«

»Die Leute haben sich verfahren«, sagte der Taxifahrer zu Bo Vika und streckte sich. »Sie wollten zu den Skischanzen.«

Kaasa fing Vikas Blick auf und wusste, dass er ihn erkannt hatte.

Er dachte an Thi; im Vertrauen darauf, dass sie ihn nicht aufsuchten – noch nicht –, hatte sie ihnen verraten, wo Vika wohnte.

Vika sah Kaasa an und nickte schwach.

»Ja, hier kann man sich leicht verfahren.«

Kaasa überlegte, sich einfach neben Sletten in den Wagen zu setzen und ihn zum Abfahren aufzufordern. Er ging einen Schritt auf den Wagen zu, blieb aber stehen, als Sletten sich vom Fahrersitz erhob und ausstieg.

Das Großraumtaxi gab beim Weiterfahren zwei lustige Huptöne von sich. Die Kinder klopften gegen die Scheiben und winkten.

Kaasa hob die Hand, winkte zurück und spürte, wie seine Hand zitterte.

»Falsch gefahren, ja«, sagte Vika und schob mit der Zunge seinen Kautabak zurecht.

»Ja«, erwiderte Sletten, »mein alter Herr hier ist ein Esel, er meinte, ich sollte hier abbiegen.«

Du meine Güte, dachte Kaasa. Sletten war doch an Vikas Festnahme beteiligt gewesen, als er sich von Mossdals

Wohnung im Åsaveien verdrückt hatte. Kaasa sah, dass sich zwischen Vikas Augen ein dunkler Schatten gebildet hatte.

»Und er wollte unbedingt, dass ich was über die verschneiten Skischanzen da oben schreibe«, fuhr Sletten fort.

Das funktioniert nicht, dachte Kaasa, Sletten ist kein Dummkopf, aber das wird einfach nicht funktionieren. Vielleicht sollten wir ihm gleich sagen, warum wir gekommen sind?

»Ich studiere an der Sporthochschule«, erklärte Sletten, »und muss ein Referat, um nicht zu sagen einen ziemlich seltsamen Bericht über die Geschichte des norwegischen Skisprungsports verfassen. Vater meinte, da dürfte ich auf alle Fälle die Schanzen da oben nicht vergessen, er ist ganz versessen aufs Skispringen.«

Bo Vika blickte die beiden der Reihe nach an.

Kaasa schaffte es nicht, Slettens Spiel mitzumachen. Er schluckte und dachte, was auch immer jetzt geschehen würde, er wollte doch lieber die Karten auf den Tisch legen.

»Sie ähneln Ihrem Vater aber nicht sehr«, sagte Vika und spuckte Kautabak aus.

»Nein«, erwiderte Sletten, »und Sie verstehen sicher, dass ich deswegen nicht besonders deprimiert bin.«

»Und Polizist wollten Sie nicht werden?«

»Nein, Sind Sie verrückt? Der Polizeiberuf eignet sich wohl am ehesten für arbeitsscheue Bauernsöhne«, sagte Sletten und deutete auf den Corsa. »Und da sehen Sie mal, was die sich für ein Auto leisten können.«

»Arbeitsscheue Bauernsöhne«, wiederholte Vika und fing an zu lachen. Er wischte sich den Kautabak von den Lippen und stieß ein lautes, gellendes Lachen aus.

Kaasa bemerkte, dass sein Muttermal deutlich zu sehen war, da er sich den Bart abgenommen hatte. Wie schon bei der letzten Begegnung, dachte Kaasa, dass es ihn an etwas erinnerte, aber er kam nicht darauf, woran.

»Ja genau, da bin ich ganz Ihrer Meinung«, sagte Vika, als sein Gelächter nachgelassen hatte. Dann wurde er schlagartig ernst. »Ich verfolge ja die Nachrichten, also wie geht es Albert?«

»Er ist noch nicht wieder zu Bewusstsein gekommen«, sagte Kaasa.

»Haben Sie den Jungen gefunden?«

»Leider nicht.«

»So ein Mist«, sagte er und versetzte dem Schnee einen Tritt. »Aber wie ich sehe, jagen Sie einem bekannten Straftäter hinterher.«

»Unter anderem.«

»Ja, denn obwohl ich ja in erster Linie wegen der Elchjagd damals festgenommen wurde, war klar ersichtlich, dass dieser Polizist … Pedersen, hieß er nicht so?«

Kaasa nickte.

»Er versuchte es die ganze Zeit und meinte, ich müsste etwas über den Mord an diesem … Gott, ich kann mich nicht mal mehr an seinen Namen erinnern.«

»Ib Berg.«

»Stimmt. Also, er trieb es immer weiter und kaute die ganze Zeit auf der gleichen Sache herum.«

»Na, wir lassen das jetzt mal Geschichte sein«, sagte Kaasa. »Und Sie wohnen *hier?* Ihre Stiefel, die wir untersucht haben, wurden Ihnen doch in die Sofies Gate zurückgebracht.«

»Nein, jetzt bringen Sie wohl was durcheinander. Da wohne *ich* ganz bestimmt nicht.«

»Aber …« Kaasa brach ab; ihm fiel ein, dass Sofies Gate die Adresse des Zeitungsboten war. »Ich meinte natürlich Ullevål Hageby.«

»Ja, das wissen Sie doch. Es steht in allen meinen Papieren. Ich wohne da mit meiner Mutter zusammen, aber immer mal wieder auch hier. Es gefällt mir auf dem Land, und ich helfe meinem Onkel, der nicht mehr so ganz in Form ist. Schafe sind prima Tiere, wie man so sagt, und hier habe ich ein ganzes Haus fur mich allein. Mein Onkel bewohnt das Altenteil und fühlt sich dort am wohlsten. Im April gibt's hier viel zu tun, wenn die Schafe geboren werden, aber es macht Spaß, bei so was dabei zu sein. Und im Sommer bringen wir sie zum Weiden hier in den Wald.«

Er zeigte auf den Hügel südlich der Sprungschanze.

»Finnmarka heißt das da, geht bis nach Lier hinüber. Am Bottolvsplass und rund ums Glitrevann ist es sehr schön. Ich treffe kaum einen Menschen, wenn ich da mit meiner Angel unterwegs bin.«

»Ja, Schafe«, sagte Sletten, »dürfen wir mit hochkommen und sie uns ansehen?«

»Viel gibt es da gerade nicht zu sehen«, erwiderte Vika und straffte sich. »Kommen Sie lieber im April wieder her, dann wimmelt's hier nur so von Tieren.«

»Ja, vielleicht«, sagte Sletten und stieß Kaasa an. »Wollen

wir jetzt da hoch zur Sprungschanze und es hinter uns bringen? Was hast du noch mal gesagt? Wie war das mit dem Weltrekord?«

»Zwei Weltrekorde«, erwiderte Kaasa, »das war in den Sechzigern, und obwohl ich da noch gar nicht so alt war, kann ich mich gut daran erinnern. Der erste Weltrekord wurde von Bjørn Wirkola aufgestellt.«

Vika nickte.

»Komisch, dass er dich nicht wiedererkannt hat«, sagte Kaasa, als sie wieder im Auto saßen. »Du warst doch bei seiner Festnahme dabei.«

»Fast richtig«, gab Sletten zurück und startete den Motor. »Aber wenn du genau überlegst, erinnerst du dich sicher, dass ich mich, kurz bevor wir ihn geschnappt haben, um die blinde Frau gekümmert habe, die er über den Haufen gerannt hatte. Deswegen hat er nur dich gesehen, und später sind dann noch Storvolden und Pedersen dazugekommen.«

»Ja, das stimmt.«

»Es war aber trotzdem ziemlich gewagt«, sagte Sletten, als sie auf die Landstraße einbogen.

»Ja, äußerst gewagt.«

»Glaubst du, er hat es geschluckt?«

»Kann sein. Vielleicht hat er auch nur so getan, aber du hast gut gespielt.«

»Du warst auch nicht schlecht, als du dich an Bjørn Wirkola erinnern konntest.«

»Ja, aber es war gut, dass du nicht gefragt hast, wie weit er gesprungen ist.«

»Hundertsechsundvierzig Meter. Jetzt erinnerst du dich doch.«

Kaasa nickte und sah im Rückspiegel, dass Vika etwas auf seine Hand schrieb.

»Jetzt wird sich sein Verdacht bestätigen«, sagte er. »Er hat das Kennzeichen des Corsa notiert, da muss er bloß bei der Polizei anrufen und bekommt den Namen des Halters.«

»Polizeidistrik Oslo?«

»Genau.«

Sie bogen in Richtung Kirche und Sprungschanze ab.

»Und wenn Tomm jetzt bei ihm ist?«, sagte Kaasa.

»Das ist nicht sehr wahrscheinlich, da er diesen Kindergarten zu Besuch hatte. Aber du hast dich verquatscht, als du das mit den Stiefeln erwähnt hast.«

»Ja, so ein Mist, ich war so nervös, dass ich nicht wusste, was ich da sagte. Ich hätte wohl besser dir das Reden überlassen sollen.«

»Aber ist dir aufgefallen, was er geantwortet hat? Er sagte: ›Jetzt bringen Sie wohl was durcheinander. Da wohne *ich* ganz bestimmt nicht‹. Bedeutet das womöglich, dass er den Zeitungsboten kennt?«

Kaasa nickte.

»Ja, vielleicht kennt er Jack Lillebøen. Das sieht nach einiger Schreibarbeit aus, wenn wir zurück zur Wache kommen. Aber wenn Vika inzwischen das Kennzeichen des Corsa überprüft hat, wird er davon überzeugt sein, dass wir da oben gewesen sind, um ihn auszuspionieren. Dann wird er begreifen, dass wir vorher bei Thi gewesen sind und mit ihr gesprochen haben. Bevor wir also nach Oslo fahren, sollten wir gleich hier bei der Polizeidienststelle vorbeigehen und den Kollegen dort die ganze Sache erklären. Wir haben einen Bock geschossen, also muss irgendeine Art von Bewachung organisiert werden, damit Thi nichts passiert.«

»Ja, anscheinend haben wir keine andere Wahl.«

27

Ich rechne nicht damit, dass Vika *hier* anruft, um das Kennzeichen des Corsa zu überprüfen«, sagte Sletten und deutete mit dem Kopf auf die Doppelglastür der Polizeidienststelle Modum in Vikersund.

»Ziemlich nette Leute hier. Vielleicht sollte ich mich bei denen bewerben, wenn ich es leid bin, mit dir durch Majorstua zu kurven.«

»Aber die Bewachung war ja nicht gerade einfach zu organisieren.«

»Kein Wunder«, sagte Kaasa, »die haben ja schon fast die Hälfte des Budgets für Überstunden in diesem Jahr ausgegeben, und wir sind noch mitten im Winter.«

»Sie haben erst reagiert, als du ihnen vom Tod dieser Schwester erzählt hast. Aber, verdammt, wenn die jetzt hier im Ort einen Mordfall untersuchen, dann können sich die Kerle, die ihre Frauen verprügeln, und die ganzen anderen Drecksäcke erst mal relativ sicher fühlen.«

Sie saßen im Wagen und unterhielten sich; überwiegend redete Sletten.

Als sie durch Hokksund fuhren, klingelte das Handy, das sie von der Abteilung für Gewaltverbrechen ausgeliehen hatten. Kaasa zog das Telefon aus der Jackentasche.

Haugen berichtete, dass man Daniel Linde festgenommen hatte.

Kaasa sah zu Sletten hinüber und sagte, dass die Kollegen gut gearbeitet hätten.

»Ja, wir werden ihn gleich vernehmen, denn wir müssen jetzt wirklich bald wissen, wo der Junge ist und was mit ihm passiert ist. Aber ich krieg hier keine Ruhe zum Arbeiten, die Pressefritzen sind wie Kletten. Wie ist es übrigens mit Ihnen und dieser thailändischen Frau gelaufen? Hatte sie was Interessantes zu berichten?«

»Tja, gute Frage.«

Kaasa brachte es nicht über sich, Haugen zu erzählen, dass die Ereignisse, die Mossdal und Tomm widerfahren waren, wahrscheinlich nichts mit der Berg-Sache zu tun hatten, sondern mit einem anderen Mordfall – und außerdem mit einer Drogengeschichte.

»Wir kommen gerade von der Polizeidienststelle in Vikersund und sind schon auf dem Weg in die Stadt. Wir sehen uns in ungefähr einer Stunde.«

»Hervorragend, dann gibt es also nichts, was ich unbedingt wissen muss, bevor wir mit der Vernehmung von Daniel Linde beginnen.«

Kaasa legte das Handy zurück in die Jackentasche und sagte, dass es wohl keine besonders spaßige Besprechung werden würde, wenn sie zur Wache zurückkehrten.

Sletten schaltete das Radio ein; *P4* kündigte die Kulturnachrichten an. Der Moderator brauchte eine knappe Minute, um die Namen aller Personen vorzulesen, die zu den bestangezogenen Frauen und Männern Norwegens gewählt worden waren.

»Auch heute wieder äußerst bedeutsame kulturelle Neuigkeiten.« Sletten seufzte. Er wollte gerade fortfahren, wurde jedoch vom klingelnden Diensthandy unterbrochen.

Haugen war wieder am Apparat.

»Ich hab hier einen Vorgang von der Wache auf den Tisch bekommen. Lag hier zwei Tage mit einem Haufen anderer Sachen und hat darauf gewartet, dass jemand die Zeit findet, um sich seiner anzunehmen. Daniel Linde ist in Zusammenhang mit einem Schwarzjob von einem Typen wegen Gewaltanwendung und Bedrohung angezeigt worden. Der Betreffende war anscheinend nicht mit dem Ergebnis seiner Schleifarbeit zufrieden und hat sich daher geweigert, das zu bezahlen, was Linde von ihm verlangte. Das hatte wohl zur Folge, dass Linde ihm zwei saftige Ohrfeigen verpasste und damit drohte, ihn und seine Familie zu erledigen, wenn er nicht die ganze Summe rausrückte. Außerdem liegen hier noch zwei Fotos bei, und das blaue Auge von dem Kerl sieht wirklich nicht gut aus.«

»Wann soll das passiert sein?«

»Augenblick, ich seh mal nach – am Donnerstag, dem Zwölften.«

»Also zwei Tage, bevor er vor Tina weggelaufen ist, als sie in der Ole Vigs Gate war und mit Anne-Lise Lie gesprochen hat.«

Am anderen Ende der Leitung wurde es still. »Hallo?«, fragte Kaasa.

»Verdammt, hat er geglaubt, dass er aufgrund einer Anzeige wegen Gewaltandrohung gesucht wird? Ist er vielleicht deswegen abgehauen und hat womöglich mit der Sache im Kongleveien gar nichts zu tun? Ein wirklich beängstigender Gedanke, denn dann stehen wir mit völlig leeren Händen da.«

»Was sagt er selbst?«

»Storvolden ist ganz vorsichtig vorgegangen und hat ihn noch nicht mit der Anzeige konfrontiert. Linde wollte natürlich wissen, wieso er vernommen wird. Bis jetzt haben wir ihm gesagt, dass er lediglich als Zeuge in der Berg-Sache für uns interessant ist. So weit sind wir bisher gekommen. Und der Wagen … er versteht nicht, oder gibt vor, nicht zu verstehen, dass *wir* den Wagen abgeschleppt haben. Er will ihn als gestohlen melden, und gerade im Augenblick wird der Wagen mit einem Leichensuchhund überprüft. Immerhin gut, dass wir uns keinen Zugang zu seiner Wohnung verschafft haben. Das hatte ich schon in Erwägung gezogen.«

»Wir sind in einer halben Stunde zurück und sprechen dann weiter.«

Sletten stieß Kaasa an.

»Frag ihn, ob er darüber nachgedacht hat, wieso Bergs Morgenzeitung wieder in seinem Postkasten lag.«

»Haben Sie gehört, was Sletten gesagt hat?«

»Nein.«

Kaasa wiederholte die Frage.

»Jetzt, da Sie es erwähnen, erinnere ich mich natürlich, dass ich das in Ihrem Bericht gelesen habe. Aber darüber nachgedacht … Hier ging's ja zu wie auf dem Bahnhof. Übrigens ist Bergs Nachbar heute da gewesen und hat die Post in der Wache abgeliefert. Wirklich nett, denn von uns

hatte ja niemand die Zeit, dorthin zu fahren. Ich geh mal zur Wache runter und hole diese Post.«
Kaasa berichtete kurz von Haugens Informationen und steckte das Handy zurück in die Jackentasche.
»Dann wird also nichts aus unserer Theorie, dass Daniel Linde von Bo Vika instruiert wurde, die Sache im Kongleveien durchzuführen«, konstatierte Sletten.
»Wohl kaum.«

Haugen war nicht in seinem Büro, als sie zur Majorstua-Polizeistation zurückkamen. Sie gingen jedoch hinein und nahmen auf den Besucherstühlen Platz. Auf Haugens Schreibtisch lag ein Durcheinander aus Papieren. Das Bürotelefon klingelte. Sie ließen es klingeln, und als es schließlich aufhörte, kam Haugen hereingehastet und sprach in ein Handy. Er setzte sich und beendete das Gespräch.
»Ich komme gerade aus der Vernehmung bei Storvolden«, sagte er und schüttelte resigniert den Kopf. »Daniel Linde behauptet, mit einer jungen Frau in Göteborg gewesen zu sein – ihre Schwester wohnt anscheinend dort. Er begründet diese Tour damit, dass er endlich mal den neuen Wagen auf ›ordentlichen Straßen‹ austesten konnte. Die Tatsache, dass er Anne-Lise Lie angelogen und ihr erzählt hat, er wolle nach Sjusjøen, um dort Schnee von einem Dach zu schaufeln, erklärt er damit, dass sie offenbar eifersüchtig auf die junge Frau war. Anscheinend stimmt es also, dass Anne-Lise ein Verhältnis zu diesem jungen Mann hat, aber das ist ja nicht strafbar. Ein paar Kollegen von der Fahndung sind losgefahren, um die junge Frau zur Vernehmung abzuholen.«

Kaasa fragte, ob Linde mittlerweile mit der Anzeige wegen Bedrohung und Gewaltausübung konfrontiert worden war.

»Ja, leider, muss ich beinahe sagen, denn er sagt das aus, was wir befürchtet haben. Er hat sich abgesetzt, weil er fürchtete, von der Polizei gesucht zu werden. Er leidet angeblich an Klaustrophobie und konnte den Gedanken an eine Zelle nicht ertragen. Und eben gerade habe ich die Nachricht erhalten, dass die Untersuchung seines Wagens mit dem Leichenspürhund negativ ausgefallen ist.«

Haugen machte eine Pause, streckte sich und faltete die Hände im Nacken. Die dunklen Flecken auf seinem hellblauen Hemd reichten bis zu den Rippen.

»Wir haben alles auf Daniel Linde gesetzt, und nun sitzen wir da mit einer Geschichte wegen eines blauen Auges. Was zum Teufel machen wir jetzt?«

»Um mal in eine andere Richtung zu gehen«, sagte Sletten, »wir sind doch während der letzten Nachtschicht zu Jack Lillebøen, diesem Zeitungsboten, gefahren, um seine Stiefel abzuliefern. Das hatten Sie ja mit seiner Mutter abgesprochen.«

Haugen nickte.

»Und unter der Klingel hing ein Zettel, auf dem – ja, so eine Art Gedicht stand, dass man ruhig noch mal anklopfen könne, vielleicht sei er ja doch zu Hause. Das Eigenartige ist, dass Albert Mossdal an seiner Tür ebenfalls einen Zettel mit genau dem gleichen Gedicht hängen hatte. Der Zettel ist übrigens inzwischen verschwunden. Angesichts dieser Zettel haben wir überlegt, ob sich die beiden vielleicht kennen, solche Zufälle gibt es ja schließlich. Allerdings konnten wir Lillebøen nicht fragen, da seine Mutter sagte, er schliefe – was an sich nicht weiter seltsam ist, denn er musste ja früh aufstehen. Dann ist uns – in unserem Überdruss – eingefallen, dass wir später in der Nacht auch seine Liefertour abfahren und ihn fragen könnten, ob er Albert Mossdal zufälligerweise kennt.«

Sletten blickte zu Kaasa und fuhr dann fort: »Doch als wir schließlich dorthinfahren wollten, mussten wir uns erst um eine andere Sache kümmern, die etwas dauerte, so dass wir zu spät kamen. Aber dann sind wir seinen deutlich erkennbaren Autospuren im Neuschnee gefolgt. Und da der alte Polizist hier, mit dem ich unterwegs war, ein ziemlich wacher Kopf ist, hatte er im Vorbeifahren bemerkt, dass es bei Bergs Postkasten Fußspuren gab. Deshalb drehten wir um, fuhren zurück und fanden tatsächlich die Morgenzeitung in seinem Postkasten. Und da kann man sich fragen: Hätte Jack Lillebøen dorthin eine Zeitung geliefert, obwohl er wusste, dass Berg tot war?«

»Nein, natürlich nicht«, entgegnete Haugen.

»Das deutet demnach darauf hin, dass Lillebøen einen Stellvertreter hatte und dass dieser Stellvertreter keine Ahnung hatte, dass genau in diesem Haus ein Mord begangen worden war. Wie ich es verstehe, ist Bergs Zeitungsabo also noch nicht abbestellt worden?«

»So weit bin ich noch gar nicht gekommen. Aber Sie waren doch bei Lillebøen zu Hause. Hat seine Muter da nicht gesagt, er würde schlafen und müsste bald aufstehen, um Zeitungen auszuliefern?«

Haugen fing an, in seinen Papieren zu blättern, und fragte, wann das gewesen war.

»In der Nacht, nachdem Mossdal angefahren und der Junge entführt wurde«, sagte Sletten.

»Ach, Mist, ich rufe lieber gleich die Wache an«, sagte er und griff nach dem Telefon.

Zwei Minuten später kam ein Assistent von der Wache und brachte zwei Exemplare der Aftenposten-Morgenausgabe samt einem Haufen Reklamebroschüren.

Haugen nahm die Zeitungen und nickte.

»Das sind die Zeitungen vom Tag nach dem Geschehnis im Kongleveien und dem folgenden Tag«, sagte er. »Und daraus können wir zunächst einmal schließen, dass Lillebøen seinen Job jetzt wieder ausübt. Aber um bei den Zeitungen auf der sicheren Seite zu sein, rufe ich mal diesen Nachbarn an – irgendwo hab ich doch die Telefonnummer.«

Ein paar Sekunden kramte Haugen auf seinem Schreibtisch herum.

»Hier, ja«, sagte er schließlich, nahm den Hörer und wählte die Nummer.

Kaasa und Sletten gaben ihm ein Zeichen, dass sie jetzt in die Kantine gingen.

Sie kamen an Storvoldens Büro vorbei; das Schild mit der Aufschrift *Zeugenvernehmung* hing schief.

Kaasa hatte gerade einen Schluck Cola getrunken, als Haugen in die Kantine geeilt kam, an ihrem Tisch stehen blieb und auf der Stelle herumtrippelte.

»Der Nachbar kannte Jack Lillebøen, ja, ich habe ganz unbeabsichtigt seinen Namen erwähnt. Sie wussten nicht, dass er wieder angefangen hat, dort Zeitungen auszutragen. Das hat er wohl bereits vor ein paar Jahren gemacht.

Die meisten Anwohner dort kannten ihn anscheinend, denn er ist nur ein paar Häuser weiter aufgewachsen. Allerdings ist die Familie weggezogen, als seine Eltern sich scheiden ließen.«

»Also kannte er Berg?«, fragte Kaasa.

»Ja, sicher, er soll sogar eine Zeitlang öfter bei ihm gewesen sein, als Bergs Neffe dort wohnte. Die waren wohl befreundet.«

»Aber wir haben doch herausgefunden, dass Berg keine Familie hatte.«

»Sein Neffe ist vor zwei Jahren an einer Überdosis gestorben. Offenbar wusste niemand im Viertel, dass Lillebøen dort jetzt wieder Zeitungen austrug, vielleicht abgesehen von Berg, der ja ein Nachtmensch war.«

»In der Nacht, als Bråten und ich ihn gefunden hatten, habe ich Lillebøen gefragt, ob er Berg kannte«, sagte Kaasa, »und das hat er abgestritten. Dass er dann mit der Zeitung bis zu Bergs Treppe gegangen ist, war vielleicht nur ein Vorwand, der erklären sollte, wieso seine Stiefelabdrücke dort zu finden waren. Denn die mussten ja schließlich dort sein, wenn er der Täter ist.«

Sletten nahm einen Schluck Kaffee und räusperte sich.

»Erinnerst du dich, dass wir mit Vika gesprochen haben und du die Adresse verwechselt und die Sofies Gate erwähnt hast? Da hat Vika sich doch aufgerichtet und gesagt: ›Jetzt bringen Sie wohl was durcheinander. Da wohne *ich* ganz bestimmt nicht‹.«

Kaasa nickte.

»In der Sofies Gate wohnt Lillebøen bei seiner Mutter, und das bedeutet vielleicht, dass die beiden sich ebenfalls kennen. Und Vika war doch auffallend braun – er hat zwar gesagt, er sei auf den Kanarischen Inseln gewesen, aber vielleicht war er stattdessen in Thailand?«

»Na, klar«, rief Sletten, »lasst uns da mal weiterspinnen. Als Zeitungsbote hatte Jack Lillebøen eine gute Möglichkeit, herauszufinden, wer von den Nachbarn aufgrund der Lieferunterbrechungen verreist war. Da hätte er also Vika, der sich in Thailand befand, einen Tipp geben können. Vika schickte dann Drogen per Brief an Bergs Nachbarn, der die Zeitung für zwei Wochen abbestellt hatte. Und Berg sollte die Post für ihn reinholen. Das hat Lillebøen dann sicher nach einer Weile rausgefunden, und hat Kontakt zu Berg aufgenommen, um irgendwie an den Brief oder die Briefe heranzukommen. Berg hat sich allerdings geweigert, die Briefe herauszugeben, denn sie waren ja an seinen Nachbarn adressiert. Und vielleicht hat er dann auch aufgrund Lillebøens Interesse verstanden, was der Brief beinhaltete?«

Haugen räusperte sich und begann, seinen dünnen Hals zu massieren. »Dann hat er sich vielleicht auf Berg draufgesetzt«, sagte er. »Der Nachbar meinte, Lillebøen habe eine Zeitlang Medizin studiert, ein bisschen Ahnung muss er demnach haben.«

Haugen sank auf den Stuhl neben Sletten.

Kaasa nickte.

»Jack Lillebøen ist ein Riese und wiegt mindestens hundert Kilo. Wie viel hat Berg gewogen?«

»Dreiundfünfzig, laut Obduktionsbericht«, sagte Haugen und seufzte. »Sie müssen sofort los und Lillebøen holen. Aber was ist bloß mit dem armen Jungen passiert?«

Als sie vor Lillebøens Wohnung in der Sofies Gate hielten, sah Kaasa, dass die Digitaluhr am Armaturenbrett 01:11 zeigte.

Nachdem sie geklingelt hatten, war die Stimme seiner Mutter hinter der Tür schwach zu hören. Sie fragte, wer da sei.

»Wir sind von der Polizeistation Majorstua«, erklärte Kaasa. »Wir waren vor kurzem schon mal hier und haben die Stiefel ihres Sohns abgegeben.«

Sie hörten, wie zwei Schlösser geöffnet wurden. Dann machte sie die Tür auf und schaute durch einen kleinen Spalt heraus.

»Wir würden gern mit ihrem Sohn sprechen«, sagte Kaasa. »Können wir reinkommen?«

»Er schläft, muss bald zur Arbeit. Ist es wichtig?«

»Ja«, erwiderte Kaasa.

Als sie die Sicherheitskette löste, war ein klirrendes Geräusch zu hören, und Kaasa sah, dass ihre Hände zitterten.

»Ich gehe und rede mit ihm«, sagte sie, als sie in den Flur getreten waren.

Kaasa gab Sletten ein Zeichen, dass er sie nicht aus den Augen lassen sollte. Er öffnete den Garderobenschrank, durchsuchte eine Jacke und zwei Mäntel und kramte in einem Wäschekorb, ohne etwas Interessantes zu finden. Unter einem lilafarbenen Schal auf dem Schrankboden entdeckte er zwei gestrickte Kinderhandschuhe und hob sie auf. Einige Sekunden war er unsicher, was er jetzt machen sollte. Dann legte er die Handschuhe zurück.

»Was zum Teufel ist denn los?«, fragte Jack Lillebøen, als er aus dem Schlafzimmer kam.

Er stand mitten im Flur und starrte sie an. Sein schwarzes T-Shirt spannte sich über seinem Oberkörper, und unter der Traininghose wölbten sich seine kräftigen Schenkel. Kaasa fiel plötzlich etwas ein, was er und ein paar Kollegen während eines Seminars über Polizeiethik diskutiert hatten: Ein Polizeibeamter soll immer der Stärkere sein. Auch wenn der Festzunehmende viel größer und stärker als er selbst ist, soll der Polizist gewinnen. Doch wenn er zurückschlägt, wird es als Polizeigewalt ausgelegt. Schlägt er hingegen nicht zurück, gilt er als Feigling.

»Eine Zeugenvernehmung, denn wir haben Sie in der Berg-Sache noch nicht offiziell vernommen«, sagte er und begriff sofort, wie armselig sich das anhörte.

»Und damit kommen Sie *jetzt,* um diese Zeit?! Ihnen ist hoffentlich klar, dass ich in zwei Stunden arbeiten muss.«

»Die Vernehmung dauert vielleicht nicht so lange«, sagte Sletten. »Aber Sie sollten auf alle Fälle anrufen und Bescheid geben, dass jemand für Sie einspringt.«

»Hä?«, rief Lillebøen und blickte zu seiner Mutter, die sich an den Küchentisch gesetzt und den Kopf in die Hände gestützt hatte. »Ich soll also auf Lohn verzichten, weil es Ihnen am besten passt, mich mitten in der Nacht als Zeugen zu vernehmen? So eine Scheiße!« Er stampfte auf den Fußboden und trat zwei Schritte auf die Polizisten zu. Kaasa wich zurück und fasste unwillkürlich nach seinem Knüppel, der aber nicht da war.

»Ich verlange, mit einem Anwalt zu sprechen«, brüllte Lillebøen. »Ein paar Rechte werde ich ja wohl noch haben, auch wenn ich hier in einem Polizeistaat lebe.«

»Wie gesagt, es geht um eine Zeugenvernehmung«, sagte

Sletten. »Nur Beschuldigte haben das Recht auf einen Anwalt.«

Lillebøen streckte die Hand aus und zeigte der Reihe nach auf die beiden.

»Dann beschuldigen Sie mich. Suchen Sie sich irgendeine Sauerei aus, für die sie mich beschuldigen können. Und das bitte hier und jetzt.«

Kaasa spürte, dass sein Mund trocken geworden war. Er versuchte, den Blick seines Kollegen aufzufangen, um ihm ein Zeichen zum Rückzug zu geben, begriff aber, dass das eine schlechte Lösung war.

»Wenn nicht, dann müssen Sie mich, verdammt noch mal, hier rausschleppen, und das wird bestimmt kein Vergnügen.«

»Jack!«

Die Stimme seiner Mutter durchschnitt den Raum; er drehte sich zu ihr. Sie wollte noch etwas sagen, blieb aber still sitzen und kämpfte mit den Tränen.

»Da sehen Sie mal, was Sie angerichtet haben«, sagte er. Es schien, als sei ihm ein wenig die Luft ausgegangen. »In Ordnung, unter einer Bedingung komme ich mit. Sie erstatten mir den eventuell entgangenen Lohn, wenn ich heute Nacht nicht arbeite.«

Kaasa spürte, dass sich etwas in seiner Magengegend entspannte, und sagte, das ließe sich wohl machen.

Lillebøen fuhr sich mit der Hand über die Brust und sagte, er wolle in sein Zimmer gehen, um sich anzuziehen.

Kaasa sah zu Lillebøens Mutter; sie saß da und starrte auf die Tischplatte. Er hatte das Bedürfnis, zu ihr zu gehen und etwas zu sagen, etwas Tröstendes. Er biss sich auf die

Lippe und dachte, dass dies der Verhaftung einer Person, die gar nicht verhaftet werden sollte, ziemlich nahegekommen war. Und dann musste es ausgerechnet gleich mit diesem Riesen Jack Lillebøen geschehen.

Als Lillebøen den Garderobenschrank öffnete, stellte sich Kaasa neben ihn.

»Gibt's hier auch Kinder?«, fragte er und deutete auf die Handschuhe.

Lillebøen schaute verstohlen zu seiner Mutter.

»Der Kleine von meiner Schwester hat sie wohl vergessen«, erwiderte er.

28

Kaasa spürte, wie sich etwas in seiner Brust zusammenzog, als er die Treppen zur Abteilung für Gewaltverbrechen hinaufstieg. In letzter Zeit war dieses Gefühl öfter mal aufgetaucht, doch er versuchte, nicht daran zu denken. Der Transport von Jack Lillebøen zur Wache war letzte Nacht besser als befürchtet verlaufen. Gemäß Slettens Vorschlag, war ein Stellvertreter gebeten worden, die Zeitungen auszutragen – eine Idee, die sich als nötig erwiesen hatte.

»Ich hoffe, dass zumindest Sie sich ausruhen konnten«, sagte Haugen und starrte in seinen Kaffeebecher. »Ja, wirklich großartig mit so einem Handy – eine kurze SMS, und zack, eine halbe Stunde später stehen Sie quicklebendig vor mir. So langsam kommen hier ein paar Dinge ins Rollen, müssen Sie wissen. Zunächst mal wurde Bo Vika letzte Nacht festgenommen. Das war's dann allerdings mit meinem Feierabend.«

Er zeigte auf das zusammengeklappte Feldbett, das an den Garderobenschrank gelehnt war.

»Weshalb wurde er festgenommen?«

»Er hat ans Schlafzimmerfenster von Thi Dal geklopft und wurde dann nach einer kurzen Flucht von den Kollegen gefasst, die bei ihr Wache gehalten haben. Als sie ihn durchsucht haben, fanden sie einen Revolver in seiner Jackentasche. Jetzt sitzt er in einer Zelle in Hønefoss und weigert sich, auszusagen. Wir müssen ihn wohl herbringen und sehen, was wir aus ihm rauskriegen können. Ich hätte es gern, dass Sie diese Tour übernehmen. Das Problem dabei ist, dass ich noch niemanden auftreiben konnte, der mit Ihnen fährt. Ich hab Sletten angerufen, aber er antwortet nicht.«

»Das wäre mit Sletten ohnehin keine besonders gute Idee.«

»Ach?«

»Nein, wir hatten noch keine Gelegenheit, darüber zu reden«, setzte Kaasa an und berichtete in kurzen Zügen, wie Sletten seinen Sohn gespielt hatte, als sie in Vikersund gewesen waren.

»Immerhin ein Versuch«, erwiderte Haugen und lächelte matt. »Was Daniel Linde betrifft, so haben wir ihn freigelassen, nachdem Tina mit der jungen Frau gesprochen hat, mit der er zusammen in Göteborg war. Er hat sich wegen Körperverletzung und Gewaltandrohung schuldig bekannt. Das zerschlagene Fenster in seinem Wagen ist nun unsere Verantwortung. Mit dem Zeitungsboten, unserem Mister Jack Lillebøen, läuft es allerdings nicht so einfach, obwohl er jetzt ganz ruhig ist und auf alle Fragen antwortet.«

»Dann haben Sie ihn also noch?«

»Ja, wir wenden die Vierundzwanzig-Stunden-Regel an, da ist noch etwas Zeit. Er bestätigt, was wir herausgefunden haben. Er kannte Ib Berg und war auf seinen Runden sogar ein paarmal bei ihm zu Hause. Berg wusste, dass er wieder Zeitungen austrug, da er angeblich eines Nachts herausgekommen war und ihn um Hilfe beim Versetzen eines Schranks gebeten hatte. Lillebøen meinte, dass Berg sich einsam gefühlt habe. Außerdem hat er auch die Aussage des Nachbarn bestätigt, dass er nämlich ein Kumpel von Bergs Neffe gewesen sei.«

»Und trotzdem hat er in jener Nacht zu mir gesagt, dass er Berg *nicht* kannte?«

»Stimmt, er hat es so erklärt, dass er keine für uns interessanten Informationen hatte und daher nicht in die Sache hineingezogen werden wollte.«

»Was ist denn mit diesen beiden Nächten, in denen er einen Stellvertreter hatte?«

»Er sagt, da habe er Bo Vika in Vikersund besucht. Jetzt haben wir zumindest die Bestätigung, dass die beiden sich kennen.«

»Dann kann Bo Vika ihm also ein Alibi verschaffen?«

»Richtig, aber wie viel kann man darauf schon geben?«

»Aber wieso sollte uns seine Mutter anlügen und sagen, dass er geschlafen hat?«

»Das hat Storvolden auch gefragt und bekam zur Antwort, dass wir sie dies selbst fragen müssten. Nein, da kommen wir wohl nicht weiter … Er hat sich außerdem auch bereit erklärt, dass wir ihn auf eventuelle Bisswunden von einem Hund untersuchen. Das Ergebnis war negativ, abgesehen von einer Schürfwunde am Handgelenk, die er sich zugezogen hat, als er vor einiger Zeit nachts auf dem Glatteis ausgerutscht ist. Und völlig unaufgefordert hat er auch diesen Brief, oder dieses Schreiben, erwähnt, das Anne-Lise Lie in Bergs Hosentasche gefunden hat. Berg hat es ihm eines Nachts gezeigt und ihm von diesem Zwillingsbruder erzählt.«

»Aber er hat doch gesagt, er hätte keine Informationen über die ganze Sache gehabt und dass er deswegen abgestritten hat, Berg zu kennen.«

Haugen saß ein paar Sekunden still da und nickte.

»Verdammt, dann ist es aber auch seltsam, dass Bergs Fingerabdrücke auf diesem Brief nicht gefunden wurden. Auf alle Fälle gibt Lillebøen zu, auch Mossdal zu kennen. Er sagt, er habe ihn in Thailand kennengelernt, fand ihn aber wohl etwas merkwürdig, da er dort anscheinend völlig sinn- und ziellos nur so herumgelaufen ist. Aber, Mist, jetzt sind wir wieder völlig auf dem Holzweg, und ich weiß nicht, was wir machen sollen. Immerhin haben wir seine Unterschrift auf dem Vernehmungsprotokoll. Das geht so schnell wie möglich an die Schriftexpertin.«

Das Handy klingelte irgendwo unter Haugens Papieren; er fand es und nahm den Anruf entgegen.

»Ja, er ist hier. In Ordnung.«

Haugen legte das Telefon beiseite und sagte, dass Stationsleiter Naumann gerne mit Kaasa sprechen wolle.

29

Riitta saß hinten im Auto; Kaasa hörte sie etwas auf Samisch sagen. Ihre Blicke trafen sich im Rückspiegel.

»Ich nehme mal an, du hast nicht mich gemeint?«

»Ja, tut mir leid, ich versuche nur, zu beschreiben, was ich sehe. Es ist so schön, und da passt es am besten, wenn ich's auf Samisch sage. Wenn du dich ein bisschen zur Seite beugst, dann siehst du den Mond dort unten im Fjordarm tanzen.«

»Der Holsfjord«, sagte Kaasa. »Er ist ein Teil des Tyrifjords. Sieht nicht so aus, als ob er schon zugefroren ist, aber wenn diese Kälte weiter anhält, wird es wohl nicht mehr lange dauern.«

Kaasa wurde von Bo Vikas plötzlich einsetzenden Schnarchgeräuschen unterbrochen.

»Im Gefängnis haben sie ihm etwas zur Beruhigung gegeben«, fuhr Kaasa fort, »ob das wohl ein bisschen zu viel war?« Er schnippte mit den Fingern in Richtung CD-Spieler und sagte, dass ihn vielleicht auch Mari Boine in den Schlaf gesungen hätte.

Kaasa schaute in den Spiegel; es schien ihm, als ob Riittas Gesicht im Mondlicht aufleuchtete.

»Als ich das zum ersten Mal gespielt habe, fuhr ich gerade nach einer Abendschicht von der Wache nach Hause«, sagte Riitta, »und es schneite. Ich fing an zu weinen, ich weiß nicht, warum, aber die Tränen liefen nur so, und als ich zu Hause ankam, konnte ich nicht aufhören, ich musste weiter durch das Schneegestöber fahren. Ich hab abwechselnd gesungen und geweint. Und dann dachte ich an Papa. Ich glaube, ich bin in jener Nacht durch sämtliche Kreisverkehre in Bærum gefahren.«
Sie schien auf einen Kommentar zu warten, doch Kaasa wusste nicht, was er erwidern sollte.
Sussi fing plötzlich an zu winseln.
»Ich glaube, sie muss raus. Kannst du mal anhalten?«
Kaasa blinkte und lenkte den Wagen auf einen Rastplatz zwei Kilometer vor Sollihøgda.
»Wir müssen leise sein, damit wir unseren Gast nicht aufwecken«, sagte sie und öffnete vorsichtig die Tür.
Kaasa stieg aus dem Wagen und betrachtete eine kleine Wolke, die genau vor dem Mond stand – die einzige am nächtlichen Himmel. Sussi erleichterte sich mit krummem Rücken an einem Container und blickte zu ihrer Besitzerin.
Kaasa drehte sich um und sah den Norefjell über der weißgrauen Landschaft im Mondlicht aufleuchten.
Bo Vika grunzte, als die Türen wieder zufielen. Er richtete sich auf, und sein Atem wurde mit einem Mal schneller.
»Ich muss aufs Klo«, stöhnte er.
»Versuchen Sie, es anzuhalten«, sagte Riitta, »denn mit den Handschellen auf dem Rücken … Aber wenn Sie un-

bedingt müssen, kann ich Ihnen auch helfen. Müssen Sie groß oder klein?«

»Ich muss pissen, und das schaffe ich schon allein, wenn Sie mir diese Dinger hier abnehmen«, sagte er und blickte schräg über seine Schulter.

»Beugen Sie sich vor«, sagte Riitta und zog den Schlüssel hervor. »Uns entkommen Sie sowieso nicht.«

Einen Augenblick blieb er sitzen und rieb sich die Handgelenke; Kaasa öffnete ihm die Tür.

»Ich kann jetzt einfach nicht mehr«, sagte Vika, als er sich wieder auf die Rückbank gesetzt hatte.

Kaasa fuhr den Wagen vom Parkplatz und fing Vikas Blick im Rückspiegel auf.

»Ich erkenne die Zeichen«, sagte Vika. »Ich hab sie schon erkannt, als Sie und Ihr ›Sohn‹ mit mir geredet haben, und jetzt kann ich einfach nicht mehr.«

Er lehnte sich zurück und tastete seine Hosentaschen ab.

»Ich hab keinen Kautabak mehr, darf ich eine rauchen?«

»Meinetwegen«, erwiderte Riitta.

Er kramte ein Päckchen Zigaretten und ein Feuerzeug aus seiner Jackentasche. Er zündete sich die Zigarette an und atmete tief ein.

»Nein, genug ist genug«, sagte er und kurbelte das Fenster ein Stückchen herunter. »Und da Sie jetzt schon Jack haben, sollen Sie auch die ganze Geschichte hören.«

»Jack Lillebøen?«, rief Kaasa. »Dann geben Sie also zu, dass Sie ihn kennen?«

»Zugeben? Sie wissen doch genau, dass ich ihn kenne. Jetzt machen Sie hier mal nicht auf den schlauen Detektiv, das passt nicht zu Ihnen. Ich hab mich wohl etwas zu weit aus dem Fenster gelehnt und hab gesagt, dass *ich* da bestimmt nicht wohnen würde, als Sie seine Adresse in der Sofies Gate erwähnten. Aber das spielt keine Rolle, denn Sie haben das ja sowieso rausgefunden.«

»Woher wissen Sie, dass wir Jack Lillebøen haben?«

»Ich hab mit ihm telefoniert, als Sie letzte Nacht bei ihm waren, und danach habe ich mit seiner Mutter gesprochen.«

»Und was ist mit Albert Mossdal? Wie haben Sie sich kennengelernt?«

»Ich bin Mossdal begegnet, als E und ich in einem buddhistischen Kloster einen Jungen besucht haben«, sagte er und blies den Rauch aus dem Fenster. »Und mir war ja klar, dass Sie mit Thi Dal gesprochen hatten, als Sie in Vikersund waren.«

»E?«

»Der Kosename meiner Frau, sie hieß eigentlich Paveena.«

»War es Tomm, den Sie im Kloster besucht haben?«

»Ja.«

»Wo ist er jetzt?«

»Nein …«

»Begreifen Sie nicht, dass wir ihn schnell finden müssen? Wenn Sie etwas wissen, müssen Sie es uns sagen.«

»Aber Sie finden ihn jetzt nicht.«

»Wieso nicht?«

»Weil die Nacht jetzt am schwärzesten ist«, sagte er und blickte aus dem Fenster.

»Warum haben Sie Tomm in dem Kloster besucht?«, fragte Riita.

»E war die Schwester seiner verstorbenen Mutter, und sein Vater war …«

»Albert Mossdal?«

»Ja.«

Kaasa fragte, wieso er versucht hatte, Mossdal im Åsaveien aufzusuchen.

»Jack wusste, dass Sie im Zusamenhang mit dem Mord an diesem Typen im Tuengveien mit Albert gesprochen hatten. Also hat er mich dort hingeschickt, um rauszukriegen, was Albert gesagt hatte.«

»Sie meinen also, dass Jack mit dem Ganzen etwas zu tun hat?«

»Hallo? Natürlich meine ich das«, sagte er und stieß ein trockenes Husten aus.

»Wie haben Sie Jack Lillebøen kennengelernt?«

Bo Vika gab ein Schmatzen von sich.

»Ich war einfach völlig verknallt in diese Frau, schaffte es nicht, von ihr wegzukommen, aber ich hatte keine Wahl, denn ich war so gut wie pleite. Ich traf Jack in einer Bar in Pattaya. Er spendierte mir Drinks und schien ein netter Kerl zu sein. Nach einer Weile hab ich ihm dann von meinen Problemen erzählt. Er sagte, er sei auf der Rückreise nach Norwegen und schlug vor, dass ich an ihn oder zu Adressen, die er mir geben würde, Heroin in Briefen schicken sollte. Es hatte was damit zu tun, dass er Zeitungen austrug und wusste, wo Leute verreist waren. Er sagte, mein Job sei garantiert sicher, und dass er derjenige wäre, der daheim das Zeug in Empfang nähme und seinen ›Kopf benutzen‹ müsse, wie er sich ausdrückte.«

Kaasa fragte, ob er viele Briefe verschickt hatte.

»Nach einer Weile waren es schon ein paar.«

»Und einige dieser Briefe waren an den Nachbarn dieses Mannes adressiert, der ermordet wurde?«

»Ja, doch dass Jack diesen Typen umbrachte, der die Post reingenommen hat ..., das werde ich niemals aussagen, denn ich habe eine zwölfjährige Tochter, und das weiß er. Er hat mir gedroht. Sollte ich etwas über ihn erzählen, würde es Line ebenso ergehen wie E.«

»Was ist mit ihr passiert?«

Bo Vika sträubte sich. Es fiel ihm schwer, darüber zu sprechen; das war deutlich.

»Jack sagte, er habe sie nur erschrecken wollen«, erklärte er schließlich, »er sagte, er habe sie über das Brückengeländer gehalten, aber dann den Halt verloren.«

»Warum wollte er sie erschrecken?«

»E hatte nach und nach begriffen, was wir da trieben, und dass ich während meiner Aufenthalte in Thailand Drogen an Leute in Norwegen schickte. Sie wollte, dass ich aufhöre, aber ich konnte nicht. Jack erpresste mich, weiterzumachen, und erinnerte mich ständig an meine Tochter zu Hause.«

»Wo wohnt sie?«

»In Oslo, sie wohnt mit ihrer Mutter zusammen in Oppsal. Ich treffe sie zweimal im Monat. Schließlich haben E und ich geheiratet, so dass wir auch in Norwegen zusammenleben konnten, und als sie schwanger wurde, hat sie mich noch stärker unter Druck gesetzt. Sie sagte, sie wolle nicht, dass sich der Vater ihres Kindes mit solchen Dingen beschäftigte, und am Ende drohte sie mir, zur Polizei zu gehen. Ich wusste einfach nicht, was ich machen sollte, und beging den Fehler, das Ganze Jack zu erzählen. Er sagte, ich solle mich beruhigen und er würde mal vernünftig mit ihr reden.«

»Wo haben Sie zu jener Zeit gewohnt?«

»In Vikersund, da hatten wir ja ein ganzes Haus für uns allein. Zwei Tage später kam also Jack zu uns. Dem Anschein nach war er wie immer freundlich. Er sollte dann bei uns übernachten, so wie er es öfter machte, wenn er zu Besuch kam. Bevor wir uns hinlegen wollten, bin ich wie üblich noch mal in den Schafstall gegangen, und als ich nach einer knappen Stunde zurückkam, waren beide verschwunden. Ich wurde unruhig und versuchte, ihn auf dem Handy anzurufen, doch das klingelte in dem Zimmer, wo er schlafen sollte. Zwei Stunden später tauchte er auf und hatte Kratzspuren auf den Wangen. Ich fragte ihn, wo E sei. Dann erzählte er es, behauptete aber, wie schon gesagt, dass er sie urprünglich nur habe erschrecken wollen, doch dann den Halt verloren hätte und sie von der Brücke gefallen wäre.«

»Aber wie hat er sie denn dort hingelotst?«

»Er sagte, dass sei seine Sache. Und dann sagte er das mit dem Selbstmord, dass ich die Polizei anrufen und sagen sollte, E sei verschwunden, und dass ich befürchtete, sie habe sich das Leben genommen, weil sie so deprimiert war.«

»Und das taten Sie?«

»Ja«, sagte er und rieb sich über sein Muttermal. »Zwei Tage später wurde sie im Fluss treibend aufgefunden, ein paar hundert Meter von der Brücke entfernt.«

»Warum konnten Sie nicht die Wahrheit sagen?«

»Ich habe Ihnen doch von meiner Tochter erzählt und davon, dass Jack mir gedroht hat.«

»Aber wieso sind Sie dann mitten in der Nacht mit einem Revolver zu Thi gegangen?«

»Nachdem Sie bei mir gewesen waren, wusste ich nicht, was ich machen sollte, also rief ich Jack an und erzählte ihm von Ihnen. Ich sagte, dass Sie offenbar zuerst bei Thi gewesen sind und anscheinend von ihr erfahren haben, wo ich wohne. Ich wusste ja nicht, was sie genau erzählt hatte, und eben dies hat Jack mich gebeten, herauszufinden. Und dass ich sie mitten in der Nacht aufgesucht habe, lag ganz einfach daran, weil ich ihr erzählen wollte, ich hätte einen Tipp bekommen, wo Tomm sich aufhalten könnte.«

»Aber der Revolver?«

»Jack bat mich, ihn mitzunehmen, so dass sie ihn ganz zufällig sehen könnte, ohne dass es beabsichtigt schien. Und während wir am Telefon sprachen, sagte er, er müsse auflegen, weil die Polizei vor der Tür stehe. Aber wie schon gesagt – ich werde das Ganze hier niemals unterschreiben, denn dann wird es vor Gericht rauskommen, dass ich gesungen habe, und dann ist meine Tochter verloren. Aber da Jack jetzt bei der Polizei sitzt, rechne ich damit, dass Sie selbst schon so viel über den Mord im Tuengveien herausgefunden haben, dass vor Gericht erst gar nicht erwähnt wird, was ich jetzt erzählt habe.«

»Wir wollen es mal hoffen«, sagte Kaasa. Das Handy in seiner Jackentasche klingelte.

Haugen schien resigniert und sagte, dass sie nun keine andere Wahl hätten, als Jack Lillebøen freizulassen, da sich die 24-Stunden-Frist ihrem Ende näherte. Lillebøen hatte alle Fragen bereitwillig beantwortet, konnte allerdings nicht verstehen, wieso Bergs Fingerabdrücke nicht auf dem Ausdruck waren, der später in seiner Hosentasche gefunden worden war.

»Lassen Sie ihn noch nicht gehen«, sagte Kaasa. »Ich rufe in ein paar Minuten zurück.«

Er berichtete kurz, was Haugen erzählt hatte.

»Was zum Teufel treiben Sie denn da?«, rief Vika. »Sie können ihn doch jetzt nicht freilassen. Was muss ich denn noch sagen? Sagen Sie ihrem Chef, er soll die Notaufnahme im Krankenhaus Bærum anrufen und fragen, ob da in dieser Nacht, als der Typ im Tuengveien ermordet wurde, jemand aufgetaucht ist und um eine Tetanus-Spritze gebeten hat. Jemand, der Hans Johannesen hieß und seine Brieftasche mit dem Ausweis zu Hause vergessen hatte. Angeblich hätte er mit einem Hund gespielt, aber dann wäre es etwas zu heftig geworden und der Hund hätte ihn ins Handgelenk gebissen. Und dass die Computer in jener Nacht dort nicht funktionierten, war für Johannesen sicher kein Nachteil.«

Kaasa sah Bo Vika im Rückspiegel an und sagte, der ermordete Mann aus dem Tuengveien habe Ib Berg geheißen.

»Ja, das weiß ich. Und dann ist mir noch was anderes eingefallen, als ihr Chef da in der Polizeistation diesen Ausdruck erwähnte …, aber genau das, dachte ich, wüssten sie bereits. Bergs Fingerabdrücke sind auf dem Ausdruck nicht zu finden, weil er ihn nie angefasst hat. Jack schrieb den Brief, *nachdem* er Berg umgebracht hatte. Er hatte von diesem Zwillingsbruder gehört und wusste, dass Berg Angst um sein Leben hatte.«

»Und wie sollen wir das Ihrer Meinung nach glaubwürdig belegen?«

»Sie haben doch selbst gesagt, dass Bergs Fingerabdrücke auf dem Ausdruck nicht gefunden wurden«, sagte Vika.

»Aber es ist doch wohl deutlich, dass das der Staatsanwaltschaft nicht reicht, denn sie sind kurz davor, Lillebøen freizulassen. Allerdings rufe ich gleich an und bitte aufgrund dessen, was Sie jetzt über die Notaufnahme in Bærum erzählt haben, um Aufschub.«

»Und wenn das nicht reicht, so müssten sie eigentlich herauskriegen können, wo der Ausdruck herkommt.«

»Was meinen Sie?«

»Jack hat zu Hause einen Farbdrucker, und alle Ausdrucke von so einem Ding haben kleine, gelbe, fast unsichtbare Punkte an verschiedenen Stellen des Bogens. Diese Punkte sind so eine Art Code, die der Seriennummer des Druckers entsprechen. Das wissen Sie doch wohl? Diese Spuren sind in Zusammenarbeit mit amerikanischen Behörden eingeführt worden, um beispielsweise die Herstellung von Falschgeld zu bekämpfen.«

Kaasa tippte Haugens Telefonnummer ein.

»Was wir vermutet haben, ist wohl richtig«, sagte er, als Haugen abnahm, »Bergs Fingerabdrücke werden wir auf dem Ausdruck niemals finden, aber sehr wahrscheinlich die von Jack Lillebøen.«

»Das wird uns nicht viel weiterhelfen. Er hat ja selbst gesagt, dass er den Ausdruck in die Hand genommen hat, als Berg ihn ihm gezeigt hat.«

»Als Lillebøen den Ausdruck angefasst hat, war Berg bereits tot. Aber sagen Sie ihm jetzt nichts davon, wir sind in zwanzig Minuten da.«

30

In der Kantine herrschte nächtliche Stille. Nur das Summen der Gefriertruhe neben dem Tresen war zu hören. Riitta schob eine Colaflasche über den Tisch und fragte, ob er einen Schluck haben wolle.

Kaasa lehnte dankend ab.

»Bo Vika hat recht«, sagte er, »die gelben Punkte auf dem Ausdruck sind mit einer Lupe deutlich zu erkennen.«

Riitta nickte.

»Hab schon kapiert, dass er in der IT-Branche war, aber das mit diesen Punkten hätte die Polizei doch auch wissen können, oder?«

»Ja, und jetzt wissen *wir* es. Haugen kam ganz schön ins Schwitzen, als er dachte, er hätte den Ausdruck verlegt, nachdem er auf Fingerabdrücke hin untersucht worden war.«

»Wollen wir mal hoffen, dass Vika recht hat und es ganz leicht ist, die Käufer so eines Druckers aufzuspüren. Wirklich Pech für Jack Lillebøen, dass er einen Farbdrucker benutzt hat. Bei einem Laserdrucker hätte man das alles laut Vika nicht zurückverfolgen können, denn solche Drucker werden nur selten für Fälschungen verwendet.«

Riitta nahm zwei Schlucke Cola und fuhr fort:

»Vika kam mir sehr erleichtert vor, ich hab noch niemals zuvor jemanden in die Zelle gesteckt, der so erleichtert wirkte.«
Sie richtete ihren Blick auf Kaasa und seufzte.
»Und der arme Tomm ... Die Kollegen, die Vika jetzt vernehmen, müssen ihn ganz schön unter Druck setzen, um rauszufinden, wo Tomm sich befindet.«
Kaasa sah auf die Uhr. Wenn er seinen Dienst um zwei Stunden in die Länge zöge, wäre Ingvill bei seiner Heimkehr schon zur Arbeit gegangen. Es war, als hätte Riitta seine Gedanken gelesen, denn sie fragte, wie es zu Hause lief.
»Ich weiß nicht so recht, denn nach ihrem Wutausbruch neulich hab ich meine Frau nicht mehr gesprochen. So gesehen muss ich Haugen dankbar sein, dass er in der Zeit, in der ich keinen Streifendienst gefahren bin, Verwendung für mich hatte.«
»Schläfst du immer noch auf dem Sofa im Wohnzimmer?«
»Ja, aber nicht, wenn ich allein zu Hause bin.«
»Wie ich schon sagte, ich komme gerne mit dir nach Hause und erkläre alles, so dass ihr euch wieder versteht. Du darfst nicht feige sein.«
Tief im Inneren wusste er, dass sie recht hatte. Er war seit über dreißig Jahren bei der Polizei und hatte viele schwierige Situationen gemeistert, doch ausgerechnet die Sache mit Ingvill bekam er nicht in den Griff.
Riitta erwiderte seinen Blick und lächelte.
»Ich kann unmöglich glauben, dass sie eifersüchtig wird, wenn sie so eine verwitterte und windschiefe Birke aus dem Norden zu sehen bekommt. Aber mal abgesehen da-

von, ich hab neulich von jemandem gelesen, der Bäume liebt. Es gibt sogar ein eigenes Wort für diese Neigung, aber es kommt wohl meist bei Frauen vor. Vielleicht solltest du ein paar Blumen kaufen?«

Kaasa berichtete, dass er heute erst recht nicht so ganz auf dem Damm sei, weil er später am Tag eine Besprechung mit Stationsleiter Naumann habe und sich nun in der gleichen Situation wie sie und Stein Bråten befinde.

Riita sah ihn erstaunt an.

»Übrigens eher noch schlimmer«, fügte er hinzu, »denn jetzt hab ich eine Anzeige am Hals, weil ich jemanden geohrfeigt habe.«

»Hätte gar nicht gedacht, dass du der Typ für so was bist.«

»Nein, das hätte ich auch nicht gedacht, aber als ich kürzlich nachts mit Sletten unterwegs war, ist mir einfach der Kragen geplatzt.«

Sussi blickte zu Riitta auf und fing an zu winseln.

»Tja, wir sollten jetzt mal nach Hause.«

Sie nahm die halbvolle Colaflasche, stand auf und sagte, er solle besser auch fahren.

Er nickte und sagte, dass sie hoffentlich schlafen könne.

Er blieb sitzen. Er spürte, dass sein Körper schmerzte. Er beugte sich über den Tisch und ließ den Kopf auf die Hände sinken.

Er erwachte davon, dass irgendetwas Heißes an seinen Wangen brannte; er wollte es gerade wegstoßen, erkannte jedoch eine Frauenhand, die schnell eine Kaffeetasse wegzog.

»Ich wollte Sie nicht erschrecken«, sagte Bjørg, »aber in

ein paar Minuten wird's hier proppenvoll, und da dachte ich, ich wecke Sie mit einer Tasse frisch gekochtem Kaffee.«

Kaasa blickte verwirrt umher; die Digitaluhr über dem Cola-Automaten zeigte 07:51.

»Herzlichen Dank«, sagte er, als Bjørg die Tasse vor ihm abstellte.

Er lächelte und dachte, sie müsse wohl vergessen haben, dass er keinen Kaffee trank.

Einen Augenblick sah sie ihn prüfend an, trat dann hinter den Tresen und fing an, Brötchen aufzuschneiden. Er dachte, dass sie wohl auch die Gerüchte über Riitta und ihn gehört haben musste.

Ein paar Minuten später klopfte er vorsichtig an Haugens Bürotür. Als keine Reaktion erfolgte, öffnete er die Tür. Haugen lag, notdürftig mit einer Lederjacke zugedeckt, auf dem Feldbett und schlief fest. Kaasa brachte es nicht übers Herz, ihn zu wecken.

An Storvoldens Tür hing immer noch das Schild mit der Aufschrift *Zeugenvernehmung*. Kaasa schaute hinein, doch niemand war anwesend.

Am Personaleingang traf er auf Divisionsleiter Øya.

»Sie sind jetzt hier?«, sagte Kaasa.

»Und Sie?«

Kaasa erzählte kurz, was sich im Laufe der Nacht ereignet hatte.

»Tja«, sagte Øya und blickte auf die Uhr. »Ich muss zu Naumann rauf und mich zusammenstauchen lassen. Er meint, dass in der zweiten Divison irgendwas faul ist, da er jetzt innerhalb kurzer Zeit Beschwerden über drei von meinen Leuten bekommen hat. Die schlimmste richtet sich gegen Sie, eine Anzeige wegen Körperverletzung.«

Kaasa bedauerte, was geschehen war, und fügte hinzu, dass er um eins bei Naumann antreten müsse.

»Und diese Geschichte über Sie und diese Frau aus der Finnmarka, die gerade bei uns angefangen hat, ist Naumann natürlich auch zu Ohren gekommen.«

»Das wird mir wohl noch ewig anhängen«, sagte Kaasa und seufzte.

Øya konnte sein Grinsen nur mühsam verbergen.

Als Kaasa die Wache verließ, stach ihm das Sonnenlicht in die Augen, und er musste niesen. Er atmete die kalte Luft tief in die Lungen und spürte, dass es ihm guttat. Er glaubte, dass es ihm wohl nicht leichtfallen würde, zu schlafen. Er drehte eine Extrarunde durch den Frognerpark, und als er nach einer guten Stunde auf den Kirkevei hinaustrat, begegnete ihm eine junge Frau mit Kinderwagen. Sie lächelte ihn an; er versuchte, ihr Lächeln zu erwidern. Er drehte sich um und sah ihr nach. Plötzlich bemerkte er, dass er die junge Frau bedauerte, ohne genau zu wissen, wieso.

Als er die Middelthuns Gate überquerte, klingelte sein Handy.

Riittas Stimme klang aufgeregt; sie entschuldigte sich für den Anruf und hoffte, ihn nicht geweckt zu haben.

»Nein, ich bin noch gar nicht zu Hause.«

»Gerade als ich beim Einschlafen war, hab ich plötzlich Bo Vika vor mir gesehen«, sagte sie. »Und dabei hab ich ganz deutlich sein Muttermal erkannt, und weißt du, woran mich das erinnert?«

»Nein«, erwiderte Kaasa und dachte, dass sie ab jetzt wohl ein paar ruhige Tage gebrauchen könnte.

»Afrika«, sagte sie. »Ganz klar, Afrika. Und laut Henki sollte doch der Neger, der ja eigentlich keiner war, ›gleich unterhalb der Sprungschanze‹ wohnen. Und du hast doch erzählt, dass Bo Vika gleich unterhalb vom Vikersundbakken wohnt.«

»Verdammt.«

»Obwohl es ja ziemlich unwahrscheinlich klingt, dass er es ist«, sagte sie.

»Vielleicht nicht. Sletten sagt, so was passiert die ganze Zeit. Du solltest wie üblich vorgehen, sprich mit der Drogenfahndung.«

»Ja, das muss ich wohl. Übrigens, hast du an die Blumen gedacht?«

Er holte eine Vase und füllte sie zur Hälfte mit Wasser. Als er das Bukett hineinstellte, klingelte das Handy auf dem Küchentisch.

»Hier ist wieder Hochbetrieb«, sagte Haugen. »Storvolden hat sich jetzt schon eine Weile mit Vika unterhalten. Ich war während der ersten Stunde dabei, und Vika hat erzählt, dass Lillebøen verzweifelt war, nachdem er Mossdal angefahren hatte und mit Tomm auftauchte. Laut Vika habe er lediglich vorgehabt, Tomm zu sich zu locken, so dass Mossdal gezwungen wurde, den Mund zu halten. Er betrachtete Mossdal als schwachen Menschen.«

Haugen holte Luft. Kaasa wollte gerade fragen, ob sie wüssten, wo Tomm war, als Haugen fortfuhr:

»Mossdal kam in den Tuengveien, als Lillebøen gerade aus

dem Haus lief, und da brannten dann diese Fackeln. ›Du kommst zu spät‹, habe Lillebøen gesagt, ›das Fest ist vorbei.‹ Dann zeigte er ihm den Vogel und sagte, dass er ihn erwürgt habe, als er ihm im Haus um die Ohren geflogen sei. Und dann hat er Mossdal angewiesen, nicht mehr dorthin zu kommen. Laut Vika hat Lillebøen diesen Brief in Bergs Hosentasche gesteckt, und den Hund wollte er dann später in der Nacht abholen.«

»Hat Lillebøen diese Fackeln angezündet?«

»Darüber wurde nicht gesprochen. Aber wenn es so war, dann muss er nicht ganz klar im Kopf gewesen sein, denn seine Absicht war doch, dass wir glauben sollten, es handele sich um Selbstmord. Und es ist ja wohl nicht normal, Fackeln anzuzünden, bevor man sich das Leben nimmt.«

»Aber was ist mit dem Jungen?«

»Vika kannte eine Frau, die dort in der Nähe allein in ihrer kleinen Wohnung lebt. Er wusste, dass diese Frau Kinder vergöttert und aus irgendwelchen Gründen nicht so ganz verfolgt, was in ihrer Umgebung passiert. Er meinte, dies sei trotz allem der beste Ort gewesen, wo er den Jungen zwischenzeitlich unterbringen konnte. Es gelang ihm, die Frau davon zu überzeugen, dass die Polizei Jagd auf den Jungen machte, um ihn aus dem Land zu schicken. Und deshalb, so sagte er zu ihr, sei es wichtig, dass sie niemandem etwas von dem Jungen erzählt. Als ich diese Information bekam, habe ich sofort die dortige Polizeidienststelle angerufen, und die wussten auch, wo die Frau wohnt. Um es für die Frau und den Jungen dann so schonend wie möglich zu machen, haben wir beschlossen, dass Thi Dal zu ihr gehen und an ihre Tür klopfen sollte. Und vor fünf

Minuten haben die Kollegen angerufen und durchgegeben, dass Tomm nun wieder auf dem Schoß seiner Tante sitzt.«

Kaasa setzte sich und legte das Handy auf den Tisch zurück. Er betrachtete die Blumen und dachte, dass sie nicht ganz so schön wie die waren, die Riitta bekommen hatte. Er holte eine Karte hervor, die er mit den Blumen gekauft hatte, nahm einen Kugelschreiber und fing an zu schreiben: *Hallo, Ingvill. Auch wenn ich nichts Dummes gemacht habe, bedauere ich, was passiert ist. Ich wollte dich nicht verletzen. Eigentlich wollte ich auf dem Heimweg noch eine Flasche Rotwein kaufen, aber der Laden vom Weinmonopol war noch nicht geöffnet.*

Er las sich die Zeilen laut vor und stellte fest, wie albern sie klangen. Außerdem könnte er nach der Besprechung mit Naumann eine Flasche Rotwein kaufen.

Einen Augenblick lang hielt er die Karte in den Händen, zerriss sie aber dann in kleine Stückchen. Dann stellte er die Weckfunktion seines Handys ein.

Leseprobe aus

Bjørn Bottolvs

Tote Zeugen lügen nicht

Kriminalroman

Aus dem Norwegischen von
Andreas Brunstermann

Knaur Taschenbuch Verlag

1

Das ist das Schlimmste, was ich mir vorstellen kann«, flüsterte Jo Kaasa, als er die angelehnte Haustür in der Tidemands Gate aufstieß. »Und eigentlich ist das nicht unser Job.«

»Dann meinst du also, dass dies schlimmer ist, als Leichen zu bergen?«, fragte Gunnar Sletten.

Kaasa konnte das Wort »Leiche« nicht ausstehen; er wusste nicht, wieso, aber er war seit über dreißig Jahren bei der Polizei, ohne dieses Wort je in den Mund genommen zu haben. »Ja«, sagte er, »ich begnüge mich mit gewöhnlichen toten Menschen.«

»Gewöhnlichen toten Menschen?«

Kaasa erwiderte den Blick seines Kollegen.

Tote Menschen stellten keine Ansprüche. Tote Menschen lagen nur da und waren still, waren einfach nur tot. »Einfach nur tot« erinnerte ihn an etwas, aber er kam nicht darauf, woran.

»Sieht so aus, als ob er in der zweiten Etage wohnt«, sagte Sletten, als sie vor den Briefkästen im Hausflur stehen blieben.

Kaasa ging als Erster die Treppe hinauf. Er versuchte, tief durchzuatmen.

Frau und Kind waren durch einen Autounfall bei Lillehammer ums Leben gekommen. Wie könnte er sich am besten ausdrücken? Eines wusste er ohnehin: Egal was er auch sagte, es würde irgendwie falsch klingen.
Er blieb vor Ole Claustorps Tür stehen und verfluchte innerlich den Geistlichen vom Pfarramt in der Majorstua, der zu einem Seminar gefahren war.
Vor zwei Jahren war er in der gleichen Situation gewesen; da hatte sich der Pfarrer auch nicht um einen Stellvertreter gekümmert. Die Mutter, der er damals mitteilen musste, dass ihr Sohn umgekommen war – er war mit seinem Moped unter eine Straßenbahn geraten –, begriff nicht, was er sagte.
Als Kaasa zu einem zweiten Versuch ansetzte, fing er an zu heulen. Es überkam ihn ganz plötzlich, und er hatte keine Möglichkeit, seine Tränen zurückzuhalten. Die Mutter, die nach und nach verstand, worum es ging, reagierte wütend und sagte, das Letzte, was sie jetzt brauchen könne, sei ein flennender Polizist.
»Ist er Arzt?« Sletten deutete verwundert auf das Schild gleich unter dem Klingelknopf; dort stand zu lesen, dass hier keine Medikamente oder Narkotika aufbewahrt würden.
Kaasa nickte und entschloss sich, gleich zur Sache zu kommen. Er schluckte schwer.
»Psst«, flüsterte Sletten und fasste ihn am Arm. »Weint da nicht ein Kind?«
Kaasa lauschte. Ja, jetzt hörte er es auch; gleichzeitig verwunderte es ihn, dass Claustorp ein kleines Kind bei sich hatte. Seine Familie wohnte in Lillehammer – und von

dieser Familie waren jetzt nur noch der Vater und ein zehnjähriges Mädchen übrig.

»Das muss aus einer anderen Wohnung kommen«, sagte er und drückte auf die Klingel.

Sie standen da und lauschten. Nur das Kindergebrüll war zu vernehmen. Kaasa legte ein Ohr an die Tür.

»Doch, ich glaube, es kommt wirklich von hier«, sagte er.

»Vielleicht sind sie ja gerade dabei, die Windeln zu wechseln? Aber sein Kind kann es jedenfalls nicht sein.«

Er klingelte noch einmal, doch als nach ein paar Sekunden noch immer nichts passierte, packte er einfach die Klinke, und die Tür glitt auf.

Die beiden Polizisten sahen sich an. Das Kindergebrüll wurde lauter.

»Hallo?«, rief Kaasa.

Er rief noch einmal und hatte den Eindruck, dass das Geschrei etwas heftiger wurde.

Vorsichtig trat er in den Flur und sah, dass etwas auf den Spiegel über der Kommode gekritzelt war. Sletten stellte sich neben ihn und beugte sich zum Spiegel vor. Es sah aus, als ob jemand eine Art Nachricht mit einem Textmarker geschrieben, sich dann aber eines anderen besonnen und sie wieder durchgestrichen hatte.

Kaasa hatte den Eindruck, dass das Kindergebrüll jetzt noch stärker wurde – so stark, dass es fast schon unwirklich schien. »Hallo«, versuchte er es erneut und ging in Richtung des Geschreis.

Ein Mann in weißem T-Shirt und Boxershorts lag auf dem Teppichboden im Wohnzimmer vor einem umgestürzten Sessel in einer Blutlache. An einem Glasschrank, der an

der Querwand stand, war Blut heruntergelaufen. Neben dem Schrank lag eine umgekippte Zierpflanze.
Kaasa hielt inne und biss sich auf die Lippen. Es schien, als käme das Kindergebrüll von dem blutüberströmten Mann, der halb auf dem Bauch lag. Ein lebloser Mann – das war eine Situation, die er schon oft erlebt hatte und mit der er rational durchaus umgehen konnte. Aber das Kindergebrüll! Er war ratlos.
Sletten ging zu dem Mann und beugte sich über ihn, befühlte mit zwei Fingern seinen Hals; er war blutverschmiert.
Er schaute zu Kaasa hinüber und schüttelte den Kopf.
»Ist er schon kalt?«
Sletten nickte.
»Aber wo ist das Kind?«, fragte Kaasa.
Sletten hob die Schulter des Mannes an und zog eine Puppe hervor. Behutsam legte er sie auf den Boden, als ob es sich um ein lebendiges Wesen handelte.
Die Puppe lag nun neben dem toten Mann und weinte, und Kaasa schien es, als ob das Geheul immer hysterischer würde.
»Wir brauchen einen Stock«, sagte Sletten.
»Was?«
»Einen dünnen Stock.«
Sletten stand auf und schaute sich um. Dann zog er aus dem umgestürzten Blumentopf ein Stöckchen heraus. Er nahm die Puppe und steckte ihr das Stöckchen vorsichtig in den kleinen, runden Mund. Die Puppe hörte auf zu weinen, die Augenlider klappten auf; aus hellblauen Augen blickte sie Kaasa an. Er glaubte, etwas Fragendes in

ihrem Blick zu bemerken. Als ob die Puppe fragen würde, was denn eigentlich los sei.

Sletten legte die Puppe wieder hin, und als sie die Augen schloss, fühlte sich Kaasa irgendwie erleichtert.

»Die Kleine von meiner Schwester hat genau die gleiche«, erklärte Sletten. »Nur dass sie nicht weint, sondern lacht.«

Er hob wieder die Schulter des Verstorbenen an. »Ich lege sie jetzt wieder genau an die Stelle, wo sie war.«

Kaasa bemerkte, dass eine der Glastüren des Schranks zerbrochen war. Sletten zog ein zusammengeknülltes Blatt Papier hinter dem Blumentopf hervor. Er strich es vorsichtig glatt, ein Stück war abgerissen. Dann räusperte er sich, bevor er laut zu lesen begann: »Ich denke an die Einsamkeit, die uns auch in der Umarmung begleitet. Ich denke, dass es schmerzt zu lieben. Aber ich sage es nicht.«

Seine Augenbrauen zogen sich zusammen, dann las er die Worte leise noch einmal für sich. Er hielt Kaasa den Zettel hin, dem auffiel, dass der Text mit rotem Kugelschreiber niedergeschrieben war.

»Leg das Blatt wieder auf den Boden«, sagte Kaasa und griff nach seinem Diensthandy. »Dann werden wir uns hier still und leise verziehen.«

Es kam ihm vor, als ob er diesmal billig davongekommen war: Er hatte die Todesnachricht nicht überbringen müssen.

Als Kaasa durch den Frognerpark lief, war es längst Nacht geworden. Der Bericht, den sie als erstes Team am Tatort geschrieben hatten, hatte mehr Zeit in Anspruch genommen als zunächst vermutet.

Sie mussten zwei Stunden warten, bis die Beamten von der Spurensicherung und der Rechtsmediziner eintrafen.
Noch immer glaubte er, das laute Kindergebrüll zu hören. Und dieser fragende Blick – sicher war es den Umständen zuzuschreiben, aber noch nie hatte ihn ein Blick so fasziniert: Er war so unbeschreiblich niedlich, aber dennoch fiel es ihm schwer, ihm standzuhalten. Und dabei war es doch nur eine Puppe.
Nach Aussage des Rechtsmediziners war Ole J. Claustorp am selben Abend gegen 17 Uhr verschieden.
Als Kaasa die Brücke am Frognerdamm zur Hälfte überquert hatte, blickte er zum Kleinen Trotzkopf hinüber, wie er es immer machte, wenn er nach der Abendschicht nach Hause ging. Im Dunkeln unterhalb der Brücke bemerkte er einen Lichtschein und trat an die Brüstung. Jemand hatte unten am Teich mehrere brennende Teelichter rund um eine Skulptur aufgestellt. Ihm fiel auf, dass es fast nicht mehr schneite – nur der eine oder andere federleichte Kristall segelte über den flackernden kleinen Lichtern herab. Der Mond drang durch die dünne Wolkenschicht, doch Kaasa konnte nicht sehen, was die Skulptur darstellen sollte. Er blieb stehen, blickte auf die Lichter, und dann fiel ihm plötzlich ein, woran ihn »einfach nur tot« erinnert hatte. Es hatte irgendwie mit dem Tod von König Olav zu tun.
Als er den Kirkevei überquert hatte, bemerkte er, dass der Weihnachtsbaum noch immer hinter einem der Wohnzimmerfenster in der Professor Dahls Gate leuchtete.
In gut einer Woche war März.

2

Jo Kaasa sah im Rückspiegel, dass ein Feuerwehrauto direkt hinter ihnen aufschloss, und zwängte sich auf eine Bushaltestelle kurz vor Bogstad. Stein Bråten sah ihn fragend an.

»Sie haben Taucher dabei«, erklärte Kaasa, als er das Auto wieder auf die Fahrbahn lenkte. »Die werden hier eher gebraucht als wir.«

Er versuchte, dem Feuerwehrauto hinterherzufahren, doch es brauste davon.

Das Feuerwehrauto hatte ganz unten am Ufer des zugefrorenen Sees gehalten, und zwei Taucher waren schon ausgestiegen und ließen sich mit den Sauerstoffflaschen helfen.

Ein etwas gebeugter Mann mit blauer Mütze und wattierter Steppjacke deutete auf das Eis. Bråten meldete über Funk, dass sie zusammen mit der Feuerwehr zur Stelle seien. Als sie aus dem Auto stiegen, waren die beiden Taucher bereits an dem Mann vorbeigestürmt. Die tiefstehende Februarsonne glühte über den Baumkronen im Westen am Himmel.

»Einer ist in dem Eisloch da drüben verschwunden«, sagte

der Mann und schob sich seine Mütze in den Nacken, als die beiden Polizisten zu ihm kamen. Er atmete tief ein, dann wischte er mit dem Jackenärmel einen Tropfen weg, der an seiner Nase hing. »Ich wusste, dass das Eis da vorne unsicher ist. Ich habe sie gerufen, aber sie haben mich wohl nicht gehört.«

»Wo ist der andere abgeblieben«, fragte Kaasa, »der Typ, der nicht ins Eisloch gerutscht ist?«

Der Mann deutete auf das südwestliche Ende des Sees.

»Er ist dort entlanggelaufen. Gryta heißt das da vorne. Aber zuerst hat er versucht, seinen Kameraden herauszuziehen. Als ich losging, um zu helfen, rutschte der eine leider tief in das Eisloch hinein. Der andere lief dann davon, als er mich gesehen hat.«

»Sie sind sich also sicher, dass er nicht auch hineingerutscht ist?«

Der Mann nickte, und ein neuer Tropfen begann sich unter seiner Nase zu bilden.

Kaasa sah auf das Eis hinaus, das von einer dünnen Schneeschicht bedeckt war. Zu dieser Jahreszeit lag der Schnee sonst meterhoch. Doch so spät im Jahr war der Winter wechselhaft geworden – kurze Kälteperioden und dann längere Zeiten mit mildem Wetter und Regen.

Kaasa holte sein Notizbuch hervor und bat den Mann um seine Personalien. Als er mit seinen Aufzeichnungen fertig war, stellte er fest, dass Ivar Samuelsen in der Johannisnacht neunzig wurde.

»Vielleicht wissen es ja nicht so viele, aber dieser See ist tückisch«, meinte Samuelsen und zog seinen Reißverschluss so weit nach oben, wie es nur ging. »An einigen Stellen draußen steigen von versunkenen Baumstämmen noch immer Methanblasen hoch. Über Generationen wurde hier ja mit Flößen gearbeitet. Selbst wenn das Eis gleichmäßig wirkt, sind diese Stellen doch äußerst tückisch, wenn es nicht längere Zeit richtig bitterkalt ist.«

Die Taucher waren schon auf dem Weg zum Eisloch. Kaasa sah hinüber zu einem Erlengebüsch am gegenüberliegenden Ufer, wo der andere Junge angeblich verschwunden war. Gleich links daneben lag der Golfplatz weiß und unberührt da.

»Wir müssen den Jungen finden«, erklärte er.

Bråten nickte, während in Kaasas Jackentasche das Diensthandy klingelte.

Der Leiter der Abteilung für Gewaltverbrechen von der Polizeistation Majorstua, Pål Haugen, war am anderen Ende der Leitung. Seine Stimme klang etwas lauter als sonst.

»Der Bruder von Anne Claustorp ist hier mit der Tochter des Toten. Er war im Rechtsmedizinischen Institut und will aus irgendeinem Grund mit den Beamten sprechen, die Ole Claustorp gefunden haben.«

»Mit der Tochter?« Kaasa wunderte sich.

»Ole Claustorps Frau Anne und seine jüngste Tochter sind bei dem tragischen Autounfall ums Leben gekommen, davon sollten Sie doch Claustorp ursprünglich in Kenntnis setzen, bevor Sie ihn dann tot aufgefunden haben.«

»Hat der Onkel die Tochter des Toten mit zur Leichenschau genommen?«

»Nein, sie war bei Verwandten; sie haben ein Kind in ihrem Alter.«

»Wie alt ist sie?«

»Zehn. Als sie zurück nach Lillehammer fahren sollten, ist sie durchgedreht; sie konnte nicht glauben, dass ihr Vater auch tot ist. Der Onkel beschloss, sie mit in die Rechtsmedizin zu nehmen, damit sie Gelegenheit bekäme, ihn mit eigenen Augen zu sehen – natürlich erst, nachdem die Leiche etwas zurechtgemacht worden wäre. Als er dann anrief, um sich zu erkundigen, ob sich das machen ließe, habe die Tochter ganz deutlich gesagt, dass sie nicht mit dorthin wolle, wo ›viele Menschen liegen, die tot sind‹. Sie wolle lieber mit dem Polizisten sprechen, der ihren Papa gefunden hat, und sagen, dass die Polizei nicht lügen soll und dass der Papa nicht tot sein könnte.«

»Ich kann jetzt nicht kommen«, erwiderte Kaasa. »Wir sind hier gerade am Bogstadvann, wo ein Junge ins Eis eingebrochen ist. Zwei Taucher sind unten und suchen nach ihm, und der Freund des Jungen ist auf die andere Seite abgehauen und verschwunden, als ein Zeuge kam, um zu helfen.«

Bråten stieß ihn an.

»Den Jungen kriegen wir sowieso nicht, dazu brauchen wir Hunde.«

»Was?«, fragte Haugen.

»Mein Kollege möchte mir etwas sagen, ich rufe Sie wieder an.«

»Wenn sie dich brauchen, dann stellen wir das Ganze hier ein«, sagte Bråten und fing an, auf der Stelle herumzutrippeln. »Und ich habe so langsam kein Gefühl mehr in den großen Zehen. Ich schlage vor, dass eine andere Streife von der Polizeiwache herkommt und übernimmt; und wir schicken dann eine Victor-Patrouille hinter dem Jungen her. Der ist bestimmt total verängstigt.«

»Glaubst du, dass seine Angst nachlässt, wenn die Polizei mit Hunden Jagd auf ihn macht?«

»Das ist doch gar nicht der Punkt, oder? Es geht doch darum, dass er gefunden wird, nicht wahr? Im schlimmsten Fall hat er sich versteckt und friert sich den Hintern ab.«

Kaasa war ratlos. Er betrachtete die beiden Feuerwehrleute, die ins Eisloch hinunterstarrten; es sah aus, als ob sie angelten und mit Spannung darauf warteten, dass ein Fisch anbiss. Ihre langen Schatten zeichneten sich auf dem Eis ab.

Bjørn Bottolvs

Tote Zeugen lügen nicht

Kriminalroman

Tatort Oslo: Der Streifenpolizist Jo Kaasa und seine Kollegin, die Samin Riitta, müssen einem Arzt den Unfalltod seiner Frau mitteilen – eine traurige Pflicht. Doch niemand macht auf. Stattdessen hören die Polizisten ein Baby weinen. Als sie die Tür aufbrechen, finden sie den Mann ermordet auf, unter ihm liegt eine quäkende Babypuppe. Wenig später geschieht ein weiterer Mord. Am Tatort fragt ein verstörtes kleines Mädchen nach seiner Puppe. Welche Verbindung gibt es zwischen den beiden Fällen?

Der toughe Städter und die naturverbundene Samin – Kaasa und Riitta als Ermittler setzen neue Akzente im skandinavischen Krimi!

Knaur Taschenbuch Verlag

Árni Thórarinsson

Ein Herz so kalt

Kriminalroman

Der Reporter Einar arbeitet in der kleinen Stadt Akureyri im Norden Islands. Es ist Hochsommer und absolute Sauregurkenzeit – bis Einar plötzlich einen mysteriösen Anruf von einer unbekannten Frau bekommt. Sie behauptet, in einem leerstehenden Haus in der Innenstadt würde es spuken. Doch statt Gespenstern entdecken Einar und Kommissar Ólafur Gísli in dem Haus die nackte Leiche eines siebzehnjährigen Mädchens. Ihre durchschnittenen Pulsadern deuten zunächst auf Selbstmord, doch bei der Obduktion stellt sich schnell heraus, dass die junge Frau erwürgt wurde …

»Ein großartiges Buch. Einar, der Journalist, in Höchstform. … Einer der großen Helden, oder besser: Antihelden, der isländischen Kriminalliteratur.«
Stod2 TV

Droemer